金陵全書

丁編·文獻類

石門文字禪（二）

（宋）釋惠洪 著

南京出版傳媒集團
南京出版社

圖書在版編目（CIP）數據

石門文字禪 /（宋）釋惠洪著. -- 南京 : 南京出版社, 2023.6

（金陵全書）

ISBN 978-7-5533-4161-3

Ⅰ. ①石… Ⅱ. ①釋… Ⅲ. ①宋詩 – 詩集②古典散文 – 散文集 – 中國 – 北宋 Ⅳ. ①I214.412

中國國家版本館CIP數據核字（2023）第055130號

書　　名　【金陵全書】（丁編・文獻類）
　　　　　石門文字禪
作　　者　（宋）釋惠洪
出版發行　南京出版傳媒集團
　　　　　南 京 出 版 社
　　　　　社址：南京市太平門街53號　　郵編：210016
　　　　　網址：http://www.njcbs.cn　　電子信箱：njcbs1988@163.com
　　　　　聯系電話：025-83283893、83283864（營銷）　025-83112257（編務）

出 版 人　項曉寧
出 品 人　盧海鳴
責任編輯　程　瑶
裝幀設計　楊曉崗
責任印製　楊福彬

製　　版　南京新華豐製版有限公司
印　　刷　南京凱德印刷有限公司
開　　本　889毫米×1194毫米　1/16
印　　張　77.25
版　　次　2023年6月第1版
印　　次　2023年6月第1次印刷
書　　號　ISBN　978-7-5533-4161-3
定　　價　1600.00元（全二册）

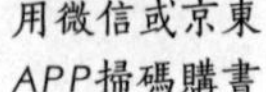

石門文字禪卷第十六

宋釋德洪覺範著

七言絕句

春詞五首

映門楊柳未全遮纔有柔條自在斜不信春寒猶有雪誤驚飄舞作飛花

春到梅梢雪未知橫斜初見過墻枝暗香愁絕無人問一再風前月上時

昨夜江村雨一犂白沙江路曉無泥戲波拍拍鳧雛暖掠岸翩翩燕子低

曉霽晴湖已拍橋橋邊春色解相撩分疎積雨饒鶯舌

拘束東風倩柳條

郊原雨歇看春耕藺栗能驕稚子行青杏欲嘗先齒軟
海棠開徧恰新晴

春日作

山前山後花半紅橋頭橋尾柳搖空流鶯枝上未成語
始囀一聲來去風

殘梅

殘香和雪隔簾櫳只待江頭一笛風今夜回廊無限意
小庭踈影月朦朧

次韻通明叟晚春二十七首

琴筑春流漲淺灘圓吭幽鳥語林端纖蒲水荇空淒寂

背立東風整釣竿
綠徧西園春正殘青梅小摘嗅仍看單衣初試殊清爽
更愛涼風掠面寒
落花片片怨春陰霧雨那堪更作霖小院晚春猶惜掃
欲穿準擬倩金針
散衣行處雨初涼庭院誰家柳暗墻倚杖南軒看修竹
快人解籜玉蒼蒼
居近幽林復碧江水光林翠到西窗鵁鶄啼竹聲相應
鸂鶒眠沙只一雙
落英寂寂草離離天氣清和得所宜頭面惺憁快清曉
可人惟有海棠枝

枝上啼禽毛羽光商量密葉恰能藏路旁垂柳陰堪歇
墻外櫻桃小可嘗
題詩徑欲挽春還噪吻吟窗秃筆端寂寞却憐當檻竹
嫩黃新蒻出林竿
晝永呼童挂北軒青山無數卧披看獨憐杜宇啼聲晚
催發芭蕉戰莫寒
桃李無言暗淺深曉雲慚愧不成霖化工勝却耶谿女
繡徧園林不犯針
去歲春游愛野棠今年還復出東墻行思往事心猶在
却照清溪鬢巳蒼
睡魔晝永不能降一夢春晴賞北窗只有敲門漫谿叟

也嫌踈懶世無雙
山桃噴火柳垂絲野店溪橋處處宜我作春游亦清散
榆錢聊挂瘦藤枝
困人天氣渴思漿喜有人家窖竹藏稚子不知僧不飲
壓糟醇釀勸人嘗
春心百種竟衰殘幽事侵尋尚數端清晚閑題記新竹
粉衣香滑一竿竿
清晨花下露團團飛鳥行吟仰面看傑句天資人不及
勿嗔鳥瘦與郊寒
壓枝萬朶濃如繡初歇連綿十日霖穿藥蝶鬚輕似線
刺香蜂尾快於針

倦行放步臥垂楊誰打鞦韆笑隔墻風物惱人情不淺
歸來山色更青蒼
夜涼靜話欣同榻春晚分題喜共窗解笑疎狂才莫敵
詩禪美譽舊傳雙
紅梅真是醉吳姬浴罷偎風事事宜吟次紛紛落紅雨
小禽飛去動危枝
從游法侶意何長況更深雲僻處藏共喜春山有新事
小窗晴試露芽嘗
南來還復見春殘歷亂愁人恰萬端賈誼少年能肆筆
太公垂白始投竿
楊花滿院掩深關半摺文書偃臥看幽鳥等閑同睡眼

暖風時復破春寒

春寒瘦骨病難禁多謝新晴霽晚霖自補衲衣矮窗下
黃鸝聲好屢停針

劇笑自知躋奥室好詩安敢望門墻僥君麗句春難敵
輸我朱顏鬢未蒼

深院無人得散衣海棠經雨更相宜若爲化作翩翩蝶
遶此扶踈竹外枝

清絶新詩寫硬黃著籤端爲密收藏自驚短拙知何限
愛子高才見未嘗

海棠

酒入香腮笑未知小粧初罷醉兒癡一枝柳外墻頭見

勝却千叢著雨時

和余慶長老春十首

野梅官柳不勝春妬面愁眉各鬬新欲作清詩成瘦坐
生憎白雨解催人

葉欲藏禽花沒腰春愁疊疊覺難消碧雲新月誰梳鬢
翠浪柔風自織綃

鳧鷗水暖聚圓沙帶雨春湖脉脉斜翠線受風遮徑柳
燕脂含雨隔籬花

葉雲誰剪茈花身花底何人笑語頻應是流鶯訴心事
窺墻欲見恨無因

一盞露芽袪睡思半簾疎雨作愁媒似聞池館花如海

杖策當爲得得來
嫩寒清曉欲留春睡足山中樂事新珠玉等閑無脛至
風流全付茂陵人
柳如西子舞時腰飛絮初狂雪未消多謝余郎造化手
解拈春色寫蛟綃
雨過清流走白沙隔籬紅杏一枝斜可堪風日濃於酒
更愛君詩麗似花
舊游新事兩關身花下清晨吉暇頻野步尋梅曾共樂
夜詩聯鼎頗相因
人笑才高眞禍本自驚詩好是窮媒貪看百尺遊絲轉
忽見雙飛乳燕來

遊西湖北山二首

幽草青青繞竹扉雨餘人在杏園西無端黃鳥驚春夢
正向綠蘿深處啼

春園南北筍過墻墻下離離草更香啼鳥野花無問處
蒼山牢落下殘陽

次韻超然春日湘上二首

暮年身世極南邊病眼愁看北客船憶著金明池上路
寶津晴朶隔霏煙

年少無愁事業新小詩寫得楚江春已知字字愈頭痛
可是騷騷解逼人

春晚二首

方見柳條堪結紐忽驚梅葉解藏禽春歸擘肘徑不任
院落殘紅一寸深
閑愁一寸在垂楊遊絲百尺拖清曉榆錢滿地贖春歸
山茶昨夜都開了

長春花

人間花亦有仙骨卯酉發妝呼不醒醉裏那知更歲月
韻高班草臥空庭

上巳

桃花落盡柳陰成寒食風光小雨晴半掩寶書凭几坐
滿庭芳草爲誰生

題黃山壁

夜雨曉晴春盎盎緑愁紅醉思迢迢獨存滋味無人會笑看柔風拂柳條

初夏四首

嘒嘒新蟬緑葉遮一聲臨晚到山家未應春色全歸去猶有芳叢刺史花

野水稻苗青拂岸柘岡麥穗熟分歧前村父老胥歡甚笑指橋邊露酒旗

院落寥寥日正長小梅初熟亞枝黃午窗書引昏昏思角簟宜開舊竹牀

流鶯聲老緑楊中欄檻蕭疎墮晚紅二十四番花信重園林又覺轉薰風

南軒

南軒日靜小簾開百舌無端與夢回莫爲楊花不相識
隨風還解過墻來

次韻方夏日五首時渠在禹谿余乃居福嚴

殘書半摺立風檐欲步還慵睡未忺忽憶故人談笑處
壁蓮嘗共禦炎炎

聲華籍甚淛東西胸次玲瓏絕坎蹊那料南來遭白眼
强顔腰作偃松低

山縣蕭條早放衙塘蓮無主自開花三叉路口炊煙起
白旆青旗一兩家

水閣風微快葛衣沙村返照淡餘暉數聲楚些無情思

不似吳中緩緩歸

我憶西湖山水清君詩説盡欲歸情何時京口同煙艇

柔櫓咿啞短作程

嘗盧橘

皮似柿椑鬆易剝核如龍眼味芳鮮滿盤的礫如金彈

叢手分嘗憶去年

新竹

琅玕數本倚墻陰新筍筠條忽作林昨夜小軒添得境

却煩佳月碎篩金

秋晚三首

藜杖晚經桑柘塢園林秋盡露人家破籬犬吠柴門掩

寒犢自歸山日斜

碧雲紅樹晚相間佇立不堪游子情劃破秋空一行雁

斷腸南去兩三聲

紫梨紅棗八九樹竹屋柴門三四家機杼聲遲秋日晚

遶籬寒菊自開花

雪中山茶

綠羅架上破紅裙占得春多獨有君那料曉來猶帶雪

素衣丹頂鶴成羣

謝妙高惠墨梅

霧雨黃昏眼力衰隔煙初見犯寒枝徑煩南嶽道人手

畫出西湖處士詩

妙高梅花

戲折寒梅畫裏傳便知香釁攬佳眠愛吾花木逡巡有
乾笑春風入暮年

琛上人所蓄妙高墨戲三首 并序

淮上琛上人袖妙高老墨戲三本來閱此不自知身
在逆旅也妙高得意嬾筆而琛公能蓄之琛之好尙
蓋度越吾輩數十等也爲作三首結林間無塵之緣

年年長恨春歸速脫手背人收拾難那料高人筆端妙
一枝留得霧中看

脩葉闊花增秀色爲誰幽徑撒秋香還如此老行藏處
不爲無人亦自芳

一幅湘山千里色碧天如水蓋秋寬磨錢作鏡時一照
乞與禪齋坐臥看

次韻翁教授見寄

仙郎落筆敏驚鴻文字追回兩漢風脫腕舊聞供十吏
探懷行看取三公

夢中作

無賴春風試怒號共乘一葉傲驚濤不知兩岸人皆愕
但覺中流笑語高

紀夢

玉纖金釧隔窗紗醉整殘妝滿鏡花撼地跳珠千丈白
骨飛甯復用毛車

過小院僧窗有假山絕妙作廬山勢書此

廬阜歸心久未降夢魂時復渡湓江忽驚古寺秋庭上
翠壓煙巒對矮窗

次韻五首

成破須臾知世相雨雲翻覆見交情何時一葉春湖闊
塞管橫風夜月清
正爾思山想歸路偶行看雪立階除忽驚晝永軒窗逈
推抵清寒擁燎鑪
懷中但自除衣垢面上從教有唾痕負日風檐成坐睡
夢隨鷗鷺落江村
莓苔徧地榆錢滿院落無人柳絮飛信手翻書香篆冷

夕光山翠上窗屏

措置已落古人後猛省令人愧衲裙廬山好處軒窗在
留眼歸看五老雲

次韻巽中見寄四首

君才俊却海東青鼻笑生華筆有靈寄我小詩足風味
展開如對鏡中形

臥念高人最起予時時想見秀眉疎石門自古無佳句
寄語雲山莫放渠

停蓄幽懷萬頃陂一傾要及少年時正當清嘯尋君去
已辦登山緣玉枝

别後夢歸關不住得歸車已走先鋒催詩疥子撈春葱

有味難言却皺容

謝人惠蘆鴈圖

道林煙雨久不到忽見橘州蘆鴈行笑裏筆端三昧力
坐中移我過瀟湘

溢江宿舟中

琵琶亭下孤舟宿夜静風清水四圍胡蝶夢中江月白
蘆花吹笛釣船歸

過蕪湖晚望

盡日舟中情思疲晚來何處最幽奇沙鷗數隻妝江面
雲帶兩條山畫眉

東流阻風

秋蓁叢邊風索索迎賓亭下水瀰瀰蓼花深處老漁父
更把牀頭羌笛吹

次韻孫先輩見寄二首

從來佳句出寒餓太白飄零子美窮箸下萬錢如有意
作詩遣興不須工

長欲探懷取卿相對人信口比伊周安知投老空拳在
句法不瞖雙鬢秋

過湘江題慈雲寺壁

慈雲寺在古城隈月閣風軒照水開獨倚欄干秋雨後
青山相逐渡江來

再遊讀舊題

渡頭路入白雲隈斷岸柴門窈窕開忽憶去年曾過此
拂塵閑看舊題來

晚歸福嚴寺

淺抹濃堆翠却煙老松無數更蒼然石梯又入千峯去
時見樓臺夕照邊

次韻亭上人長沙雪中懷古二首

楚國樓臺淩九霄歘風行復弄柔條當年絃管今何處
飛雪滿空如舞腰
數峯江上曉不見指點先煩柳標條却望蒼崖尋折榦
偃松梢重壓龍腰

書白水寺壁

寒巖花木鬬迎春古寺脩筠戰雨聲負日晴軒欣坐睡
朦朧何處鵓鴣鳴

過長馬市

長馬人家古道旁秋來禾黍已登場池塘水落菱蒲冷
籬落霜晴橘柚黃

書湛然亭

家在匡廬疊翠層雲開彷彿見微稜褰衣欲上千巖去
隔岸扁舟喚不譍

次韻張敏叔畫桃梅二首

要看紅雨滴殘春作陣驚飛亂蝶羣好在一枝長不死
謾煩詩筆掃煙雲

玉骨冰姿過眼空却煩摹刻倩詩工暗香錯莫知誰寫
多謝黃昏一陣風

送覺先歸大梁二首

幾秋千里游梁去破浪扁舟別我來對坐無言看山月
一庭松雨在莓苔

閑人忙事莫參差各夢同牀暗發嗟相值一懽難把玩
摩頭輸子看京華

題賁遠書房

軒上仙郎面如玉檻前脩竹翠於蔥壁開他日春眠足
應對同僚話故叢

李商老自山北道中作詩見寄次韻

蹇驢醉頰兀紅酣眼艷秋波望翠嵐長向詩中見風度愛君筆力似黔南

初至崖州喫荔枝

口腹平生厭事治上林珍果亦嘗之天公見我流涎甚遣向崖州喫荔枝

至海昏三首

前身定是赤頭璨風帽自欹麻苧衣久客瓊崖看詩律袖中藏得海山歸

我老又窮交舊絕姓名面目畏知聞餐痂是病竟不悟畏飫相從獨有君

天公無計奈此老時復致之拴索間寄語故人休念我

幸因王事得游山

次韻壁間蔣侯詩

軒前叢玉是誰種笑裏風姿件件宜耐久節高真不屈
此情惟有雪霜知

遊石臺寺

歲晏身心無一事江山信美又吾鄉去年今日黃河北
夜趁明駝上太行

承固登小閣

老僧乞食城郭去小閣無人獨自登急雨忽來添暝色
諸峯領略露寒層

會性之山中二首

秋來林下偶相尋松雨風泉一徑深小立聽君臨水語
十分知我住山心
江山千里笑談中暖熱寒泉出伏龍却看秋容能拂掠
夕陽無語斂眉峯

守道太尉醉鄉

懽伯平生數往還箇中城郭未嘗關暮歸健倒三四五
憑仗酩奴扶玉山

世明九客同登滕王閣索詩口占

西山出雲青未了九客凭欄一笑時秋天便是一張紙
寫取江南覺範詩

贈胡子顯八首

小縣風光秀句傳太平無象宰君賢雖非社日長聞鼓
不是炊時亦有煙
作官要自有家法童稚熏蒸飽見聞堆案文書談笑了
先將勤政報君恩
去年苛政如狼虎盜賊縱横民散居那料春來見天日
抱孫門巷買犁鉏
社飲扶攜春日和柘岡麥壟竟相過不因舊歲追胥苦
安得春來喜氣多
無數花紅震委地幾重雲碧幕攤空遥知客退西園裏
盡落登臨語笑中
庭訟凋殘遣氣增早衙清磬夜香燈吏人莫作官人看

我是南州有髮僧
弄晴雨過秧針出花信風來麥浪寒想見豐登民訟少
長官行摺道書看
煙鬟散亂猶梳月谷口含胡欲吐雲山寺閉門春睡足
可憐凭檻不同君

何忠孺出芝草三本皆黃色指其小者曰昔登第
時產此今重華爲作此

家山又產靈芝瑞天獨於君著意深層秀已呈重蓋兆
色黃更類笏頭金

古鼎

器分三足真神物具體而微有旨哉我識地靈先獻瑞

知公才業足鹽梅

舟行書所見

剩水殘山慘淡間白鷗無事小舟閒箇中著我添圖畫

便似華亭落照灣

東坡羹

分外濃甘黃竹筍自然微苦紫藤心東坡鐺內相容攝

乞與饞禪掉舌尋

宿芙蓉峯書方丈壁三首

二十六腐猨臂上夜晴引手酌星河忽驚此虛羊腸險

世路羊腸險更多

赤髭病客煙瘴面漆瞳道人冰雪容俯檻夜殘看落月

不知脚下有千峯
人間熱惱不到處一室篝燈到曉明枕臂聊爲吉祥臥
雪猨聲與夢俱清

過寶應訪達川不遇書其壁

屋老僧殘湘水濵叢林氣象傲比隣莫嫌川客貧徹骨
滿院青春不借人

次韻曾侯分春亭

杖藜庭下花如海紅浪顛風急雨時分得春歸無著處
都將裁刻入新詩

次韻晚起

春眠失曉殊可喜紅日曈曨聞喚起平生嚼蠟觀世間

一覺夢鄉如此矣

次韻春風

吹鬢風俱小雨來殘紅掃盡露蒼苔稻畦綠錦無邊幅
更欲煩君爲剪裁

次韻題葆光庵

一庵萬事不挂眼孤坐枵然龜六藏漆園摸索太饒舌
强爲立名爲葆光

次韻綦堂

晝戟叢中小寢驚日長閑試道衣輕合風廣厦過微雨
賓從時聞下子聲

次韻西樓

萬古湘江繞故城水光夕照動簷楹行人仰看春風軟
吹落凭欄笑語聲

三月登湘陰景醇湖山堂時江漲而雨未止

煙雨溟濛暗小窗湖山堂下水連江已欣一葉浮千頃
更愛飛來白鳥雙

又登鄧氏平遠樓縱望見小廬山作

倚欄天際數歸帆春在滄州數筆間我與小樓俱是畫
雨中猶復見廬山

意行入古寺見鄧生之富以谷量牛馬寺舊籍余
賦詩

清明雨過快晴天古寺尋春亦偶然濃笑晚風窮似我

也將柳絮當榆錢

南嶽會禪師往京口省枯木老禪過余湘上夜語及前詩三絕要謁夢蝶老居士不覺有懷其人

若逢夢蝶庵中老爲道歸期壓舊年肯施獨龍岡畔地大勝小嶺買山錢

會師胡盧而笑曰獨無語以餞我乎因賦此

倦卧者闍峯頂雲呼船閒立楚江濆愛師任運如湘月影入千江體不分

贈覺成上人

雲泉措置萬事外鬢髮凋零伸欠中想見龍城山下路一川秋色稻花風

送向禪者省親約三月時復來

小雨初晴上元過湘江水生圖畫開江南今日且歸去
杜宇啼時還復來

次韻惠梅禪師見寄秋日四首

客情容易到雙眉乾沒晴湘夜月暉風露滿庭人未寢
飛螢故入小簾幃

長廊黃殿午風清禪倦何妨曳履行歡喜閒中有奇事
鑷髭空對紙窗明

兌高山水目清暉雨勒孤雲放縱飛多謝炎涼摧溽暑
更闌靜極忽僧歸

飽霜毛穎泛松煤窗底魚牋自在開琢得小詩清似玉

步筇時遶紫莓苔

補東坡遺眞姜唐佐秀才飲書其扇

此生身世兩茫茫醉裏因君到故鄉滄海何曾斷地脉
白袍從此破天荒

次韻蕭子植承務四首

別後時時想見之朅來吐語便能奇夕陽寒帶殊山雨
寫出蕭郎醉裏詩

萬鍾我欲解帶食雙璧從來賜立談君視新豐獨杯客
不因州縣著來簪

錦堂聞有傳夫子馬鬛倉官臥夕煙未展玉堂揮翰手
却來從我弄雲泉

秀句端如我晚煙白髭畫出石門禪未論翰墨鶩流輩
只識蕭郎亦自賢

英上人手錄冷齋爲示戲書其尾

五鼎八珍非我事曲眉清倡乞人爭一帙冷齋夜深話
青燈相對聽秋聲

入九峯道中

插身在俗熱惱處留眼看山寒翠中脩徑掃除知有寺
忽驚窗戶濕青紅

讀和靖西湖詩戲書卷尾

長愛東坡眼不枯解將西子比西湖先生詩妙真如畫
爲作春寒出浴圖

與超然至谷山

行盡湘西十里松到門却立數諸峯崇公事跡無尋處
庭下春泥見虎蹤

崇山堂五詠爲通判大樂張侯賦

靜隱堂

扶策經行此堂上萬峯翔集漢江津山林未放公深隱
只恐功名逼逐人

信美亭

小停與客登臨處閒暇江山又故邱最愛名花每含笑
更憐幽草解忘憂

致爽亭

亭中偶坐悠然見不學王郎拄笏看多謝秋山每傾倒
潑雲秀色墮欄干

妙觀庵

閑來禪室倚蒲團幻影浮花入正觀江月松風藏不得
大千俱在一毫端

崇山堂

襄陽林壑精神處此地正如眉目間笑看弓彎弄雲水
風流那減謝東山

書寂音堂壁

永懷焦管愧平生任運無心更道情野火燒爐成露寢
暑天因浴亦江行

介然館道林偶入聚落宿天甯雨昔雨中思山遂

渡湘飯于南臺口占雨絕戲之介然住廬山二

十年尚能詳說山中之勝

城中信宿無所詣徑作思山破雨歸偶過南臺同野飯

聽公放意說巖扉

楞伽本在海中央鉢具懸知挂舊房不泛木杯驚俗眼

一蓑煙雨渡瀟湘

題清芬軒

隔屋江梅欲墮飄幽香細細故相撩披衣春曉無人見

小立微聞意已消

次韻資欽提舉遊浯溪

邁往高風不可攀老成今獨見波瀾平生嗜好如漫叟
更在浯溪煙水間

次韻題德岡鋪

舊聞清憲使臨卭今日公能繼此風舍者從教坐爭席
玩龜不廢撫焦桐

次韻自武岡趨東安道中

枕孤衾冷月空斜臥看青燈自委花迤想醉翁非夢語
酒醒能道客思家

次韻邵州道中

斗折清江接暮林墮江殘月水浮金松間有風自成曲
清坐不須重整琴

次韻會機宜游山湘江晚望

貪看江草間江花不覺移舟著淺沙數筆瀟湘春自曉
橘叢籬落露人家

閏三月經旬雨江漲巳及舊痕而湖山堂之下船
猶著沙二十七日與天甯清修白鹿龍牙開法
同赴景醇飯而廣法益陽來遂掇坐入門湖水
漲滿其碧勝鏡景醇曰湖山正爲公輩甚喜作
此

湖山景物亦相知豈獨紗巾壞衲師喜我遠來何以見
夜來湖水滿平隄

巫山圖

誰開幅紙如方鏡照見巫山十二鬟若信朝雲是呵霧許愁邪復疊眉間

古詩云蘆花白間蓼花紅一日秋江慘憺中兩箇鷺鷥相對立幾人喚作水屏風然其理可取而其詞鄙野余爲改之曰換骨法

蘆花蓼花能白紅數曲秋江慘憺中好是飛來雙白鷺爲誰粧點水屏風

佛鑑興修天甯而大檀越輻湊六月初吉有雙蓮開殿庭之西池作此

露井銀牀照碧苔地靈獻瑞亦奇哉將成萬壽千楹搆故遣雙蓮一夜開

題通判學士適軒

小軒只著竹方牀散髮陶然夏簟涼手倦拋書成午睡

夢回齒頰帶茶香

清侍者自長沙歸雲居來辭且乞偈余歛目想見

清自遙田莊拄策而上將及到天亭回視諸峯

如闗穜所作廬山夕陽圖

到天亭下開春曉叢摺萬峯螺髻青瘦策繚雲上峯頂

爲誰粧點夕陽屏

宿興化寺

天陰連日不成雨古寺無人鳥雀喧立盡黃昏門半掩

縮肩畏被作猨蹲

心上座余故人慧廓然之嗣而規方外之猶子也

過予於湘上夜語有懷廓然方外作兩絕

風骨東甌語帶吳見君滿眼是西湖徑山河上今佳否
想見年來鬢亦枯

十年不得吳中耗凋盡耆年付等閒聞道瘦規顏愈少
獨餘此老殿湖山

寄題勝因環翠亭二首

遥知與客登臨處看得雲山到落暉四柱小亭清入畫
萬竿寒玉碧成圍

萬身高節清癯老四座飛簷寒影閒門外黃塵吹鬢者
有誰見此坐看山

次韻夏均父寄曾元素三首

溪上江山似故鄉歸來卜築近魚梁會須一葉浮秋浪
臥看驚飛白鳥行

文章風節冠中朝聳壑昂霄太華高想見山陽賓從上
醉圍佳麗寫臨皐

孤鳳丹山五色雛人呼身後秘行書高標秀徹如春曉
更愛含風萬頃湖

廬山雜興六首

野徑無人花競芳淡紅疎碧閒輕黃不須折向尊前供
杖屨歸來已自香

山中流水水中山盡日青藜共往還閒向僧窗看圖畫

不知身在畫圖間

幽花疎竹冷梢雲江北江南正小春但得青山常在眼
不妨白髮暗隨人

別開山徑入松關半在雲間半雨間紅葉滿庭人倚檻
一池寒水動秋山

白水連空不見村冥冥細雨濕黃昏秋山咫尺無由到
須信關人不用門

秋山木落見遙村取次人家只隔雲一陣西風雨中過
數聲笑語嶺頭聞

道中二首

蒲柳冥冥花已殘水田南北是青山晚村歸路聞啼鳥

家住寒雲縹緲間
元石無塵處處青一谿花照碧天晴山雲亂却來時路
雞犬惟聞洞口聲

奉要勝軒居實居士三首

漠漠煙雲映碧流暖風晴日動鳴鳩何當綠葉楓林下
杖屨相追結勝遊
出御未聞歸北闕角巾長念入西臺林間三月花猶在
第恐春風作惡來
栢岡陰滿雨初晴野逕無人獨自行一飯茅齋最瀟洒
香芽如玉待君烹

石門文字禪卷十六終

石門文字禪卷第十七

宋釋德洪覺範著

偈頌

摩陁歌贈乾上人

處處三門向南開青山綠水自圍褁鐘魚鳴時攤鉢盂精粗隨分喫些箇一生受用只如此何用忙忙脚踏火口閑莫說事留取吞飯顆眼明穿得針要自時補破粥後眠一覺不著溲漲亦不起齋後行數步不是肚膨也打過我不求世人世人不求我時時牽衣領臃腫包頭渦一味怯風吹耳朶世上許多人栫栫猶如蟻旋磨團團並頭爭什麼一籌輸與摩陁板頭盤脚坐人言南嶽

好奇峯七十朶廬山更是好瀑布垂天雲淨色不受涴殿閣參差如畫出萬人圍遶看登坐汝若學道便成佛汝若不學地獄禍眼看鼻孔也尋常六月日頭甚熱火一篝輸與摩陁看屋臥喚渠挽不來送渠推不可摩陁摩陁無如之何問著不答好啞大哥

讀禪要法

天王如來現于世文殊思往問法義便遭貶向鐵圍山須臾復攝文殊至文殊拜起依位住問我此謫坐何過佛言汝自墮艱難故起現行爲不可佛邊女子名離意端然入定方七歲又問何以不逐之佛言此女久無意女以無意逐獲免十方來衆何不遣如來自在神足禪

有意測之近成遠

送端上人入黃龍

一箇面如楪子大眼耳鼻舌分疆界髑髏裏面都不言聽渠外邊爭捏怪日用經行坐臥中一段光明沒遮蓋端上人會不會會與不會俱窒礙如見靈源瞌睡翁石火光中著精彩

好菩薩

好菩薩人中來好菩薩羊中來女媧弄土飛塵埃洛陽樓閣非願力眾生業影空崔嵬苾芻心不在法道鮮衣美食何爲哉好菩薩人中來好菩薩羊中來女媧弄土飛塵埃

慎姪來侍求偈

十方都盧是箇虎玄沙斫柴見不怖傍却報僧云是汝言中有響今誰悟華林年少相體解庵中與之同行住誰會呼作大小空癡兒見之毛卓豎我居十年無侍者呼喚應時隨指顧有人問著是何宗萬里無雲霜月苦

變禪者歸蔣山見佛果乞偈

霸陵將軍萬人敵射虎飲羽馬躃易下馬視之輒一笑甯知虎爲草中石控弦復射又中的砉然有聲箭不入將軍但知爲石耳坐令疑虎心相失諸方今誰達此機蔣山老勤默而識變公心挂蔣山雲浩然欲歸約不得洞庭青草水粘天高帆摩空一千尺仰看浪擺碧玉山

此時法界毛端集

送逸禪者歸荆南見無盡居士

長沙大蟲方肉醉倚樹痾癢威見尾逸禪來展寂子機舉足欲促適其睡後身荆州張曲江解鍜佛祖如老羆如聞去作丹霞問正當一口吸西江西江一口吸得盡是汝法身應有賸要令川客讀此詩都作蔣山吞栗硬

警策

汝未辦道業何能超塵累但觀身精進則知心猛利日中乃當食食不敢盡味夜分而後寢寢不敢熟睡貪入光明想貪證法明智是名心出家是名身出世大哉無累神合此有道器若具所行心件件俱不是而稱釋氏

子動止是羞愧

雲庵和尙生辰燒香偈

直心是道無虛假是牛何曾呼作馬平生日日常一般
但知九旬爲一夏聲色崢嶸爭蓋覆法身散失無尋處
因緣時節屬今朝不用追求全體露七十八年彈指過
元來諸數不曾墮南臺再拜炷爐香重渠當時不說破

雲庵生日空印設供作偈福嚴南臺萬壽三老與

焉次韻

不見叢林老陜西鐵牛生得石牛兒渺漂撲面紅塵起
四海禪流滿肚疑潙山作人熱心肺冷處著火人方知
龍山說偈聊戲耳萬象驚吽天魔悲三生大士視雲漢

和倡四座知爲誰南臺拱讀萬壽笑生機妙語皆臨時諸方傳誦著精彩不是龍山唱和詩

欽禪者乞偈

三世如來所說開遮或擒或縱一切微塵句偈只明衆生日用譬如一室千燈其光不雜不共無色天女擊鼓四大部洲頭痛一切智智清淨開合不成痕縫欽禪一等行脚莫聽虜子取奉若說有法可傳但作眼見鼻孔

宜上人天真庵

醉李宣道者活計太天真把茅蓋頭處只就松樹身樹邊有石兩三塊便與傾倒爲比隣眼子崒嵂奇寂寂亦惺惺却倩松風替說法而石側耳聽宜公咄云直饒聽

得如器盛水瀉也是外來之物何如我此横眠坐睡佛祖一齊喪氣

題草衣巖

祝融淩寒空方陟緣雲徑此山翠被重有巖如側磬拂石聊枕肱便覺諸緣靜萬瓦粲霜曉千里增目迥石頭有高弟衣草却心病千年續燈人誰接懸絲命

送先上人覲潛庵

潛庵九十一自是百歲人造物偶遺漏頓置潭水濱先禪江西來邈得渠儂真展挂雪色壁毛髮皆精神三玄合水乳五位透金塵譬如百衲帔歲晚思惠新臊僧不肯信眼肉懸千斤飛兔略燕楚敏若臂屈伸衲子參活

意擊電飛機輪窗如臊僧徒蠢蠢粘唾津

珪上人兩過吾家既去作此

牛鳴馬不仰火必就燥地應真隱躭源寂子一再至至言無緣飾大道甚簡易三關不卻人見者自擬議法身忽有勝佛祖俱喪氣君看暮歸人徑去方掉臂

送親上人乞食三首

荊簪女工採桑畫鴉女衣羅紈赤脚人趍兔鹿著靴人飽食肉百丈出家不害癡一日不作一日飢從生十指不點水得便宜是落便宜親禪學道不擔板自然公辦私亦辦新年持鉢走衡湘要令一眾毛孔香雖應鋒機不是語句鴨寒下水雞寒上樹不妨辦眾推究自已一

手摸魚一手犀水推開三玄玉鏁措拭同真十智要知
天下南臺口含三十六齒夜歸候門立地笑眼腦癡憨
肚裏峭緣來點鐵成金法白揣與人人不要
以有夢幻身安能鞞飢渴剃頭捨飾好則以乞爲活鍊
盡世間心方稱閒披衲格言非汝欺餘塵尙諸學吾師
三界尊食時亦持鉢春風吹湘雲萬峯寒錫卓出門一
句子團團生四角

讀龍勝尊者語

鼓聲無作者有作必有處乃知畢竟空誑惑凡耳故鏡
象無生滅生滅則有體乃知畢竟空誑惑凡眼爾以我
如實知法無心外者若人見自心一切如幻化

花藥英禪師生日其子通慧設齋作此

甲辰臘旦底時節太虛完全無一缺陷虎機參陝右禪
罵人觜是新羅鐵雲居老子最精銳長笑師兄難控制
龍象蹴踏非驢堪鷲王擇乳非鴨類睡快庵中知見香
試焚一銖熏十方不在鼻端空與木畢竟此香何處藏

四偈并序

和州褒禪山二禪者甲乙俱學於長老允平平稱乙才
敏甲忌刻日夕以計傾之平用之作維那甲愈怒以惷
語侵平平不得已用爲監院於是乙忽羞列其下不勝
其忿首於官曰甲嘗焚毀九曜幀子官四甲甲稱平所
教坐此平編管利州甲編管洪州甲見余哀訴曰吾未

死猶復乙也余憫其爲嗔火所焚蓋差緣耳始俱學道極善緣也中相忌以私緣差耳終至於累其師作四偈以勸學者此風殆不可長也

妬忌之火焚燒善根增惡果報壞好名聞以著我故見慢增勝嗔所蓋纏心不清淨大則壞國小則殺身從古至今數如沙塵旣會怨憎當衣慈忍如是進者名真隨順

見勝進者心生嫉妬以玆鬭相包蛇虺怒不敢以身而先天下三人同行必有師者孔老之聖行已如此奈何懷嗔而稱釋子子以緣差我故痛告盡世間心乃可學道

瞋恚現行時無明所迷醉不知自之失但見他人是如人在暗處見外不見裏大哉聖人學事事必求己曹谿傳祖位夜春先屈身童子誦句偈乃稱曰上人南山證果位天神常伏膺自以本持律不敢稱大乘

日用

晝爲情緣夜爲惡想譬如血脉流注不斷笑喜怒罵折旋俯仰我觀個中無三界相山河大地與意俱喪十方分身向此安葬耳中有塵捕風縛響舌頭無骨如拳展掌嬰兒哆啝語無背向終必得物人不敢誑是堅密身獨露萬象纔落意地卽同侶伴

八月十六入南昌右獄作對治偈

那落迦中論劫受苦焚鐵其地汁銅其柱魚鱠而爇瓜分而鋸於一日夕有萬痛楚我避世紛重閉其戶而此知識勃然而怒吏收付官於此土住自尋其罪燋芽石女然非天人所能見與自業成熟現行會遇受盡還無無可措慮我作是觀上契佛祖

食不繼偈

觀餓鬼趣論劫飢渴針鋒其咽火聚其髮晝夜號呼百千死活我常飽暖今暫缺乏當生大悲入此觀法

讀巘禪師錄

白衣微涴輒易覺軟泥硬地俱隱腳自家力量那借人了義心頭無處著實無一法可相傳直語臨機休卜度

次韻李商老送杲上人還石門

解彈無絃琴急拍紅芽碎得生覩史天寃債有頭對須知泐潭禪妙出言詮外猛焰爐中墮指冰箭鋒拄處君休昧

永明禪師生日

教乘法檀越宗門禪判官今朝藏不得推出與人看看看夜行只管貪明月不覺渾身露水寒

墮軒

當初二祖說禪拜起依位而立後來百丈聽法卷却坐前拜席曹山一墮二目老兒衣穿骨露臂如彈指閤前門開還合如故

棗柏生辰

十世古今圓當念日用當以何法驗夢中享盡百年榮黄粱未熟路傍店乃知無明無性體狂逐妄緣顛倒轉棗柏指我此妙門故能千偈如瓴建

三月十七老黄龍生辰

黄龍三月十有七天下衲僧信不及盡道三關透者難鼻直眼横誰不識滿院東風花不言死生情盡於今日汨羅江上小叢林放意説禪無愧色

黄龍生辰因閲晦堂偈作此

萬古知音是今日晦堂古錐口門窄今既不來昔不往桃花落盡春狼籍南臺茗椀薦爐香世禮叢林笑未忘

只箇死生收不得夢中聲色謾遮藏

正月六日南安巖主生辰

生死縱然無背面名字由汝舌頭轉昔日曾死今應生今日是生何不見是俗何故無鬚髮是僧何不著伽梨僧俗死生明不得團欒一句匾如錐

超禪師示衆云見聞覺知只可一度

見聞覺知只一度如刀斫水終不破細尋痕迹了無有謂無破處則不可譬如密室風寂然謂風無有俱是過以扇爲風則動搖風本不動汝會麽

不能爭得偈

頭顱栟栟貪肉臠眼孔巴巴憎妬聚但尋他人是非說

不知自巳敗闕露鬬死他年輸與我鬬生今日不及汝見時先意相不審各自念佛修行去

雲庵和尚生日燒香偈

妄見往來顛倒性智入三際刹那定卽此名言是污染知爲污染心清淨此知不屬緣非緣一絲不挂魚脫淵夢幻死生藏不得永夜清宵常現前

戊戌歲元日夢雲庵攜登塔問答甚多覺而忘之作此

政和八年四十八一念了知一切法顛倒妄想垢消滅平等性智光通達常令現前絕功勳不欲染污差毫髮雲庵夢中提誨我不然何以同登塔

過張家渡遇雲庵生辰

十月十六誰宗旨無聲三昧重拈起十方三世側耳聽
刹刹塵塵俱解義雙林樹開榮枯枝寶塔佛分生滅理
一絲不挂露堂堂要識雲庵今日是

永明禪師生辰

西湖水生洲渚失南屏雪盡峯巒集新春歸來誰使令
殘臘遁逃追不及死生難分後先際古今不與絲毫隔
平生説法如雨雲説得分明惟此日

贈承天遂岑

長沙大蟲今尚在眼吻開合珠光彩妙年憑陵舌翻海
衲僧呼作叢林客邇來頭有把茅蓋栽田博飯自扶耒

禪道從他別人會且復閑眠搔癢背

題淡軒

道人口吻最光滑行脚飽參奈粗糲少年嘗編諸方禪
邇來解毿三隻轍世味從來崖蜜甜我此一軒如嚼蠟
客來有語但寒温坐久時見眼開合

送澄禪者入蔣山

妙明廓徹圓當念念未圓明顛倒轉譬如醉眼旋屋廬
屋廬巋然醉目眩要令鶻崙常現前一切時中莫汚染
昔日蔣山解顛草一字不可饒兩點

送忠道者乞炭

水行無聲知其深玉瑕不變知其粹逆順門高懽喜登

辦心成就一切智楊歧臥榻有真珠柱順法身無紙被焰上說禪炭裏藏不妨道者閑游戲

再送之

出家放曠斷愛緣是心清淨離葢纏君看鐵脊忠道者妙如神魚初脫淵閑行覷地一笑喜自言拾得南臺禪東勝身洲兜一喝驚得山河磨蟻旋

昌禪師庵翁塔

庵翁外庵中曠達未死不妨先建塔心如平地起骨堆聊對時人翻著韈住山送客不過溪庵徑不滅石頭滑諸方來者莫麤心舉步亦須防倒躂

送肇上人還江南省阿尙

窮冬急景江村暮道人千里江南去明宵應宿路傍店
敗簀枯禪山月吐死生面目無處尋但餘體栗空齟齬
能知忍凍非他物便可鶻崙吞佛祖

明教夢中作

劒戟光芒星斗動虎方肉醉山嶽恐層崖無處一庵深
宴坐不言百神悚臨際仆地掖而起眼蓋叢林氣深穩
覿面堂堂不覆藏個中無地容思忖

見志

逼塞虛空難躱避笑渠百計苦搜尋至無著力爲明見
但盡攀結是肯心顧我竪旗降老病有誰横槊捍叢林
木鵞巫峽思前事正恆雲巖隔信音

示禪者

庵內不知庵外事坐看來者墮鋒機忽思良遂參麻谷大類清平見翠微黃蘗棒頭甯有法惠超言下便知非意根欲立無存處萬象同時把手歸

題石頭頓斧亭

兀坐等閑酬客問碌塼拋出亦光生欲憑妙語分賓主須識塵機有濁清麟角譽高推獨步石頭路滑苦難行草庵依舊青松下睡起晴窗撥眼明

十二月二十六日永明禪師生辰三首

世界撮來如粟米根塵勞破似虛空驕嘶鐵馬追風去杴鬭泥牛躍浪中十聖撼搖無縫罅三賢摸索墮盲聾

長因此日容瞻仰面目分明歲歲同
刹那思慮不及處智入三世無去來水母有蝦方見色
芭蕉無耳亦聞雷鬧中情垢消磨盡笑裏心花造次開
今日全身毛孔笑老師帶伴與春回
昨日雲門曲調分今朝法眼已生孫渠將大地藏針孔
汝等諸人甚處蹲塊石浮空將壓汝一毛在火不曾焚
孤猨叫月千巖曉知道當時以眼聞

南安巖主定光生辰五首

老兒饒舌太慈悲此日提綱決衆疑解說神光摩頂後
分疏死日降生時落人塊石懸空住噴火雙蓮結子遲
堪笑年年正月六出羣消息少人知

贈以之中擊電機不令點畫入思惟嘶風木馬空成夢
喘月泥牛醉未知五蘊完全真死日百骸消散是生時
雲門函蓋乾坤句語默何人遘得伊
南安巖本在長汀巖主年年此日生笑裏一毛無間斷
毫端十字露縱横未離唇吻成窠臼纔落思惟墮塹坑
自是定光那待借可憐馳逐並頭爭
體妙常明目神解不關托境仗緣生從來懶欲當頭道
恐後空存染汚名苦口傷慈成漏泄死時生日太分明
堂堂試展巖中像稽首重瞻道骨清
不涉春緣正月六衲僧拾得聚頭看大家宜著音容想
一笑風吹牙齒寒欲問死生口門窄更分僧俗眼皮寬

湘山雪盡千巖曉贈以之中墨未乾

老黃龍生辰三首

綱宗壁立大崔嵬魔外聞風膽自摧萬古知音今日是
三關鏁鑰一時開從教意氣縱橫去終解形容寂寞回
寄語兒孫著精彩黃龍手段似南臺

塵勞山峻鐵崔嵬曾向慈明喝下摧解作隱身衣帶露
不須彈指閤門開三關未透從教去萬里追思却再回
已墜綱宗誰整頓杖藜今日獨登臺

同登九仞到崔嵬困極那辭共墮摧待汝狐疑猶豫處
當機佛手等閑開昔年成物心空切今日臨風首重回
滿院新晴春已老落花飛絮點池臺

德洪自住南臺每歲必作一偈致不忘法乳之意今用宣和三年四年韻時五十三矣重惟法道陵夷令人寒心而障緣深重氣力綿弱不能支持當有法中龍象乘願力而來者副此志焉是所願望法孫德洪題

雲庵生辰十一首 後有政和二年瓊南時作

今年十月十六日老漢行藏世不知石女夢中無死地空花落後記生時無聲三昧重聞舉入骨風流說向誰妙叶當機休擬議電光翻影不容追

一句全提離死生如今非往昔非行若知此老無今古便解臨機透識情滿院松聲霜後好十分山月夜來清兒孫要識吾宗旨只個金剛瞎眼睛

多寶重來應爲法塔中全體不鮮陳却思平日分身集
何似今朝一句親略露爪牙藏理窟不留影迹走機輪
叢林欲問南陽事我是耽源老感真

一切智慮不及處曠劫無明壞滅時頂相後常光照曜
髑髏前略露風規根塵不敢覆藏者生死那能染汚之
消汝去來顛倒想共瞻遺像入追思

十月圓光到曉蠻煙瘴雨卷晴空石門想像同袍集
珠浦行藏異類中鉢飯薦陳虛坐設鑪香拜奠與誰同
曲高唱獨知音少鯨浪粘天地脉通

不落思惟離聖凡令君覿露見雲庵平生不許當頭道
今日重聞稱性談老鑒三機酬跛傴洞山一半肯雲巖

我無奇特報恩德九死歸從瘴海南

面目分明畫裏傳渾如父母未生前此真若信同十智
三要方知具一玄無語臨機成滲漏麤心開口墮情緣
老兒今日親分付不寫題銜欵識全

空庭叢橘半垂黃繞屋畦蔬又著霜山縣人歸輸井稅
麥田雪後縱牛羊意行門徑欣來客背負茅簷愛夕陽
今日故山成悵望烏殘紅柿憶分嘗

雲庵化去二十載今日重聞說法音覿露全身太分曉
森羅萬象自平沉攀緣路絕無生死栽接情忘透古今
此老傷慈真故態依前饒舌老婆心

大地無一法可見雲庵露萬象中身頑空消殞明方極

肉眼遮藏覷不親苦口老師歸寂日知恩弟子慶生辰
鑪香長伴青燈曉賽却靈山法供真
老師一句撲不破徹底完全爲不存何處干戈能脅嚇
誰家夢幻敬追奔太虛影像藏蹤跡大地山河喪膽魂
今日與君呈伎倆都將生死鶻崙吞

陳處士爲子畫像求頌戲與之

吳儂戲入筆三昧老儭分身縑素間平昔垂鬚曾跨海
暮年留眼飽看山肯甘夢幻所折困不受叢林輒見刪
我不是渠渠是我謾餘名字落人寰

次韻楊君所問

學道全無箇入頭老師曾指路蹤由岸如欲上先停棹

車若不行須打牛殘蕚萬枝紅錦墮暮雲一縷碧煙浮
爲君直截根源說不落春緣會也不

讀十明論

了知無性滅無明空慧須從戒定生峯頂世間心已盡
蓮開幻事觀方成尙無欣慕厭除念豈有神通變化情
對現色身人不識南風小雨共籠晴

僧問烏喙義

知之百事不改舊欲理情緣一笑譁畫水成紋覓生滅
盤珠無影計橫斜人言烏喙豈堪食我見飯囊今是沙
舉措施爲頭踞地逸羣方觧世吾家

僧請釋金剛經卒軸

杵形中實兩頭虛法喻初中後善俱九類衆生同寂靜
四重我相頓消除人天但仰懸河辯蛟蚋難藏烈焰殊
悟了更須防老漢紫羅帳裏撒真珠

題潙山立雪軒

潙山雪曉試凭欄露地牛兒覓轉難脫體見前誰對立
一塵不受眼空寒日長齒頰茶甘在客去軒窗篆縷殘
好在少林成想像祖師時展畫圖看

三月二十八日東柏大士生辰用遣本情忘知心
體合爲韻作八偈供之時在建康獄中

道不藉劬勞心唯論曉達圓明常了知豈受情想雜如
人夢驅馳身自安牀榻一句脫思惟大千拄毫髮句中

開活路要汝到根本如射中百步巧力觀者奮箭鋒相
直時何嘗落思忖相逢佇思間雪峯毬子輥人間皆熱
惱我自不隨情一室閑趺坐天魔魂震驚百千大火聚
中有片玉清大哉慈忍力妙湛合無生見行常潤發種
子復難忘倏爾情塵起刹那心境彰譬如鏡中女非鏡
非紅粧欲證牛無角當如龜六藏吾聞能障道惟強覺
妄知欲得常靈妙直須無失時鐘聲鳴靜夜晝擊則生
疑踞地真師子風顛漏泄之衆生各圓滿本覺妙明心
常用交神對無令見慢侵霜刀惟切玉妙指但鳴琴
與雪山子經行煙翠深了然心自知法法露全體遣化
借燈王引手搏妙喜大用吾亦然何獨居士耳萬里見

神光當以頂後覩汝常與智俱自不與妄合其智自神解成就一切覺諸佛方便門衆生五欲樂皆依真智生醞造乳中酪

二十九日明白庵主寂滅之日用欲得現前莫存順逆爲韻作八偈

道心固有恒至剛定無欲得飽卽酣臥稱心良易足清歌一瓢風笑唾千鍾祿誰能作九原我欲掖埋玉然燈有法傳釋迦當卽得但聞記別音乃知無所獲精真妙平等明告恐疑惑永懷常不輕好心遭捶擲心馳卽攝來寂然住正念譬如分身集全身方出現生佛識精聚滅佛遊魂變分坐寶塔中二法君試辨道非止精進此

意曾密傳宴坐歷十劫佛法不現前一乘論知見三獸分聖賢君看娑竭女初不學安禪汝心有罅隙甘受夢幻縛我念無異相魔外分遮莫初緣五欲因乃得入禪樂自喜如弄猢旁觀膽先落火風肆怒嗔萬物遭蕩焚起止甚自若不受寃債吞六情具三毒安得有罪愆異哉根與境乃得此理存餘生老變衰復臥癡愛病默觀顛倒因聊復自隨順負暄慶生辰自誑倚年運偶然吐文章朽木生芝菌業熟會寃憎遂爾遭橫逆願行報寃行遇此真知識用智滅無明以事觀色力當登萬煅爐乃驗真金色

政和二年余謫海外館瓊州開元寺儼師院遇其

遊行市井宴坐靜室作務時恐緣差失念作日

用偈八首

一切境界病眼倒見但靜意根空慧自現

一切境界隨念而至念未生時髑髏是水

道人何故婬坊酒肆我自調心非干汝事

一日不作一日不食誰其嗣之我有遺則

折脚鐺子隨處安置食無精粗但欲接氣

心欲馳散卽當攝來大火聚中青蓮花開

此障道法上品蓋纏是何時節乃復安眠

沙彌嗜乳作乳中蟲三篋高道一鉢孤風

示禪者二首

剎說眾生說三世一切說廣大古井波平等紅爐雪照用本來同賓主互相攝如圓伊三點不同亦不別高高峯頂立深深海底行道人行立處塵世有誰爭無閒功不立渠儂尊貴生強酬顛倒欲火裏鐵牛耕

嶺外大雪故人多在南中元日作三偈奉寄瑩中

徧界不曾藏處處光皎皎開眼失蹤由都緣太分曉園林忽生春萬卉粲一笑遙知忍凍人未悟安心了

昨夜一歲除今朝一歲長如人暗書空點畫自想像春風依舊寒底處有來往居士亦赤窮眉毛在眼上

傳聞嶺外雪壓倒千年樹老兒拍手笑有眼未曾覩故應潤物材一洗瘴江霧寄語牧牛人莫教頭角露

初入制院

無所住生心佛語祖師意何人賞此音空絃閑妙指清歌餞餘年堅臥答萬語了知空花間無地容生死

余白渡海卽號甘露滅所至問者尤多時作偈答益不解乃告之曰涅槃經云甘露之性食之令人不死若合異物亦能不死維摩經亦曰得甘露滅覺道成又爲之偈

萬象獨露身三世一切說解聞寂靜音方見甘露滅從來幾生死何處今堆疊不受夢幻纏紅鑪存片雪

述古德遺事作漁父詞八首

萬回

玉帶雲袍童頂露一生笑傲知何故萬里歸來方旦暮休疑慮大千捏在毫端聚不解犂田分畝步却能對客鳴花鼓忽共老安相耳語還推去莫來攔我毬門路

丹霞

不怕石頭行路滑歸來那愛駒兒踏言下百骸俱撥撒無剩法靈然晝夜光通達古寺天寒還惡發夜將木佛齊燒殺炙背横眠真快活憨抹撻從教院主無鬚髮

寶公

來往獨龍岡畔路杖頭落索閑家具後事前觀如目覩非讖語須知一念無今古長笑老蕭多病苦笑中與藥皆狼虎蠟炬一枝非囑付聊戲汝熱來脫却娘生袴

香嚴

畫餅充飢人笑汝一庵歸掃南陽塢擊竹作聲方省悟
徐回顧本來面目無藏處却望潙山敷坐具老師頭角
渾呈露珍重此恩踰父母須薦取堂堂密密聲前句

藥山

野鶴精神雲格調逼人氣韻霜天曉松下殘經看未了
當斜照蒼煙風撼流泉遶閬閣珍奇徒照耀光無滲漏
天靈妙活計現成誰管紹孤峯表一聲月下聞清嘯

亮公

講處天花隨玉麈波心月在那能取旁舍老師偷指注
回頭覷虛空特地能言語歸對學徒重自訴從前見解

都欺汝隔岸有山橫暮雨翻然去千巖萬壑無尋處

靈雲

急雨顛風花信早枝枝葉葉春俱到何待小桃方悟道休迷倒出門無限青青草根不覆藏塵亦掃見精明樹唯心造試借疑情看白皁同頭討靈雲笑殺玄沙老

船子

萬疊空青春杳杳一蓑煙雨吳江曉醉眼忽醒驚白鳥拍手笑清波不犯魚吞鉤津渡有僧求法要一橈爲汝除玄妙已去同頭知不峭猶迷照漁舟性懆都翻了

石門文字禪卷十七終

石門文字禪卷第十八

宋釋德洪覺範著

贊

釋迦出山畫像贊并序

秦越人之於醫望見知死生老潘之於墨摸索知精粗蓋其不傳之妙無地寄語默也歐陽文忠公曰小字遺教經雖不著書者之名然非義之莫能作也予閱錢樂道家所蓄釋迦文佛出山像雖不主名然非道子莫能作也以其筆意之著也樂道人品甚高鐵書血食之後其沉信痛敬所致像之寄寓泱非苟然拜手稽首贊曰

徧大海味具於一滴盡法界身足於纖埃佇思則燈王

之座不能入毗耶之室歛念則彌勒之門彈指即開惟我鼻祖釋迦和尚初出雪山即示此像以百千億微塵數身九十七大人之相頓入毫端三昧而幻此一幅之上垂手跣足頂螺頷絲超然靜深出三界癡如浩蕩春寄於纖枝如清涼月印於盆池鏤冰琢雪我作贊詞闕空鎖夢夫子其牢蓄之

漣水觀音畫像贊并序

大觀四年春二月戊子之夕病比丘德洪纍然臥縲絏之中夢至一處庭宇閎然有僧導入室中舉燭視壁間有鍾山寶公菩薩之像意欣然欲得之而像輒自墮手中復展視之則化爲十二面觀音慈嚴之相心大驚異

遂覺已三鼓矣三月甲辰南州德逢上人以書來訊且曰吾以衣鉢遣僧詣漣水畫觀音像至其莊嚴妙天下之手德洪追憶前事問其遺僧之日乃其得夢之夕因自感歎菩薩以大悲等慈哀憐照臨如是昭著其恩何德以報之惟以筆舌言詞喻海之深誇日之明耳謹稽首爲之贊曰

稽首淨聖甘露門無量勝身徧沙界應諸衆生心所求譬如春色花萬卉西方肅殺憂愁地故住寶陀落伽山此方教體在音聞故稱名者得解脱一切衆生殺心盛癡暗不見不發心故現鷹巢蚌蛤中亦作畫師畫其像菩薩豈有種種心皆其悲願力如是何人毫端寄逸想

幻出百福莊嚴身屹然欲動千光集譬如將回紫金山
瞭然欲瞬衆生好譬如欲坼青蓮花蠻奴水王來獻誠
想見細雨天花落衆生五濁熱惱中色欲愛見所熏炙
忽然覩此寶月相一切毛孔皆清淨成此不思議功德
皆因上人心所獻願我早熏知見香願我常披慈忍服
願魔障山速崩裂願大智慧常現前心精遺聞證圓通
自然靜極光通達我當定如觀世音一切衆生願如我

旃檀四十二臂觀音贊并序

予蓄四十二臂觀音菩薩之像如護目睛今以授其友
李天輔又爲之贊曰
汝意有言枯杌作鬼我心不生髑髏則水乃知妄覺一

法成二湛然圓明百千一耳稽首大士應物而形隨其小大如谷答聲千臂執持千眼觀照以無心故受用俱妙臂如青春藏於化身隨其枝葉踈密精神唯此瑞相四十二臂不越徑寸莊嚴畢備清涼寶月或慈或威如欲舉足花輪乘之碧螺之間有佛儼容如蟭螟蟲巢蚊睫中隱于石間顯出蚌蛤以無礙慈不擇清濁我觀震旦種性猛利由聞思入甘露滅地願加被我障盡心開如觀世音無礙辯才我說此偈萬象合掌何以無礙敲空作響

華藏寺慈氏菩薩贊并序

金陵華藏禪院旃檀慈氏菩薩像相好之工妙天下而

神異靈感未易以一二數居景德寺之後殿舒王嘗夢像求易居甚切既覺而忘之已而復夢理前事公夢中固留之像則泣下起而視之眞有淚零因大驚異即迎至華藏之大殿俄景德寺火一夕而燼嗚呼三災彌淪大千滅壞像豈得久留人間世而痛自犇免爲此兒戲狹劣相耶是蓋護法諸天以像之靈瑞佑之則然非菩薩意也其不可以不辨稽首爲之贊曰

何人寄逸想游戲浮漚間以如幻之力刻此旃檀像坐令衆妙好秀發千花中天冠束紺髮銖衣絡華鬘種種妙莊嚴成此功德聚當時億萬種感極則悲號樓觀出談笑祕護百寶攢如登覩史天如集龍華會嗟哉像教

末羽蕣咸百鳥棘生薝蔔林龍神爲悲慟王臣實外護巽夢非意恩願推明月輪出此蓬勃煙願迴紫金山安置清涼處至今百福相儼然臨人天神力叵莫測拜起涕洗瀾我諦觀十方實無心外境自然離依他及與徧計執即今目所見非有亦非無如像現鏡中非鏡亦非像願入此三昧識心自然明於十方國土而作大佛事稽首大慈尊證我如是說

泗州院旃檀白衣觀音贊并序

筠州太平泗州院僧元鑒所蓄觀音菩薩之相慈嚴妙麗靈異殊勝如上天竺所見者問何自得之鑒曰始有客舟載而至傳數家家輒禍至滅亡者皆畏不敢迎獨

吾迎事之而無異焉余曰昔廬山文殊師利之像不肯留寒谿而喜隨遠公歸東林金陵彌勒像不肯住景德而現夢於舒王永居華藏今此像乃獨樂寓於鑒是皆與菩薩有大因緣不然聖心豈有所擇而避就之耶爲之贊曰

我聞菩薩昔因地所供養佛名觀音從聞思修入悟心心精遺聞而得道見聞覺知不可易譬如西北與東南而此乃曰聞可遺令人罔然墮疑網龍本無耳聞以神蛇亦無耳聞以眼牛無耳故聞以鼻螻蟻無耳聞以身六根互用乃如此聞不可遺豈理哉彼於異類昧劣中而亦精妙不間斷況我自在慈忍力無畏解脫獨不然

鐘鼓俱擊聲不同知其不同是生滅而二種聲不相參
即是同時寂滅法稽首淨智功德聚廣大莊嚴悲願海
憫我心明力不逮時時種子發現行如人因酒而發狂
戒飲輙復逢佳醞願滅顛倒癡暗障願獲辯才智慧藏
游戲十方微塵刹亦施無畏利衆生凡曰有心能聞者
同入圓通三昧海

靖安胡氏所畜觀音贊

稽首淨智甘露門稽首無礙悲願海稽首紫金光聚山
稽首心精遺聞地願賜威光加被我摧滅一切夙障山
令我一切刹塵中見此百福如月面菩薩常念諸衆生
譬如慈母憶憐子子若晝夜常念母母子百劫必相見

如針之契諸磁石如雷之文於象牙皆即自然如是應
非諸心識可思量鷹巢現形蚌中出化爲畫女并魚師
皆隨衆生心所變一一成辦無遺餘妙哉三十二應身
一十四種無畏力願於一念淨心現譬如秋月現止水
一切衆生見者聞皆入圓通三昧海

潭州東明石觀音贊并序

長沙馬氏時一夕東城雉堞間光屬天達旦不滅州人
按其處有石臥古井旁半爲土所呑其色青瑩相與發
之即大悲觀音之像挹水灌沐妙容慈相忽然顯露如
蓮花之出泥大衆歡呼愛慕之極又如嬰兒之見母於
是建寺號東明初以律興餘百年民恃以爲福田元祐

初長老遷公以禪易之未幾棄去今海禪師自潙山來宴坐於室不蓄粒米倚此像以飯四方來者崇堂邃宇又加麗焉余聞菩薩之悲願於濁惡世一切衆生之用處化身爲魚米爲肉山以足其欲心今夜半光耀乃其一戲遂與無窮之衆園林花觀飲食臥具充足耶謹拜手稽首對像說偈曰

大悲智光本無礙於一切處常發現豈特夜半瓦礫間始復爛然上霄漢此邦衆生共勝業時節成熟故如是譬如日月行虛空水無穢潔皆照臨灰沙若沉波自寒圓影於中迥殊特稽首妙智光世音是娑婆界眞教體應機而現爲說法信心起處說法竟我今見境得成就

亦同音聞獲圓通六根遲速雖不齊要是一精明所現
我知暗相不能昏與彼心精遺聞處衆塵隔越妄分別
常眞實中無是事死生之變尚不旼豈有根塵乃能蔽
願令持此妙法門於此刹土爲佛事一切聲色熱惱中
與衆生作清涼處皈命救世大悲者願賜威光加被我
令我獲無作妙力令我亦名無所畏令我具無礙辯才
令我入一切種智我及一切諸有情皆如觀音得自在

空生眞贊并序

漳南僧愼修游吳中得此畫於敗垣破壁間拂除埃翳
神觀靜深如維摩大士得心解脫時出以示余爲之贊
曰

以空寂身無所倚依而捉杖藜以靈知心不在散攝而玩貝葉不舍色聲而證眞空與我日用能所心同於一切處寂入法海如風行空無所妨礙但離二執圓成普會當愼以修入此三昧

祐勝菩薩贊并序

祐勝聖容菩薩僧也航海而至自北天竺頓息此山爲邦人福田其靈感如呼谷響應捷而至是其善慈力稽首爲之贊曰

雷發春曉象牙有花是何因緣而使然耶一切幻物感以無心不思而合如磁石針況我大士慈善根力不起於座沛然甘澤千峯青碧環如長城經今幾時殿閣崇

成咨爾邦士時朔薦拜稽首眞慈是甘露海

繡釋迦像并十八羅漢贊并序

吾友羅彥勝之室鄒氏嘗得重疾幾死夢羣沙門來慰之已而少瘳乃發心繡十八大士像則頓愈彥勝以武洞清模本爲之格凡五年而成夫人精思天巧曲盡其妙可以目識不可以言諭也政和五年秋七月余臥痾石門彥勝室攜十八軸并釋迦如來像來求贊余自顧貧無以爲世尊諸大士供乃以筆語爲之供名曰筆供養云

釋迦佛

指以心運茸以針通針針是佛佛佛皆茸十分月滿萬

國春同稽首眞慈生女巧中

第一賓度羅跋囉墮闍尊者

霜筠雪竹石磴下安青猊爰尾徐行仰看師則跏趺顧視空几吐詞如雷侍者無耳

第二迦諾迦伐蹉尊者

蒼髯紫鱗上有懸錫玉像金瓶層置立石蠻王跪看鑪煙上百手招珠輪心境俱寂

第三跋釐墮闍尊者

神觀靜深合爪欽視誰設華輪前置淨几髯王捧搭自何而至中有金身勿安舍利

第四蘇頻陀尊者

石牀之外老松挺拔玉瓶之中山花自發手持如意默
而說似梵帙不看知離文字
第五諾距羅尊者
樹亦求法身常牀坐鹿有施心供以山果雪眉許長舒
縮在我默而識之未用驚破
第六跋陁羅尊者
兩鬼投書與僧聚語師竊聞之抱膝回顧我心均平等
視諸趣一念捨心卽離五怖
第七迦理迦尊者
身如蕉虛心如兎止師慈如和侍者笑覗毒龍難降我
試彈指便升鉢中喜見脊尾

第八闍羅弗多羅尊者

坐依胡牀手把筇竹偏袒右肩而收一足小僧滌器師視而笑主伴則殊日用同妙

第九戍博迦尊者

此瑠璃瓶中迸五色是功德聚善慈根力僧俗儼然殊迹同道即事之理一體三寶

第十半託迦尊者

手雖有拂境以無塵出三毒夢乘五色雲霜露果熟慈忍現身以空爲地立處皆眞

第十一羅怙羅尊者

閑提數珠背坐危石捉錫山童越樹而劇象銜藕花來

獻法供六根妙同鼻能致用

第十二那迦犀那尊者

苾芻捧塔示空寂身於莬對我示心境眞手把寶書而不展玩叉示解空文字不斷

第十三因羯陁尊者

情無住著袒而凭几侍僧擊磬狻猊臥戲石屏倚天下迸流水水聲觸眼石光到耳

第十四伐那波斯尊者

縱倚箕踞莫不是定毒旣止息邪亦自正鉢花自香蒲扇閑把目視雲霄我相未捨

第十五阿氏多尊者

蠻奴鶴立盆花置前倚杖屈足頷髭蚪然了世間空獨
游理窟石上軍持是吾長物

第十六注茶半託迦尊者

心花開敷行象明潔儵然宴坐秀目豐頰萬象之語六
根之功以手摶取置不言中

第十七難提蜜多羅慶友尊者

風度凝遠支頤而倦看此寶塔至身出現戲蠻弄毬引
此穉獸萬用不藏如日之晝

第十八賓頭盧尊者

夷奴碾茶愚中有慧走鹿臥地動中有止而師持麈閒
坐俯視曾見佛來法法如是

放光二大士贊并序

高安龔德莊出畫軸有二比丘像皆梵帔相好上有化佛下布雨花熟視之有光影滅沒如日在蒼蒼涼涼之間於是大驚自失德莊曰始僧繇畫於漢州德陽善寂寺之東壁自是有光世傳神異唐麟德中有僧摹之亦有光以授資州牧王紀紀奉之舟行風濤覆他舟而紀舟進止自若夜泊津次舟人聚語嗟異有商婦孕踰兩年不乳聞之從紀求摹像禱之一昔而乳垂拱三年則天迎置內道場光尤猖狂中宗嘉嘆此爲我家瑞唐祚其昌乎今朝治平丁未嘉禾陳舜俞令舉爲湖州獲之作贊藏爲家寶政和六年春獻于京師有詔摹傳禁中

而光猶益奇變京師爭售之畫工致富者比屋然傳以爲地藏觀音之像當有據耶余曰是觀世音得大勢至像也受記經曰過去金光師子遊戲佛時有國王威德從禪定起見二童子生蓮華中一名寶意二名寶上說偈發願而釋迦如來前身威德王也觀世音得大勢寶意寶上也於未來世成等正覺則觀世音號普光功德寶如來得大勢號善住功德寶王如來皆以次補無量壽故作雲間跏趺之像僧繇殆非畫師也德莊撫手笑曰當爲我贊之

人趣可學道乃爲婬事苦生那落迦中方無婬欲樂眾生如犛牛愛此貪欲尾異哉兩童子藕花中化生對天

龍鬼神作大師子吼我若從今始起於貪欲心是則爲欺誑十方一切佛以是因緣證色身三昧我亦於今日復作師子吼若從今日始不斷貪欲心是則爲滅絶十方三世佛願如二大士持心等虛無太虛有殞壞衆生界有盡我此願不盡稽首平等慈廣大同體悲於剎剎塵塵證我作是説

杏殼觀音菩薩贊并序

龍舒演上人持鴨脚殼中銀杏木所刻觀音像莊嚴妙麗如無邊春隨好光明塵塵具足稽首爲之贊曰

對現色身色身三昧如無邊春透塵透海使諸衆生道與神會知寂滅法不以身礙隨欲觀者非小非大此銀

毫髮纖穠向背百福莊嚴千花自在稽首大慈如大地載如皎空月無所覆蓋含精進幢如堅剛鎧太虛殞消我願不退

李伯時畫彌陁像贊 并序

政和八年五月十五日宜春黃先之攜李伯時所畫阿彌陁像來東山爲示余觀伯時畫多矣大率顧陸之意意不盡態故不施五色而伯時知之耳問其所得曰李仲元仲元中爲袁法官以遺所厚善者先之苦求得之余諦視其筆迹非今輩所能爲其爲伯時之筆審矣稽首爲之贊曰

以慈爲室以忍爲衣法空爲座示同體悲四十八願爲

世所歸如日沒時鳥接翅飛大哉甘露妙法總持令我觀門洞開坦夷諦見自心妙絶知思是皈依處眞不思議律我意馬使不妄馳光明現前見白蓮池不假中陰屈伸頃時欣然化生如八歲兒何以至此請審思之皆我精進想力所持稽首妙湛不動巍巍令一切衆絶癡暗疑有同願者但瞻導師脱然蟬蛻出五濁泥

漣水觀音像贊并序

世傳漣水賀生所畫觀世音像不減唐吳道子晚以法授其壻陳守安守安遂以其畫名世政和七年五月初吉佛鑑大師因公出其畫示余精深之工曲盡其妙可以目追心數其巧要不可以言得也謹拜手稽首贊曰

聲音語言形體絕何以稱爲光世音聲音語言生滅法
何以又稱寂靜音凡有聲音語言法是耳所觸非眼境
而此菩薩名觀音是以眼觀聲音相聲音若能到眼處
則耳能見諸色法若耳實不可以見則眼觀聲是寂滅
見聞既不能分隔清淨寶覺自圓融以無執故則有光
雖有千臂如兩手以無分別故寂滅雖有千手如一身
既無分別亦無執雖有千眼兩目同故稱光音寂靜音
及觀世音三種異稽首對現妙色身徧一切處如虛空
妙哉此像非筆畫厭足佛子欣慕心藕絲銖衣春霧白
覆此隨好光明聚一切衆生熱惱滅我手方捨甘露枝
唯佛子因心清淨如水澄澈月清亮借於畫工百巧伎

如暗室眼以燈見了知此畫非工有謂燈能見其可哉
我無此像乃能贊如眼見物不自見自能説偈不著像
眼有見矣燈亦可願持此大解脫門施衆生作無所畏
世世得無礙辯才稱贊觀世音功德

印上人持觀音像來乞贊余曰李伯時畫也爲作
此贊

稽首淨勝光明聚無礙慈忍精進幢清淨圓滿萬星月
分身如影分千江佛子心如涔蹄水隨其清濁現影耳
從來但聞一月眞是影何從有非是寒松瑟瑟哀霜風
愛此贊辭章句同佛子正當以身讀卽滿追求顛倒欲

衡山南臺寺飛來羅漢贊并序

[illegible]說太平興國初武牢沙門惠了游廬山宿于雲居寺中夜聞呻吟甚苦及旦視之有僧雪眉而癯臥腥臭中見了涕泣指其瘡曰當奈何了惻然憐之爲留五日洗摩傅藥甚有恩惠踰年瘡愈謂了曰我家南嶽子他日遊湘中當過我於石崖峯下探懷出紙裹付了了送至西嶺訣別而還視裹中乃瘡痂爲屏除臥處亦皆瘡痂也心惡之俄成熏陸投諸火中有異香了心駭異之明年春南來果逢雪眉於國清山路間倚杖而笑曰來何暮也相與坐青林之下語笑歡甚了問石崖峯安在雪眉以手指之俄失所在於是了乃悟其爲聖賢也悵恨彌日至方廣寺入羅漢堂而雪眉乃在十六像中了殊

大驚喜躍逗留久之後至南臺見昔同學道普者爲敘說其事有童子方掃除聞之停箒參立曰今日添香殿廡間羅漢輒剩一身了亟往視之卽方廣所見雪眉塑像自是號飛來羅漢了後還雲居以瘡痂葬西嶺爲壇其上今號羅漢壇如來世尊曰如今世間曠野深山聖道場地皆羅漢所住持故世間麤人所不能見夫豈不然哉皇祐間泉南僧谷泉隱居芭蕉菴有異迹嘗自後洞負石僧像至南臺而像無慮數百斤後人誣此僧爲飛來羅漢非也余不可以不辨宣和元年春余與大梁郭中復彥從來遊彥從問像所從得因爲敘之而長老昭公請爲書之贊曰

惟毗尼藏稱性之印印一切法無有少賸而此尊者跏趺不瞬外寂中空幻滅都盡諸佛子等勿故起妄於是像中作去來想昔本不來今亦焉往即一切法離一切相如一月眞無二無別於衆水中同時見月像非異同月豈生滅以應緣故光影清絶鍾山衆泉石井異味靈隱衆山小嶺異翠此嶺此泉皆飛而至示根境法其實同體如此大士諸法成就南嶽廬山宴坐馳走而事藏界隨處而有雖證無生亦不滅受

無爲山十生觀音贊

死生二法了無實相世駭異之墮顚倒想公獨不然十生一念化緣之迹皆可考驗一切聲音當以眼聽俱不

相參以本寂靜要如菩薩色相對現何以必之我有大願

第十五祖眞贊并序

迦那提婆尊者爲十五祖傳佛心印猶以衆生不能信受其言爲憂乃訴于大自在天像曰願神賜我使言不虛設嗟乎道之難行非獨今也稽首贊曰

石彪肉醉木駒夜嘶我此三昧非識情知應緣而現不落思惟是故鉢水以針投之如仲尼韶如子期琴又如蕭何而識淮陰無言可寄無迹可尋粲然現前傳之以心穴像之目我豈慢神指樹之耳我知其因物我如是所立皆眞隨其妙用見我全身稽首眞慈爲僧中王如

萬星月見者清涼倚以衆生不信爲傷盡盲者咎非光掩藏

六世祖師畫像贊并序

余竄海上三年而還館于筠之石門寺悲叢林之荒寒念祖師之標致不自知涕流也作六世祖師贊錄以寄昭默禪師以見其志云

初祖

妄想無性證不滅受前聖所知轉相授手風煙花開器界以形霜露果熟王子乃生護持佛乘指示心體但遮其非不言其是嬰兒索物意正語偏哆啝之中語意俱捐

二祖

頂峯朝露神光夜生堪任單傳荷檐上乘自尋其心不見歸宿如視環輪求其斷續用獄除間履瘦知肥姪坊酒肆盡其塵機雪中斫臂願續佛壽兒孫聞之竪毛呵手

三祖

六道暗昏不礙明潔毫釐弗差證甘露滅但赤頭顱特諱名氏離見超情欲盡世累潛谿海山麻衣風帽翛然往來被禍懷寶精一其誠聲名俱捨後世巨壙猶無知者

四祖

破頭峯下龍象雜遝衣付小兒道傳嬾衲乃爾相違求人爲法天書至門堅臥不答念諸衆生捕風捉影十地治之猶未蘇醒師發笑曰何必眩瞑但勿强名自然無病

五祖

觀前後身兩鏡一面左右對之三者頓現今非昔是增金以黃昔非今是誇沉無香已絶死生豈纏老少全機現前常明而妙夜江佐舟吾今渡汝句中之眼如水有乳

六祖

是風旛動眼自遮護非風旛動心則顯露是謂曹谿顯

及要旨欲證之者勿留汝意暫時歛念妙寂了然汝自受用密非我邊負石舂糧趂獐逐兎鏡中之空欲尋無路

寶公畫像贊

水月道場嚴淨久空華人世落殘餘骨埋龍阜誰名寶却在鷹巢不姓朱

棗柏大士畫像贊

道之深妙不可以義得故設象象以盡其旨心之精微不可以言傳故指事法以傳其妙惟棗柏大士深入此三昧故謹稽首爲之贊曰

鬚眉如畫頎而美風神如秋氣奇偉平生歸宿東北方

長勞動中寂而止翛然跣足散衣行智智用中不乖體
帝王家生得自在壽量不書絶終始虎受使令心境空
女爲伴助憎愛棄冠巾傳心卽俗眞方隅示法卽事理
只將棗柏薦齋鉢我來閻浮非著味自然光明生齒牙
我談辭章皆實義佛子授汝以顯訣一言便足超十地
隨順無明起諸有若不隨順有離異聖賢酪生凡乳中
只由觀照戒定慧是謂大士同體悲令我頓入一切智
作大佛事徧塵刹華藏界中容頓響以空爲坐禮十身
以願爲舌說千偈如以花說無邊春如以滴說大海味
稽首世間妙蓮華願常淸淨出泥滓

永嘉眞覺大師眞贊 并序

永嘉尊者初閱維摩經發明心要欲定宗旨遂造曹谿印可於祖師一宿而去世咸以一宿覺名之余讀其歌辭究其履踐如尺圜鑰合未嘗不置卷長嘆想公之爲人碩大光明壁立萬仞而視今之學者寒酸瑣細紛紛蠢蠢宗教興衰於此可知矣贊曰

情根無功意識無作現量圓成見聞知覺如鏡受燈光無壞雜烈火焚燒河流湍逝谷風怒號大地依止俱無知思亦復如是此涅槃門如鼓塗毒曹谿撾之聞者僵仆以椎授公萬像驚縮光明之語粲如日星精嚴之行清如玉冰唯不傳者與空相應我初學道如握與拳晚乃覺之如手安然有時而用摶取大千

百丈大智禪師眞贊并序

馬祖大寂禪師已化塔于海昏之石門師廬其旁既久衲子相尋日增於是厭山之淺乃泝馮水而上至車輪峯之下與希運惟政火種刀耕而食遂成法席余崇甯四年春至山中獲瞻遺像雖冰枯雪老若不勝衣而神氣峻邁如未度世謹拜手稽首爲之贊曰

以實問答空可青黄以意求道神落陰陽陰陽不測脫略陰界青黄摹畫果因不昧我有大機佛無密語如師子王露地方踞稱性文字隨分叢林如以妙指發和雅音同世之波壽九十二護持心宗謚曰大智

大達國師無業公畫像贊并序

余初讀公之語悚然異之及考其行事若尺圜鑰合然
於是自恨不生公時與之游又恨公不並生於今以見
大法將季之際其徒有大可慜笑者拜其像而贊曰
以如是觀覺知見聞性等太虛卓然而存示其身世如
空忽雲應緣上洛寄名李氏在齠齔中儼大乘器坐必
跏趺行必直視十二落髮二十受具能於諸佛放身命
處解衣磐礴從容笑語江西指佛卽心最的初亦不然
回首乃識如眼照物了證無惑燕坐并汾聲動天壤有
所問詰戒莫妄想兩朝致敬累召不往終不得已別道
以行蓋視死生洞若戶庭出入去來物莫能嬰衆生拘
囚如蠅唾污公如香象卓立回顧擺壞韁鎖自在而去

公之所養一至於兹人英僧傑龍章鳳姿諡曰大達憲穆之師

赤眼禪師畫像贊并序

士之學必有功名之羨方其鋭於立也平居議論展拓所畜若可以唾手而取及其臨事能卓然不外其言者蓋鮮矣豈天下之事論之必易而成之必難也哉蓋中人之情喜榮樂而厭勞苦惟其如此故其志不足以經遠功名難事也勞苦易厭者也遭易厭之勞苦而取難事之功名又非上智之姿而成之鮮蓋亦無足怪者傳曰志者事之竟成也士之不足以知此故疑眩敗亡如此赤眼禪師志於道者也初人視師目有重瞳其貴不

可言師大懼因昧其目選遁巖石間如禍之在已嗚呼從事於功名者咸以榮樂勞苦爲異而忻惡交戰於胷中禪師以從事於道故不知榮樂勞苦爲異而得擲於身外自非眞誠以大悲智爲衆生依者疇能及之吾故仰其風而恨異世不得與之游乃爲之贊曰

森森禪林公特秀出輕世急道不可跂及遺風至今秋霜烈日我初瞻像再拜稽首一室嚴冷如虎方吼嗟余寡助乃生公後忍視大法陵夷末運奴婢小人利欲迫窘冀公一吒腦破膽隕嗚呼公乎再見無由冗櫰方熾何時云休願起公死從之以游

破竈墮和尚贊并序

余閱傳燈愛老安之子所謂破竈墮者深證無生恨不與之同時而生也紹聖中再游廬山見其像而贊曰

嵩山屋老竈有神民爭祠之日宰烹師與門人偶經行即而視之因歎驚此唯土瓦和合成是中何從有聖靈以杖敲之輒墮傾須臾青衣出笑迎謝師爲我談無生言訖登空如鳥輕門人問之拜投誠伏地但聞破竈聲君看一體情非情皎如朗月懸青冥未證據者以事明鞭草血流石吼升涅槃門開見戶庭老安憐兒爲作名金屑雖貴翳眼睛

永明禪師眞贊二首并序

永明智覺禪師乘悲願力示生震旦傳佛心宗爲法檀

越其宏名辯才學者依以揚聲議論言句浩如山海余漁獵其間餘二十年至其妙處輒能識之如鷺王擇乳無有遺餘蓋嘗自志其鄙陋直欲追禪師逸駕爲之伴侶以游十方國土作大佛事尚未晚也謹再拜稽首爲之贊曰

三界種性有萬妍醜生順死逆夢夜想晝往復無間聲度垣牖皆依末那戲論成就而末那體無作無受譬如空花實無而有一念了知光明通透我如是見無有錯謬是爲心宗祖佛授手孰振頹綱秀傑奇茂稽首永明月臨星斗

以公風神爲我律度交神見之是眞保護

陳尊宿贊

雲門臨濟一龍一夔嗣存參運皆公使之叢林米嶺衆不滿百僉一典客覺有難色卽袖手去古寺間房織屨養母自含其光欽其遺風秋滿鬚髮唯不少貶是眞弘法

臨濟和尚贊

一句中具三玄一玄中具三要腦後見腮村僧向上更有一竅

長沙岑大蟲眞贊 并序

余游長沙至鹿苑見岑禪師畫像想見其爲人昔如來世尊語阿難曰汝元不知一切浮塵諸幻化相當處出

生隨處滅盡幻妄稱相其性眞爲妙覺明體龍樹菩薩曰諸法不自生亦不從他生不共不無因是故說無生以佛祖之辯談法之妙其清淨顯露如掌中見物無可疑者而末世衆生卒不明了者蓋其迷妄之極非其所聞之習故也禪師憫之故於所習之境譬之曰若心是生則夢幻空花亦應是生若身是生則山河大地森羅萬象亦應是生大哉言乎與首楞嚴中觀論相終始也禪師大寂之孫南泉之子趙州之兄開法於長沙之鹿苑當時衲子偪强如仰山者猶下之而呼爲岑大蟲爲之贊曰

長沙大蟲聲威甚重獨眠空林百獸震恐寂子兒戲見

不如畏引手捋鬚幾缺其耳大空小空是虎是你如備
眞覺可撩其尾嗟今衲子眼如裴旻但見其彪安識虎
眞我拜公像非存非沒百尺竿頭行塵勃勃

清涼大法眼禪師眞贊并序

余元符初至臨川承天寺寺基宏壯可集萬指而食堂蕭然殘僧三四輩而已因讀舊碑乃知爲大法眼禪師開法之故基影堂壁間畫像存焉神宇靜深眉目淵然而英特之氣不沒豈荷負大法提挈四生者其表固如是耶稽首爲之贊曰

非風幡動非風鈴語見聞起滅了無處所何以明之俱寂靜故此光明藏平等顯露由本無明愛欲慳妬如隔

日瘖痛自遮護有能了者卽同本悟索爾虛閑隨緣靜住一切仍舊自無染污爲物作則嶮崖之句不可犯干如大火聚

玄沙宗一禪師眞贊

根門有功則是心外見法用處換機則是問時有答問答交馳摸索大道心法對峙破碎眞如異哉此老超出兩途亡僧面前波全露水猛虎須畔光自照珠衲僧不識如井覷驢

雲門匡眞禪師畫像贊二首并序

富鄭公家所蓄雲門匡眞禪師像僧元靜移寫其本藏於鍾山大觀三年六月余獲拜觀焉稽首贊曰

見流滔天公峙如山壁立萬仞捍其狂瀾可望而卻不可覽攀犀顱虎眸美髯繞頰雲辭電機霹靂爲舌邪宗墮傾魔膽破裂須臾清明光風霽月叢林驢騾蹴踏龍象不可系羈逸氣邁往我不得濟大地是淚忽然現前清機歷掌

阿羅漢有三毒捺落迦沒欛柄咄哉黃面淛子一生喫著不盡

南安巖主定光古佛木刻像贊 幷序

僧彥珣自汀州來出示定光化身木刻像平生偈語百餘首皆稱性之句非智識所到之地眞雲門諸孫也珣求贊辭力甚謹再拜爲之贊曰

秦時轅轢如刀口希廓然見前石火莫追法於是中不
著思惟舉既不顧吷之而往天中函蓋目機銖兩久雨
不晴清機歷掌孰傳其要絶塵逸羣深明二子詳豁諸
孫維定光佛出豁之門以眞如用使令萬象反易黠魯
縱奪雨暘洗癡暗目回顚倒想示汝語言一切智畏如
月入水如風行空無所妨礙贈以之中又復憐汝
未識方其死時謂是生日如光照珠如甜說蜜

毛氏所蓄巖主贊

此像爲誰天中之尊道傳雲門爲四世孫白帽蒙首鬚
髯繞頰見之清涼洗煩惱熱以偈爲檄指撝造化詩酒
辦雨出於咄嗟以境惟心往復無間是故死時亦生之

旦怒猊乳虎亦生敬虔何以致之眞慈則然南率古巖

形如側磬稽首定光千江月影

石門文字禪卷第十八終

石門文字禪卷第十九

宋釋德洪覺範著

贊

小字華嚴經贊 并序

蜂房於梁間以漆液固其蔕鵲巢於木末累百日而後成彼曾何知而經營之妙積累之功若習藝之神蓋其靈明廓徹不思議之力雖昧劣飛搖之中而具足成就弗差毫末況首出萬物應物而能言者乎昔有梵僧來自五天見晉宮闕崇麗歎曰是與忉利天何異但彼道力所成而此直業力耳余竊笑之是安知我此妙力出生太虛容受寰宇曾何天上人間樓觀之足云哉道人

栖公憫世迫隘就其所欲書大方廣佛華嚴經於方冊中其輕妙可以一掌置開編蠕蠕如行螘熟視之其橫斜曲直重交反仄曲盡其妙不翅如擘窠大書觀者塡門歎未曾有余欲稱贊是無作之功乃說偈曰

我聞尊者龍勝師應供會入娑竭海龍宮微塵妙章句目所一瞥輒能誦流於五天及震旦爲熱惱中甘露門唯道人棲出其後願力猛利思精特能於方策紙墨間書此大經十萬偈誦於蝸舍巢庵中了然如在龍宮見觀者種性有差別愛慕皆生殊異想要當諦觀一塵中亦有無邊妙經卷昔有智人破此塵十方世界一切說以名塵故非斷空而可破故非實有了此兩宗妙法門

亦攝一切契經海譬如困臥餓頭際夢中所歷更千載
乃知一念圓古今眞實際中法如是一微塵妙不可測
當知一一塵亦然譬如天帝網明珠珠體瑩然俱照徹
一珠具足諸網珠一一珠中同徧入我今以此金剛句
壞滅彼衆下劣想使悟塵中含此經奚方冊中乃驚異
咨爾山君河樹神各各當憶本願力要當勇猛勤守護
勿令邪念輒蠹侵毗藍風吹須彌盧劫火焚燒大千界
爲攤此經一切處使其涼曝各得所我此現前佛子等
作是觀者名正觀稽首十方調御師刹刹塵塵爲作證

小字金剛經贊并序

瓊上人以飽霜兔毫數莖束爲筆其銳如麥芒臨紙運

肘快等風雨書金剛般若經於兼寸環輪中望之團圝如珠在薄霧間卽而視之其行如人挽髮作煙鬟自非思力精微何以臻此哉爲之贊曰

昔有佛子根猛利能觀空性則是色欲顯空色不思議仰空書此金剛句至今風雨被原野諸樵牧者集其下乃知肉眼不能見譬如水中有鹽味唯道人瓊思精奇能觀色性卽是空視此纖管大如椽揮翰如行九軌道故於兼寸環輪中備足廣大言說身世人可見不可讀譬如嬰兒親崖蜜我於此經能證入初中後善三法門忽然落筆如建瓴不復現行生倒想由色空觀入諸境奏刀肯綮無全牛盡持此法施羣生甚微細智願同證

臨川寶應寺塔光贊

維寶應寺律師寶覺大士慕寂修大殿之崇成妙天下之壯麗有光夜現于塔萬衆爲之作禮光雖不言而意傳蓋旌功德之殊異客疑余之言曰光不言則是光嘗言塔意傳則是塔有意甯有是理余曰佛以光爲舌說華嚴之法門又以塔爲耳聽法華之妙義所以明根塵之同源而情與無情之不二也嗟衆生之顛倒分色身之臭味苟返流而證眞遺六用而俱棄非特塔光而已一切諸法皆如是故葵藿向日而回旋磁石與鍼而冥契空桑能孕賢聖山嶽解呼萬歲夫豈不然哉客曰塔廟之在震旦者不知其幾胡爲皆無光見而此塔獨爾

耶於是甘露滅笑曰譬月之在天影落衆水水濁則月隱水澄則月現月故常明而以水之濁清故見不見爾吾以是知此邦民信心清淨所以致此奇瑞我作贊辭非止見聞隨喜又以爲翰墨之游戲也

東坡畫應身彌勒贊并序

東坡居士游戲翰墨作大佛事如春形容藻飾萬像又爲無聲之語致此大士於幅紙之間筆法奇古遂妙天下殆希世之珍瑞圖之寶相傳始作以寄少游卿上人得於少游之家二老流落萬里而妙觀逸想寄寓如此可以想見其爲人余還自海外見於湘西謹拜手稽首爲之贊曰

唯老東坡秀氣如春游戲翰墨摛雷飜雲偶寄逸想幻此沙門了無一事荷囊如奔憨腮膰腹行若不聞眾生狂迷以利欲昏如一器中閙萬虻蚊吾未暇度駝臥猿蹲傲倪一世隨處乾坤

出檀衣贊二首

古佛身上衣佛佛相付授慈母愛兒心鍼鍼自成就是故吾雙峯自少至白首護惜如鏡奩一塵不敢受何以出檀名此時無別慮如持油鉢行如躡獨木渡永懷毗尼藏一旦成萬古紛紛五羣眾來觀亦頂禮平時放逸心化作額間泚將見衣匣前泚流似江水吝爾淮山神守護當奉職無使塵涴侵無使雲潤濕諦觀不敢瞬心

折三歎息

此出檀衣慈母授我不敢手撲矧敢覆臥五十餘年儼臨清衆寒暑不易盡形受用師後當知商那和老於母腹中披九枝草

傳衣閣贊

達摩信衣轉相傳付四傳至今今以付汝受授惟艱命如懸絮法徧沙界此衣乃佳想見峯前父子相語唯僧行月以閣其處坐令朱欄環達雲雨

栽松道者眞身贊

生死變滅如漚在海無有處所浩然茫昧而此老人游戲自在出死入生初無限礙譬如壯士脫袍著鎧令鎧

與袍儼然相對是故山中兩身俱在凡夫衆生爲眼所蓋爲抉其膜使生光彩

定身巖贊

淮山深處容我卓錫樹下經行巖間宴寂六十餘年脇不至席天子三詔掉頭不應知不可致南向加敬山揺海驚天空地迥後代兒孫則反於是如乳中蟲貪嗜世味我尋其迹爲隕涕淚

五祖慈覺贊

龍湖山上霹靂馬駒潭畔門庭千聖莫能窺測十地望崖震驚霜露果熟推出白蓮峯下芬馨不受聲名控勒逸羣勝氣英靈試問是何宗旨東山雲霞空青海堂室

中神穎汾陽直下雲仍

癲可贊

父伯固兄養直父超絕兄豪逸家世風流稱第一二祖名三祖疾名是虛疾是實詩成舌頭翻霹靂

醉僧贊

我愛龍眠老居士筆端談笑了萬事君看一時拈破筆畫作醉僧醒時意此是沙門絕妙門不妨隨處有乾坤矇騰流涎枕臂臥破柱疾雷殊不聞

石霜普照珂禪師贊

漆瞳照座骨相巉巖橫拈塵拂寒擁雲衫五住名刹道振湘南是誰之子親見雲庵

疎山仁禪師贊

古老衲住山多託物寓意既自游戲亦欲悟人如紫胡之畜犬道吾之巫衣端笏獨雪峯歸宗西院皆握木蛇故雪峯寄西院偈云本色住山人且無刀斧痕余元符間至疎山見仁禪師畫像亦握木蛇嘗有問者曰和尚手中是什麽物答曰是曹家女因歎其孤韻超拔能清涼熱惱爲作贊曰

三支習氣其毒熾然熏烝識心盤屈糾纏衆生不明橫生疑怖忽然見之輒自驚仆空花世間本離生滅廓然十方露其窟穴雅矬師叔是大幻師與奪萬法自在娛嬉乃知大千皆公戲具手中木蛇是曹家女

汾陽昭禪師眞贊

維摩杜口釋迦饒舌動容顧瞻非默非說雖宣一字不露點墨稽首汾陽千聖同轍

羣巖眞禪師眞贊

我方涇渭同流笑中軟頑滑頭爲君人境俱奪鬧裏白拈巧偷如水洗水相樓打樓從來脫略無窠臼接得南泉嗣趙州

慈明禪師眞贊并序

鍾山僧遠庵居五十年而二十年掬澗而飲長安窺基三車隨行而一車酒胾逍遙羅什口析妙義而畜靡嫚之倩曰吾有欲障清涼澄觀已任大教而畏五色糞且

以十願律身是四比邱者舉人類精奇風流相映何其制行乃爾相戾耶蓋知其所同者道所不同者迹故其所履正權異救時存道皆非苟然使其無權時之智則教之延遠要未可必也傳曰神而明之存乎其人非特爲教者爲然則傅大士其悲智所施亦然也故吾慈明禪師汾陽昭之嗣黄龍南之師南之玉立有清涼之風昭之精嚴挺鍾山之操而公獨平等逆順嬉戲垢汚甚於基什而其道能支臨濟與日月爭光眞不纏凡聖超然不測人也自公化去六十年而余始至其廬拜其塔瞻其像稽首爲之贊曰

緣生諸法名體絕如空字身水魚迹是無相門緣寂宗

一切智智差別海公於是中如法船汎然出沒無所畏使諸游者心泰定種種驚怖成虛空平生神兵雙不借玄機不動萬象驚而公宴坐不言中諸有求必如古井鈍根阿師終聽瑩法味迷醉如惺惺矍然奮迅爲一戲句裏明人揳出揳紫金鎖骨眼空山吁嗟音容不可覿當知其聲如雷霆稽首慈明常出現

郴州乾明進和尚舍利贊并序

余觀崇進和尚舍利於南嶽福嚴寺炷香臨盤以箸點之隨箸而升如露之將零投于脆缾彷徉而行如魚之在淵又觀其畫像方頤揕口神情靜深若不可犯干者門弟子惠覺謂余言吾師衡陽伍氏子早依南臺正悟

然禪師落髮焉受具游方餘三十年所至以荷衆稱福嚴長老保宗新其寺殿閣宏壯妙天下師實董其事郴州以乾明寺命師居之而弗演法或問之曰我第與衲子作粥飯主人耳其敢荷此事而天姿直亮寡言笑道具餘不置一錢牧衆以公攝物以慈以故道俗歸之如雲退客香山元符三年五月十二日順寂壽七十有七臘五十有五臨終謂衆曰我即死達旦便當火之以灰投江中勿稽留也魔事將戲汝曹矣言訖而寂衆不忍留兩夕梵唄郡吏遽至責以慢禮悉拘系其衆因相視驚異魔事之言有徵也茶毗之日天地清明燼餘得舍利甚多觀者爭分之至漬沐所焚之地有得之者箌鉛

曰生有志行神化不亂可也火風壞滅殊異發生可也而一官吏至乃能前知豈偶然也哉乾明所養至此弟子又能事之如生久而不忘有古高僧之風爲之贊曰

李廣射虎石爲之穿耿恭祝井涸爲之泉忠孝所致如響答焉公亦何爲飢餐困眠人初莫測公豈自言戲爲火浴朽者明鮮舍利粲粲玉碎珠圓乃至所養葢其云全天全之妙非麤不傳如春在花如意在絃蚩蚩橫目氣淩雲天死未及寒化爲腥膻刴投于火不作腥煙安有萬手收此精堅維德之一亞所拳拳死生之大卒莫能遷公初設心唯此是專不祈人知人趨如川終必有驗理之固然我作贊詞豐碑以鐫

南嶽彌陁和尚贊

與之食則食與之衣則衣無衣衣木葉無食食土泥爲人汲樵牧僅存骨與皮其道不可致天子南向師出家有如子我亦著伽棃

宣律師贊并序

余游總持寺基大師以宣律師像爲示旁有多聞天王太子上足玄暢唐咸通三年筆也基求贊贊曰

此毗尼藏三世完堅願王手封款識具全死生之烈不能變遷何以至之正知則然何人逸想以筆墨傳跏趺俯視頹然深淵天神護持弟子敬虔我拜稽首淚滴九泉法道陵夷障雲蓋纏乃於是時瞻此釋天

嵩禪師贊

歐陽之學師宗於世其徒喧鬨攻我以喙童首儒林氣索力屈公於是時粹然一出天縱之辯武庫縱横璝璣捍我如護目睛義如串肉理如析薪一時名譽聳動搢紳世尊舉身毛孔俱笑如公語言筆下皆妙六物不壞未易致詰豈其踐履明驗之力宗教之衰河壞山摧冠巾緇衲其寒如灰拂拭塵翳見冰雪容拜起而喟涕落無從

雲庵和尚贊三首并序

雲庵出黃龍之門爲臨濟九世孫種性殊勝契悟廣大指示心要辯如曹谿決擇教乘論如棗柏作爲偈句辭

如寶公履踐明驗精如永嘉退居雲庵時已七十餘幻
滅都盡惠光渾圓可以想見其遺風餘烈門人德洪謹
拜手稽首爲之贊曰
於自住境見與見緣如夢能所如蜜中邊惟具正眼入
此三昧如妙蓮華出緣生海祖師活意如來密機成就
衆生如鵾鵬飛使其自化不由他悟秀出叢林光于佛
祖趨滅陝右誕生江南暗中五色天下雲庵槁容而毳

衣殆不逾於中人而於祖道顛危之秋勃然而中興知
我亦何幸自幼及壯出入其戶庭俯仰其藩籬而其道
德之精華未能略窺其毫微譬如戴天履地於終日而
其高明深厚所不能知惟聞孔子之歿一百年而生孟

子釋迦之寂二千歳而有禪師拜手稽首堂堂乎三界之依者耶
三玄銓量設選佛科邪師壞之付授外訛以陷虎機擊其頽波不動聲氣怖走天魔

潛庵源禪師眞贊三首

十年積翠侍立學得眼横鼻直平生氣壓叢林問著左科背聽一庵深藏霹靂舌從教萬象自分說百非四句無處蹲孤風照人衆星月

僧求潛庵贊

德臘俱難及一庵江寺隈敢稱少室後親見老南來贊雪殘零盡心花爛熳開若言只這是九尾似黄能

游龍山斷際院潛庵常居之有小僧乞贊戲書其上

趙州只有一個齒潛庵一個恐不翅雖然下下都咬著鹹酸自分鹽醋味龍與古寺曾閉門斷際雲孫第十世勸人莫信馬大師一口吸盡西江水

靈源清禪師贊五首

辯如立沙有邊幅韻如睦州出風骨默然而說心自昭八荒光明寄毛粟獨立南榮山嶽峻臨濟欲傾不敢覆笑橫玉麈氣如春一堂嚴冷天魔哭

衲子無處摸索畫師筆筆畫著山僧醉眼難憑付與眾人彈駁似則打殺靈源不似燈子燒卻

魔外如驚濤大願眞砥柱生與海衆同沒與海衆處兀然引帶笑不言從教大地山河語風度凝遠杳然靖深如春在花如意在琴雖甚昭著莫可追尋蹶起臨濟如磁石針披衣肯來奔百川而地喘袖手歸去碧一天而電收閉門無個事兀坐青兩眸喝月倒行前日令呼山入坐上簾鉤

雲蓋智禪師贊

洞徹汪洋高明廣大如天蓋空如月出海宴坐一室不動客介而使衲子望崖而退此其整臨濟頹綱之大槩也至於不得已而有言則若邵平瓜甜而根蔕苦羅生

隱身而露衣帶欲得靈妙常令不暗復不昧此余見之而必再拜也

雲蓋生日三月初七報慈僧持眞求贊

平生脊骨生鐵鑄就關門理鈕揎起兩手禪者見之立不敢久問未及答已欲返走如老黃龍機鋒如英邵武拙叟如雪峯之嶮如百丈之壽末後報慈寺中笑中打箇筋斗試問是何宗旨代云合取狗口

黃龍草堂清禪師贊

黃覺晚子死心季弟住黃龍山爲十二世青春無背面空花有根蔕欲識晦堂背觸拳寒到黃河凍連底

香城瑛禪師贊

黃龍三關初豈拒人見者伀思剩卻法身祐公掉臂直去悅公追之絕塵維瑛實兩公之後觀其滿腹精神木牀足折續之以薪則三十年後當令天下聞之甚富見之甚貧也

龍城智公眞贊

奉持毗尼珪璧無玷研味般若金剛有焰有萬其衆感以無心如象牙雷如磁石針住持此山垂三十白殿閣化成兒孫戢戢高明廣大不可形容稽首寄老後身寶公

石頭志庵主贊

自住石頭老無氣力一回上山一回氣急禪流相見問

宗風一口兩度鉢盂濕

華藥英禪師贊

以鐵作喙名無有雙老住回雁道冠湘江神機之妙如鐘在撞爲功德林爲精進幢不動聲氣天魔自降懷我雲庵黃龍的嗣說法如雲縱横放肆孰知此老膽氣相似大法付授亙亦在此是名關西克家之子

寶峯準禪師贊

洞庭無蓋虛空有口步水東山藏身北斗石門壁立萬仞踞地一聲哮吼驚得四序回旋喝下須彌倒走是謂湛堂老人不落威音之後

芙蓉楷禪師贊

望之儼然冰枯而天粹卽之淵然雲閑而水止意坐石而情無住著故杖瘦藤而欲起人言卽俗復卽眞出塵之相加冠巾非因引法忤聖主我宗僧俗兩不存五位正宗將仆地以手挈之閱人世屹然萬仞捍狂瀾荷負大法當如是紛紛鄙夫拜公像譬如蝘蜓見龍象驚魂已化千微塵豈特形容先沮喪火刀直裰誰得之醉李故時魚捕師嶺梅已熟莫咬破核子乞與甯馨兒

妙高仁禪師贊

春風入其肺肝秋色潄其毛骨名飛縉紳之間身卧雲泉之窟嶽頂鳳之眞子僧中龍之的孫吹徹風前無孔笛露香和月落紛紛

道林枯木成禪師贊

揚廣山頭種性雷衡洞裏根苗法雲明暗體露道林知見香飄試問春風吹不起何如黃河凍連底十分似九不欲全一身兩號只這是大千戲以一塵攝又譬此塵取空劫置於掌間剔突圝撾鼓升堂普請看

佛印璵禪師贊

臨濟正宗有楊歧會化四十年叢林精彩唯端精神辯博無礙克肖其家潙仰猶在後出舒勤骨面氣槩始自太平遂游智海如法中龍游戲三昧璵也其後斫額前輩要識當年栗棘蓬白藕火中香不改

潙山軾禪師贊

天骨巖巖美髯玉頰冰雪在躬霹靂爲舌軒昂萬僧眾星中月視其心胸山包海容大溈中興振其家風叢林百世見者肅恭

報慈宣祕禪師贊

二百員衲子領袖三十年叢林者舊所至樓閣森然自然眷屬成就諸方度脚買鞵報慈就身翦裁莫嫌此老無巴鼻曾見西堂古佛來

臨平慧禪師贊二首

釘空露痕迹補雲留罅隙目機銖兩中思慮所不及象王卓立回旋師子翻身跳躑眼光常蓋人天對面識與不識識則火外有熱不識則水中無濕劈破雲門一字

關個中乾燥如瓊液
回氣秋腴雪秀目樵口其骨臨濟其髓雪竇袖手儼然
不落滲漏一千龍象之冠七世雲門之後君看一句當
機笑中脫略窠臼

上藍忠禪師贊

一法能知一切法應機全不差毫髮如是知見如是解
於一切法中對待平生脊梁硬如鐵衲僧尋思心智絕
城中一室冷如冰篆煙滅盡灰如雪

雙峯演禪師贊

三關洞開無鏁扃汝自艱難起戰兢師過此關悉閒暇
掉臂徑趨呼不譍如春消冰自渙釋如鯤化鵬誰使令

歸來笑搭出檀服依舊淮山千萬青

雲庵和尚舍利贊并序

政和七年五月戊申法侶集于寂音堂佛鑑大師淨因以小玉瓶跪注于盤鎗然有聲璀粲五色謂余曰此汝師舍利也於是矍然再拜悚觀小大如米豆瑩明淨圓然其色多如玉者因嘗親見其火浴道俗觀者數千人皆得之哀慕之聲震山谷後月餘兒稚汰其灰猶有舊者自近世南州大士之化其靈驗奇瑞彰大殊異如雲庵者以一二數嗚呼尚忍言之將畢世護持作隨身叢林依歸老則求有道而能文者銘之藏名山使後世知臨濟九世之孫傑大偉奇如此因之志可佳也門人德

洪謹再拜稽首爲之贊曰

是身夢境一塵垢分段苦業所成就折旋俯仰誰使之皆汝一念顛倒想若言此身非念倫云何想中可傳令乃知妄想融通趣如露如幻如雲影念清淨則身光明念雜想則身垢穢君看火力初無情聖凡僞眞俱發夢雲庵偏得老南道粹然一出支臨濟平生慈悲喜捨力及樂說辯智慧光大願所熏精進幢上契佛祖超情見至妙要非麤不傳憫世狹劣示小者稽首作贊示同學千載叢林有耿光

死心禪師舍利贊并序

余不識禪師靈源以爲法門畏友山谷以爲禪林奇秀

以靈源山谷之慎許可而詩詞禪偈相多如是則叢林未識未見者何敢疑哉雅尚座出舍利爲示謹爲之贊以結他日法會歡喜之緣贊曰

地水火風動暖堅濕是中何從出此堅實蓋衆生必引大法力化爲光明圓粹五色稽首死心罵人老賊

寂音自贊四首

竄朱崖軍而生還遭黃茆瘴而復活陷於罙石而不死囚於并門而自脫夜行有披袖神光露臥醉壓糟醋濁魔外熟視之無如之何佛祖不得已與之酬酢兩眼入鬔頭髼鬆手中木蛇毒如藥

三玄綱宗壁立崖嵬攀緣路絕熱惱心灰如化鯤鵬不

借風雷蓋自化耳甯有法哉汾陽此祕寂音揭開手提
大千毫端往來
不似成背似其成觸隨汝顚倒直中有曲抛在言前剔
鶻崙擬議令渠總滅門平生活計無窖子眞是汾陽五
世孫
隨緣放曠索爾虛門未埋白骨且看青山

毛女贊并序

毛女者秦始皇宮嬪也二世時逃入華山遂得道季子
圖之書室請余爲之贊贊曰
不嗅梨花而撚紫芝不穿雲袖而披槲衣何以風神洞
如冰雪使人見之眼寒心折如麝有香以缶覆焉透塵

透風種性則然又如煙雨過孤山宅於荒寒中微見春色圖之壁間是眞過秦季子好德白髮日新

唐李侍中畫像贊

余觀李侍中秀骨開張英氣橫逸想見蔡州雪晚縛吳元濟時公平元濟如舉捶逐鼠無難事唯不殺用李祐鞬櫜見裴度使市不改肆如乃翁此公之所養眞足以卓絕有唐之名將矣嗚呼賢哉

解空居士贊

空若不解卽是斷空解若不空卽是法執是故居士獨號解空窠臼不立凡聖豈存是誰宗旨臨濟仍雲

東坡居士贊

家孝友以爲鄉塾道德以爲基橫忠義之勁氣吐剛方之談辭覗閻浮其一漚而寄夢境於儋耳開胷次之八荒而露幻影如峨眉此其大凡也屬熙豐之勃興追舜禹之有爲常一出而事悞則袖手悠然而去之如鳳如麟而瑞冠一世非雷非霆而名震四夷造禪販之中傷嗟妬忌之何知方其茹拳而微醉以翰墨爲娛嬉則倒用祖師之印檄萬古而疾馳如河漢之流無有窮極如煙雲之出無有定姿欲錄之以藏則懼六丁之竊取要當以日月爲字而天爲碑可乎

山谷老人贊

盖九州以醉眼而其氣如神藻萬物以妙語而應手生

春排黃龍之三關則凡聖之情不敢呵止暨寶覺之一拳則背觸之意不立鮮陳世波雖怒而難移砥柱之操詩名雖富而不救卓錐之貧情如維摩詰而欠散花之天女心如赤頭璨而著折角之幅巾豈平章佛法之宰相乃檀越叢林之韻人也耶

華嚴居士贊

偏界難藏而應緣震旦通身是眼而現形宰官粲如景星矯如翔鸞販夫竈婦欣聞悅觀醫國法門筆端三昧奮迅出入遊戲自在居然不容世議迫隘夢游海南御風騎氣覺來浙東有口如耳且置是事聊觀其一戲以稱性印印毛印海光生佛僧沮卻魔外惟我可與此道

人遊乎大華嚴毗盧法界也

李道夫眞贊

眼蓋九州韻高一世儼玉山富貴之豪洗士林寒乞之氣挫萬化於筆端置八荒於胷次邁往不屑不可犯干意輕邴吉情追謝安軒特秀發乃爾禿巾椹褐婆娑步趨合在玉堂金鑾山澤不可窺測所以納垢汙麒麟不可縶羈所以異犬羊正恐横風月之笛披雲錦之裳騎元氣之背而游無何有之鄉

蔡元中眞贊

德以退爲進謙以後爲柄迹以暗而彰麝匿缶而香視夫子之胷次若螻蟻其侯王方督繳而去之登千仞而

翺翔與夫蒼顔槁項論北南策未央者殆各夢而同牀乎

王宏道舍人贊

翛然無累之神見此有道之器韻收一代之風流骨含奕世之富貴節臨事而不奪貌甚威而常喜方其少壯則酒闌說劒橫槊賦詩名動塞壘及其倦也則浮沅湘上衡霍盡室行於山水至於醉心翰墨傾倒肺懷則有王右轄吳武陵之風味馳至金城而忠欵乃著罷歸玉關而功名自至者皆非壯歲庸詎知此老人獨不如是乎

勝達道通判贊

韻出縉紳秀見眉鬚矯絳闕之風度宜玉堂之步趨有人所盡有無人所當無而乃袖補袞之手而弄雲泉以自娛也余安能探其歸宿獨見於皮膚蓋神於酌古僻於譽書求於古人則謝幼與王子敬之徒歟

韓廉使奉御贊

幅巾椹衣杳然深靖坐蘚石牀橫玉麈柄松聲度曲笑作風聽是故有琴絃索不整人徒見其神和氣平頹然委順至於垂紳正笏守法奉命則活人之色嚴毅勁正特不受富貴所吞而有山林之韻究其心胷山包海容表裏不隔八窗玲瓏蓋遊戲人間之出世扶持洞上之宗風者也

毛季子贊

季子逸羣矯難控御迹寄黃塵名在紫府觀此風鑑無以爲喻但見其清卻梅林之風秀等蘭叢之露妙文章之吐鳳視功名其破釜我欲醉袖之旁更畫淩波之女使其他日歸道山渡弱水而驂風馭

曾逢原待制眞贊

冠冕道德被服文武所臨有聲最宜荆楚果於去惡發姦破柱爲國金湯折衝尊俎廣平南海乖崖西蜀如雪中春和而嚴肅名聞乳兒威被草木能作豐年茂我百穀筆下煙雲胷次丘壑風流餘韻與世酬酢至於談禪氣壓諸衲戲以法界玩于掌握補袞之線調鼎之手笑

而不言置之懷袖吝爾邦民再拜稽首潭非久留歸相明后

夢蝶居士贊二首

俯看人世一漚起滅失腳來游夢入蟻穴前身後身獨臨兩鏡左右見之不雜其影眉目秀發嫩木含春風度凝遠霽月洗雲葉屋花房玉堂金宇我視晛晛渠方栩栩

余觀此老神光渾圓道骨粹剛唾零功名眼蓋侯王何爲鬚髮滄浪被此朝章乎豈非如茅容殺雞毛義捧檄但欲致慈母之一笑安知有佳客之在旁也所以袖補天之妙手秘醫國之奇方獨游戲於富貴如蝶棲宿於

花房占百年之閑適寄一夢於幽香千花百卉金馬玉堂麗風日之醖釀徧雨露之恩光遙增擊而栩栩亦何異一邱一壑之相羊耶

潘延之贊

毗盧無生之藏震旦有道之器談妙義借身爲舌擎大千以手爲地機鋒不減龐蘊而解文字禪行藏大類孺子而值休明世舒王强之而不可神考致之而不起此天下士大夫所共聞然公豈止於是而已乎

郤子中贊

師黃叔度以壓太平之基追韓退之以策翰墨之勳故語妙如其渾厚論高如其精神超然挺特華裾逸羣富

貴之氣已如透花之春色功名之志又如欲雨之層雲禿巾折角置之巖石亦不以爲屈長劒拄頤圖之淩煙亦不以爲伸蓋虛以間世不可得而疎親也耶

李運使贊

風度凝遠和氣如春綠髮授道精敏絕倫名冠縉紳挺然忠義知國知兵如唐陸贄頃者天府奉使江南晝錦之榮父老聚觀頓節西州溢發江浙提師百萬蕩其窟穴凱旋而還口不言功但欲使民生於死中重臨南楚化行郡邑如春在花不見痕迹恢躁坦夷易親難忘睎其胷次山包海藏宜宿玉堂宜在黃閣跬步可待昻霄聳壑長沙之民自懷其私龕此畫像飲食必祠

簡緣居士贊

言似簡緣公法身有比並不似簡緣公法身有少剩平生赤吉歷兩眼光炯炯拾得大士打門椎掣肘歸去叫不應開箇鋪席在街頭有藥只解醫禪病

瓦瓢贊并序

南昌西山有異人年三百餘面有孺子之色多往來蒲城弋陽之間童稚呼以爲萬公宣和二年重九歿於朝奉郎宣驥駿元之家以大甕二口合而葬之後圍十月弟子簡素先生用臨川隱者馬安道之語來發甕但餘瓦瓢弊履而萬公不見蓋尸解也明年十月簡素客湘西之南臺寺追繹其師之懿行潛德出此瓢以相示戲

爲之贊

異哉此瓢脩吭獨身弗生瓜蔓生陶家輪我疑其中藏十洲春昔有列仙雜于市人屋簷懸之自旦及申輒入其中偃仰而臥而樓居者見之膽破遂從之游推擠莫可挽而同登相向而坐如四老人會商山果唯簡素公道貌天容豈其人歟出處略同道山歸然弱水之東何時來歸洽然御風而以此瓢挂之瘦筇我作妙語天葩粲紅

許彥周所作墨戲爲之贊

異哉土蛇登樹而怒怒見脊尾口眼可懼王孫地坐氣讋毛豎欲去不敢攀枝而顧豐狐行藏心常愧負見之

而走敏若脫兎孰能傲然如此老樹與之相親不驚不怖問何能爾以無我故酒色海中有萬奇趣不出二種猜疑掉舉蓋無常蛇終不赦汝居士圖之以警未悟覺範一見笑掌爲拊

石門文字禪卷第十九終

石門文字禪卷第二十

宋釋德洪覺範著

銘

明白庵銘并序

余世緣深重夙習羈縻好論古今治亂是非成敗交遊多譏訶之獨陳瑩中曰於道初不相妨譬如山川之有飛雲草木之有華滋所謂秀媚精進余心知其戲然爲之不已大觀元年春結庵於臨川名曰明白欲痛自治也瑩中聞之以偈見寄曰庵中不著毗耶坐亦許靈山問法人便謂世間憎愛盡攢眉出社有誰瞋於是堤岸輒決又復滚滚多言然竟坐此得罪出九死而僅生恨

識不知微道不勝習乃收招魂魄料理初心爲之銘曰
雷霆發聲萬國春曉聞者不言心得意了木落霜清水
歸沙在忽然震驚聞者駭怪合妙日用如春雷霆背覺
合塵如冬震驚萬機俱罷隨緣放曠倘無了知安有倒
想永惟此恩研味其旨一庵收身以時臥起語默不昧
絲毫弗差蒙雜而著隨孚于嘉

圓同庵銘

空印之庵圓何所同覞而視之同太虛空弗設戶牖無
南北東而庵中人來無所從廓然現前以道爲容我此
法界遇緣即宗自受用境出生無窮使令服玩地獄天
宮各各無礙如空行風我非文殊齒豁頭童以問法來

磬折其躬而師應機如隨扣鐘聊觀此老游戲神通不起于座瞬兩漆瞳以大千界置于鍼鋒以香水海藏于睫中一切人天之與魚龍不覺不知如盲如聾萬象懽呼聲摩蒼穹天魔外道以手擣胷欲折困之面爲發紅如環輪上尋其始終於是雌伏仰此法雄我雖衰退氣猶如虹未甘見刪終依禪叢斯文之作蕩除執封當以理勝文則非工潙山之陰磐石可礱書以刻之昭示童蒙

覺庵銘 并序

道人聞公以四威儀爲庵而以覺名之隨身叢林之別名也余游此庵中微塵數劫適今始讀其號如人靜坐

忽見鼻端心知之而不可以語人名之所解又如風中鼓橐雖有神禹之知莫能分別特相視一笑而已銘曰

明暗色空成住壞即大寂滅究竟覺居以名庵是增語而我銘之添注脚如湯消冰無別冰冰湯之相未全脫何如睡足百事懶軒納林光鳥聲樂當知今在衡嶽中門外今無覺衡嶽道人撫掌笑軒渠注經不必居牛角

如庵銘并序

吾鄉日公謂余曰吾以經行坐臥爲庵以分別塵勞爲如且求銘銘曰

日用現前隨眠煩惱去之即生如石下草蓋其妄覺取舍顛倒小根怖之冰炭懷抱我以慧眼燕坐默觀一切

異相如珠走盤是時日公非内非外是非死生合成一塊

樸庵銘

履長老禪而色貴白老禪有終白不受色道人游方學至無學如役六用則思返樸有山可看有飯可飽乃笑諸方何必百巧鑪煙未殘跏趺袖手雪窗無塵鳥嗁清晝

夢庵銘并序

弛擔假寐入大槐之宮嘗王者樂覺來欠伸炊未及熟耳輟薪得鹿翳諸隍中俄而忘之意以爲夢且行且詠路人用其語而得鹿一以爲虛一以爲實此世間之論

也夢中無女色而欲成辦非實非虛此出世間之論也衡嶽素公高行著叢林寄傲一庵而以夢名銘曰

一境圓通而法成辦五根不行而意自幻晝思夜境塵劫無間而睫開斂初不出眼知誰妙觀鏡于心宗以世校夢乃將無同爲魚泳波爲蝶翔空在素曲肱吉祥止躬卽庵是夢問井得水卽夢是庵緣飯識米於一意地無能無二若見主人夢庵俱棄

癡庵銘并序

衆生以貪瞋癡爲三毒三毒之過能致生死諸佛以戒定慧方便觀照而用治之余至龍山翊道人引余坐於明窗淨室之間曰此吾癡庵也翊頎然秀發論議精到

余不見其癡之相山雲朝升壁月夜挂翛然無營余不見其癡之理禪者方以精嚴黠慧自矜機辯逸羣勝物其肯甘爲癡哉顧虎頭之癡於畫王述之癡於不言卒爲世傳是好名之癡也上人泯泯與衆卧起不知人間是非榮辱貴賤功利如三世諸佛之白牯可謂之癡雖以自志然余以謂其未能絕對余爲之銘又可乎上人之癡不事於名則余之銘於義未失銘曰

導師黠慧出三界癡於無癡中致衆生疑未若翊禪淡然無爲以癡爲庵聊以戲之亦有癡侶論癡要訣若見

大智紅鑪片雪

懶庵銘并序

放似狂靜似懶學者未得其眞而先得其似山林雲壑之人狂放一致靜懶同川然胷夾涇渭笑時眞率瞭然得於眉睫之間融懶亦能負米瓚懶亦能拭涕安懶亦能牧牛未能眞懶也者南州仁公以勃窣爲精進以哆和爲簡靜以臨高眺遠未忘情之語爲文字禪然則結庵自藏而名以懶殆非苟然甘露滅爲作銘曰

惟融與安品坐客瓚於禪林中是謂三懶秀媚精進辯慧擔板唯道人仁俱透此患水不洗水眼不見眼以之名庵蓋亦泡幻鳥號華笑日用成辦睡起密傳露芽一盞

墮庵銘

心非言傳則無方便以言傳之又成瑕玷蓋言不言俱名污染飲光華笑智海簞卷非言不言驚如掣電異哉曹山法幢特建以墮一字雪諸情見在聖非貴在凡非賤雜之不藏著之難辨二乘骨驚十地魂戰而解空子乃圓笑靨善刀藏之不露鋒餤不動聲氣降伏魔怨

喧寂庵銘 并序

高安居士王詢溫甫和易寡欲靖專無營特刻意事佛精嚴弗懈踰年運往矣而視聽聰明操履無玷故聲稱閭里雲庵道價值天下元豐間游金陵舒王施第爲寺以延叢林號內外護元祐初退休來歸說灋於洞山九峯甫忘冠巾而師事之其法嗣佛照禪師惠泉者與之

交善自泉住上都名刹士大夫有稀見之者而與温甫日親法喜偈語酬唱不絶豈所謂千里同風者乎政和七年秋結制對其所居名曰喧寂余適以事至訪之温甫方負暄閲經置卷坐語語少而理多於是自媿羈官四方畏首尾思蟬蜕垢紛縱浪閒曠而不可得乃銘其庵而去銘曰

孰談無生誰老居士孰爲聽徒團欒妻子以諸塵勞而作佛事視其家風老龐是似名聞諸方流輩追崇餘四十年一節保躬老則結屋置闤闠中卽喧而寂蓋將無同賢哉斯人不二於物蹇寓于世莫知歸宿我睨而視亦見彷彿出生太虛陶鑄魔佛

破塵庵銘并序

道人堪師庵於水西南臺之下名曰破塵爲之銘曰

取大經卷破此一塵何以破之智爲斧斤塵非斷空可破非有了然而知空亦不受異哉湘麓庵此老堪視其庵名如車指南堪雖可卽語默弗及如指自觸如眼自覿

報慈庵銘并序

武甯西峯達上人年方妙而孝思度越流輩父母喪則重于墳所旦夕誦唄以時臨遂自名其庵曰報慈嗚呼達可謂知如來大師律我比丘之意經豈不曰孝名爲戒乎余謂其所爲有補於名教乃爲之銘曰

竹叢生謂之慈竹烏返哺謂之慈烏豈吾含齒而戴髮乃彼烏竹之不如故有終天之痛心再折而情枯蒔松楸凡上雲雨就樹陰以縛屋廬營出世之冥福生五濁之芙蕖知輪珠以行道明月皎兮其影孤念此風之可尙聊以起精進而激懦夫

甘露滅齋銘 并序

政和四年春余還自海外過衡嶽謁方廣譽禪師館于靈源閣之下因名其居曰甘露滅道人法太請曉其說余曰三祖北齊天平二年得法於少林隱于皖山終身不言姓氏老安隋文帝開皇七年括天下私度僧尼驗勘安曰本無名遂遁于嵩山二大老厭名迹之累而精

一其道蓋如此余實慕之乃爲之銘曰
吾聞甘露食之長生而寂滅法乃有此名寂滅而生谷
神不死唯佛老君其意如此我本超放憂患纏之今知
脫矣鬚髮伽棃安遁嵩山璨逃潛霍是故覺範老于衡
嶽山失孤峻玉忘無瑕當令舌本吐青蓮華

明極齋銘并序

太原王健伯强名臣惠公之子臯叔嘉王之壻方壯年
則能棄官學道閲首楞嚴經至餘塵尙諸學明極卽如
來歎曰此如來之訓而余之志也願以明極名其齋而
乞銘於余銘曰
有而尋求癡暗所囿得而驚異智燭之咎燭澄暗徹自

覺成就如人目睛一塵不受開睫臂生明發寄根斂睫譬死暗不能昏聖師眞慈開此妙門睥睨不入夫豈知恩榜然丈室中置匡牀經行宴坐晨燈夕香勿使邪念蔽常寂光

夢蝶齋銘并序

龍舒陳顯仁和粹而喜客慈祥而樂善宗族朋友皆稱之余以怡然居士之齋爲夢蝶而爲之銘曰

浩蕩之春萬物發飾淮山花開麗其風日蛺蝶何爲栩栩自適朱門青鞍羣色綦布富貴鼎來賓客鴛鷺居士欠伸蘧然而寤歲時獻壽舉杯怡然墮幘一醉其樂也天紛紛萬緒成我日用睨而視之開睫之夢

明極堂銘并序

道人法太少年追隨翰墨所與遊多一時顯人晚居衡嶽一衲窮年垂涕捫蝨猥衰坐睡守糞鑪煨芋直名其所居爲明極取首楞嚴餘塵尙諸學明極即如來義欲以道人坐進此道爲之銘曰

見明之時此見明者緣明開達則見暗時此見暗者不明自發見則常明寄根成就見豈明生暗能昏否我觀明暗尙難掩藏豈生死門乃欲存亡惟道人太以壁爲口全機現前不落滲漏

昭昭堂銘并序

虎城永上人游方晚館漳水上藍余適還太原見之話

臨川舊游累日不厭時方解王事縱望雲山神魂若飛動而亦有落葉之興曰欲於崆峒之下作堂昭昭名之而乞言於余爲之銘曰

維塵勞海是無明窟衆生以之生死出沒而此昭昭首出萬物廓然十方寂湛徧周目雖可見而不可求倩汝名之爲物之尤一堂收身丈尋之闊斂目大千都寄毫末乃欲見見如鹿方渴大哉此法明白坦夷昧者迷失知者得之故甘露滅爲作銘詩

要默堂銘并序

南楚山水湘西爲甲湘西法席保甯爲甲余旣幸館于其中無別職事一堂窅然終日臥聽樓鐘而已則又以

今寂爲甲乃名其堂曰要默爲之銘曰
此無比法如難信珠雖曰得之非實非虛默而未說豈
有說乎虜中吾趾矢貫其膺卽烹汝父遺我杯羹直中
有曲令爾當行是法平等無有高下定當作佛普告來
者而常不輕乃遭詬駡其珠圓徹內外俱定自牖見子
呼之聽瑩顧其糞除則肯受命自是而覯則有綱宗以
火觸火鍛凡聖銅縱使自返窒使求通面壁而坐理鉏
而扃要使求者鼻直眼橫是爲大智破滅無明提婆祖
以無所嗜好祈神求信自貶其道校此兩事則爲顚倒
湘西之麓古屋數椽臥聽樓鐘餞吾華顚謂終不說夫
豈眞然

一麟室銘并序

南臺禪師昭公住山之明年新其丈室而以一麟名之使叢林想見哲人之遺風餘韻也甘露滅某爲銘曰

麒麟之性不可縶羈非如犬羊可驅東西有大比丘人類精奇在驅烏中服勤祖師及其將化使之尋思賞其神駿思則有辭衆角一麟遷其以之禪師昭公來自大溈分空印澄名譽日馳顧瞻山川憮然嗟咨想其高風屋宇故基以麟名室非苟然爲佳羽百鳥宗教日衰庶異人出支此頹隳者誾倚天勝氣華滋當磨雲根刻此銘詩

宜獨室銘

金沙僧道明勘道如智海事師如小朗機陪清眾於宿德寮之後別開小室僅可容膝日晏寂其中昔偉禪師在黄檗親老積羣其靜住政如此人問其故答曰聚語

藏六軒銘 并序

端首座從吾磊苴兄遊有年方埋光彩禪林而學者已相仍矣開軒於室之後乞名於余余爲名曰藏六且以諷後學事虛名爲實效者耳銘曰

寡欲養心以直養氣抱其德全龜以蟬蛻情緣崢嶸欲犬怒吠端方藏六攫搏無地學者闚門佇思擬議如大火聚不宿蚊蚋我觀此老非愚非慧人趨所爭師取其棄

俱清軒銘

曉雲滅盡羣山蒼然倚杖凝睇如開青蓮夜籟以寂繞除流泉曲肱而聽如鳴朱絃有大禪衲不礙見聞以雲門印印空成文對是淨境深炷爐熏人牛兩亡蓑苙具存

解空閣銘

以色礙眼鏈其雲山以聲聒耳惡禽閙關有大開士倚欄微笑以眼聞色以耳觀鳥石屏玉立泉以珮鳴乃知解空不離色聲

宜獨巖銘　并序

余性喜笑傲不了人之愛憎比坐譁衆人所鄙棄飯餘

曳杖山行路窮則反會意植杖莞然一笑響應山谷之西崦幽奇可愛有巖西向洞如側磬中有石礁僅容坐臥而附巖左右偏生脩竹余每至此終日忘歸既久因名其巖曰宜獨乃爲之銘銘曰

幽巖如磬側立山腹中有石牀砥平而綠我來忘歸臥聽風竹夫物得宜如眉暎目幽居情閑乃名宜獨一頃之陂清飲兩鵠得其所哉此詩可錄

座右銘

行與邪分途居與正爲鄰於中有取捨此外無疎親此爲朝市者言之肥家以忍順全交以簡恭好學如不及求名如儻來此爲山林者言之大丈夫當期出生死生

死皆由心所造心滅生死乃壞心滅則髑髏是水心生則爪皮是罪淵乎妙哉一念不生即入無垢三昧

延福寺鐘銘 并序

梁武帝假寶公神力見地獄相問何以救之寶公曰衆生定業不可即滅唯聞鐘聲其苦暫息耳武帝於是詔天下佛廟擊鐘當舒徐其聲欲以停苦也宜豐李元與弟施延福院大鐘願資延母夫人周氏壽祺且雪夙障余以謂李氏知所施矣晉許遜白日僊去天詔書曰赦汝不事先祖之罪佳汝施藥呪水之功夫施藥呪水脫人於苦者也唐崔祐甫本貴且壽以任情殺戮囚繫不釋遂不壽囚繫殺戮置人於苦者也嗚呼壽固無象脫

人之苦則增置人於苦則損夫鐘之功利博大昭著者也以之爲施周氏之臯滅壽延理有固然者矣因爲銘曰

衆生大夢營黑業玲瓏擊鐘與開睫功德之大吾敢喋願移慈母離障結如聲度垣卽超越孝哉伯仲俱勇決依仗佛力等痛切如取寓物執劵牒願壽慈母春在頮如鐘常撞無盡竭政和甲午夏五月誰爲銘之甘露滅

童耄竹銘并序

霜筠粉節貫四時而不凋者竹之性也然憐孝子之泣則爲之冬茁憫忠臣之誓則爲之倒植余聞心之精微不可以言傳而可以事著是二者非忠孝之著乎潛庵

老人戲植獨竹於庵南之壁陰朞月而筍茁蓋老人以虛心集道以高節荷法所致亦精誠之驗也余以童耄名之又爲之銘曰

渭川千畝潛庵一竿俯視盛衰凛然歲寒筍茁于夏解籜穎異頎然扶疎如老攜稚根豈終獨乃生横枝如其道茂有子嗣之高情不羣安樂霜雪風來有聲是隨宜說

魯公玉器銘

二乘馬麥爲法忍饌我觀是法縱横轉變皆卽一心靈妙所現覺知見聞一一成辦色空明暗一一如幻設物譬道古聖所羨初無大小之與貴賤是故此輪眞淨所

建

李德茂家坐中賦諸銘

阮咸銘

有晉奇逸製爲此器以姓名之蓋琴之裔物趣幻假形因變遷但餘至音則無陳鮮

琴銘

材出餘燼桐生晩林見之意消矧聞其音朱絃發越夜堂秋深如見古人如得我心

鏡室銘

種性清瑩出塵風度開扉見之眞常流注姸者所欣醜者所惡勿使癡兒呵出昏霧

端硯銘

破韜玉之蒼石出孕金之晴川解碧谿之封畏割紫雲之芳鮮從連眉之僊子供倒流之詞源

歙硯銘二首 并序

東坡得唐林夫歙硯絕妙然其心甚隆坡惜之以向林夫曰琢硯者欲磨平其隆百年之後用之方爲妙耳

外儼豐頤中含清堅而質常潤如舌有泉滑足金光碧生霧曉平其微隆多年方妙

體切玉潤膚刷絲文書城之友歙谿之珍貌貴端重德貴粹溫是故覺範於硯亦云

五老硯銘 并序

杜季楊奉使湘南過九江見廬山而愛之得拳石於九嶷山之下類五老峯有坳其痕如硯季楊欣然置几案間名之曰五老硯余觀之於南楚門舟中爲之銘曰

廬山五老寒聳倚天公嘗過之望見垂涎朅來幽夢時歷其巔九嶷之下得石如拳二三君子聚首比肩豈其遊戲分身則然下有坳處形如玉淵疑有神龍風雷播掀以當吾硯刷其芳鮮醉中落筆粲然雲煙我作銘詩擘窠爲鐫袖歸中朝爲好事傳

王裕之求硯銘爲作此

吾聞大梁之東郭有硯臺焉而自然成坳淵挽九江之水以爲滴聚桐柏之色以爲煙借溫江卓筆之峯以蘸

其尖展青天以爲紙書吾餞君之詩情與曠野以相連吾輩留滯南楚思上國而未得以還轅雖然會當與君握手州橋踏月以話湘川是時君必折蟾宫之桂我亦胥金紆紫揖讓于人主之前此言蓋理有固然非狂且顛也

詞

和陶淵明歸去來詞

歸去來兮是處有山皆可歸念纏綿其世故忽感悟而增悲精誠烱而未泯齒髮逝而莫追想比鄰之驚愕疑昔人而竟非逢斷橋而植杖涉淺瀨而摳衣轉犖确之深窒開機杼於尋微宿雨初霽山氣如毎紛然落葉滿

我衡門少喜翰墨餘習尚存如撫無絃如持空樽有詩情以寄目無憂色之在顔皆遇緣而一戲則何適而不安顧風物之閑美忻幽鳥之關關拚殘書而意消偶歛目而深觀還諸緣以俱盡廓然獲其無還譬如人經故鄉情戀戀而盤桓歸去來兮請畢生於此游佳退藏於不言使來者之自求如薪竭則火滅知愛盡而無憂雖鯤鵬之小猶聽其自化則此道其可以告於朋儔笑我閱世如川行舟少折困於憂患老安樂其林丘嗟學者之畏影蓋餘波之末流苟就陰則影滅妄自釋而心休已矣乎吾吐斯言非其時聞者聽瑩皆遲留以鍼投水今無之古人不可見來哲亦難期省雜念之妨道如艮

苗之日耔當閉關而觀壁盡捐書而止詩不取於人而自信如子得毋復何疑

潙山空印禪師易本際庵爲甘露滅以書招予歸隱復賦歸去來詞

歸去來兮潙山有人呼我歸碧暮雲之凝合空夜鶴之怨悲省一念之有差雖百悔其何追探蟻穴之意適俄夢覺而知非幸牛羊之弗踐有墜露之霑衣恨無前知之明及未著而知微緬懷萬峯如蹲如犇而煙霏開窈窕其門東庵西井古迹猶存俯拾枯松旋安茶樽竝兩山之寒翠睹萬仞之孱顏想鍤鍬之寂子對牧牛之懶安妙機鋒之雖觸無生死之相關挹前輩之宏規揆今

事而默觀唯空印之中輿取高風而追還耿終力之弗

寐心欲絕而桓桓歸去來兮永結無情之游葢大欲之

巳去復於世而何求笑朝三而莫四紛衆狙之喜憂愛

芙蓉之倚天勢獨立而無儔昔倘反顧今則覆舟弓精

盡於九年履考祥於一巨卷正宗而懷之悲末學之横

流如韓信之巳死而其心豈眞休巳矣乎潙山吾歸今

其時如魚縱壑不可留今而不歸欲何之行以到爲是

食以飽爲期雖靈根之深密護空慧以培耔聽耆年之

夜語誦諸衲之清詩知沙纍之非飯情斷意訖復何疑

賦

王舍人宏道家中蓄花光所作墨梅甚妙戲爲之

賦

水蒼茫而春暗村窈窕而煙暮忽微霰之濺衣驚一枝之當路帶團紅膏之蠟色染薔薇之露柔風飄其徐來暗香滅而復著待黃昏之雪消看東南之月吐何嬋娟之殷勤獻清妍之風度方其開也如華清之出浴嬌風神其轉顧蓋天質之自然宜鉛華之不御也及其落也如朝陽之奏曲學回雪而起舞乃僊風之體自輕非臭夷之藥能舉也怪老禪之游戲幻此華於縑素疑分身之藏年每開卷而奇過如行孤山之下如入輞川之塢念透塵之種性含無語之情緒豈君王寵我太甚致我不得僊去者耶

龍尾硯賦并序

予所蓄龍尾硯比他硯最賢龔德莊從予乞曰此石宜宿玉堂豈公所當有耶旣以與之又戲爲之賦其詞曰

柳子嘗有言曰硯之美者唯青石最賢而絳石次焉自絳青而下蓋亦不數而世亦無傳何溫然之子石出高要之晴川方其始造也祠中牢以匃祐犯驚湍之洄漩探萬仞之崖腹取勁石之堅圓裹碧草以徑出割紫雲之明鮮縈金縷於廓岸張鴝目於坳淵於是房以玉室而緣以錦衣名以虛中而以居默字之適風櫺之春晝偶莫逆於書幃管城子方蒙茸而落帽燕客儼峩峩之豐頤愛知白之盡展其底蘊而看君答煙霞之譚詞粲

古今於立頃而觀者若未始與聞而有知以其有是之德故君子見錄而不遺也蓋嘗胥網而出鯉昭以佳瑞而生之涸於順山而鴿致浴於越池而水緇菱端重而有墨侯之封腰微坳而作郎官之狀逸于闐青鐵之羣秀蟾蜍玉器之上又嘗污盧攜之怒裾印太眞之醉掌泮紫金於藥鼎鏘清聲於書幌殆其棄而弗用也猶賸餘骸於弟子瘞朽骨於草莽而狂生乃以鐵鐫其名而市工仍以瓦肖其像由此硯之難致故紛謬僞之欺誑也顧予此硯之清堅出於歙溪之湄水乃陋南荒之[illegible]肝而鐫自比於龍尾勻數寸之秋光溫一片之和氣凝初得於魯祠何朴美之如此從予游亦有年愛其忍垢

之類已嗟所值之不遭紛白眼之相視獨一龔之可人輒傾蓋而見喜將提攜而去歸置玉堂之棐几稔亨奮而逃竄脫怒罵之焚毀終未免腹洞於暮年而猶勝支牀於壯歲子行勉矣予將覩子與管城輩耕於無所不知之鄉而至豐年之義理也已

石門文字禪卷第二十終

石門文字禪卷二十一

宋釋德洪覺範著

記

晝浪軒記

建中靖國改元夏余客洞山禪悅堂之東齋中無長物唯置一牀覆以蘧蒢架書數卷於枕間傃南開軒以納衆山之勝眼倦拋書坐臥惟山之接山容無盡而樂亦無猒也三伏大熱坐榻皆温林陰拂掠不足以翦畏日有蜀道人得孫知微活水遺法爲余壁間作崩擻渺漫之圖以來涼氣解衣磅礴奮筆而成余驚定歎曰異哉一堵之間須臾之頃而足江湖萬頃之勢壯波怒渦窪

篷千狀而有不窮之變陰風徐來毛骨震掉忽焉如舟洞庭而望霜曉也能復有險畏神速於此者乎道人舉杖指以謂余曰龍驤萬斛透迤而進如欲濟如愼畏有如明公卿任大責重思所以濟民而報國者也舳艫銜尾追逐上下如行如留有如仕路之紛紛方進而未艾者也魚龍變化更相出沒有如賤而忽顯貴而忽棄者也一葉之艇傲顛風而舞澎湃超然自得有如道德奇逸雜市人而無辨者也世波之神速險畏其有以類此故吾圖之至於白鷗沙禽汎汎隨流若無所與者又如我輩宅青山而侶白雲然猶思高飛遠引不能與之涉也余捫其洶湧起突之處點畫穠纖之間語之曰果有

生滅變易否乎曰無有也夫天地萬物之盛備古今寒暑之往來是非榮辱相尋於無窮而死生憂患追逐之而不赦錯綜歷亂如密房如亂絲者如此畫浪初未始有生滅有變易而其顛倒妄自驚怪者如予自畫之而又自畏之也古之大聖人皆能游戲於此故曰是法住法位世間相常住又曰一切法常靜無有起相震旦駒兒予之鄉老也而亦曰如畫水成文不生不滅何遽忘之也耶於是道人顧余而笑曰願從予游因名其軒曰畫浪又爲之記

潭州開福轉輪藏靈驗記

長沙楚之大藩民俗殷富可也而山水之富亦擅名天

下千雉垣疊萬井喧闐而嚼嶽色之芳鮮飲湘流之甘
寒寶坊精舍樓觀追逐煙雲蔽虧梵放酬酢如錢塘之
西湖伊洛之嵩少開福在郡城之北基構雄誇盡占形
勝昔馬氏植福之地也弘法聚徒皆當時之望士號大
叢林名鎮諸方馬氏嘗命苾芻智光建東藏奉安法寶
欲增妙麗規法忉利諸天光以意造不合教乘議者曰
惟勁禪師隱居嶽中三十年得心法之要而淹通三藏
異迹甚著厚禮致之勁果來於是布地文石爲雲濤之
狀以象海琢石雲濤之上以象須彌山建大輪山之顛
而輔以小輪四棊布峙立如人聚五指翔空爲朱欄青
鎖間見層出以象忉利宮闕光之徒頗相折難勁博引

樓炭等經瑜伽俱舍諸論證尤甚明會尊者室利嚩囉者來自五天是勁之說而藏乃克成爲湖湘第一政和之初長老道寧開東山法道食堂日五千指百須頤指可辦門人法圓實陰相之圓宜豐人短小精悍而材能任事寧使牧衆典金穀道俗歸之寧尅日而化潭帥以大長老智公黃龍高弟時年九十餘可嗣其席遺令佐郎雲蓋迎之智以老辭令佐曰太守請飯乃不赴貽法門之咎智至郎鳴鼓問其故曰請師住持也必知墮其計中受之未幾以職事付其嫡子文正避昊天諱正本色飽參有局量克肖前懿圓不以新故二其心唯集諸功德成就勝緣三年化衆檀鍾瑜等翻修藏殿五年秋將畢

工九月己卯夢合抱之木半空而止圓蒲伏疑將壓焉呼曰誰爲此木危人如此乎有答者曰此藏心也黎明覬州男子程俊來謁願施木以修藏如夢中自是施者日塡門十月癸丑使木工張詢梯其顛施斧鑿得木鏤識文其略曰吾成此藏魔事極多不踰二百年有吾宗法子革作轉輪此其基也住持者荆山寶也法子者月望也匠者弓長也自僞天福癸丑至宣和改元己亥蓋百九十餘年夫豈偶然也哉余獲拜觀遣十輩下推其轂五輪俱旋其上塗金間碧電馳風繞莊嚴之麗惟晃者心了而言所不能形容也圓自言其巧非木工所能皆夢中若有指授者凡費緡錢五百萬六年而後成且

求文以記其事余聞三世如來教法有微塵數偈句藏於龍宮秘於五天者太山毫芒爾而流傳中國者纔五千軸然衆生癡迷且不聞其名況義味乎雙林大士以平等慈行同體悲廣攝異種爲此方便如疲軍聞梅林雖未及見而渴心止如病夫入藥肆雖未得飲而病已除況於見之而獲飲者乎雖若簡易然不猶賢於未知者耶晉道人惠受嘗宿王坦之園夢以園營精廬既覺訶之假寐復理前夢以語坦之遂果其事已而又夢得刹柱明日行江亭獲隨流之木唐法師曇彥居越州龍興寺大殿隳壞衆請彥修之彥曰非貧道力也卻後三百年有非衣檀越來興此殿及期太守裴肅果符其讖

嗚呼圓退然寒窶一鉢行人間而已夢如惠受而非有王氏之圜爲之貲識如曇彥而非有裴公之力成其願乃能不起于座出雙林之橫枝續光明之千餤必有大過人者可無書乎五月日記

潭州大溈山中興記

崇寧三年十一月大溈山密印禪寺火一夕而燼住持僧海評移疾郡以子方者繼焉未幾而棄去寺規模宏大而經營者非其人歲移三霜纔辦法堂大殿寢室而已然又苟簡齋庖垣廡皆未具上雨旁風無所蓋障故禪學者分處山間林下蜂房蟻穴百丈大雄之風陵夷至此極矣大觀三年潭帥曾公孝藴聞之曰溈山南國

精廬之冠非道行信於緇衲名譽重於縉紳者莫能振興之吾聞天衣懷禪師在嘉祐治平之間五遷法席皆廢殘荒寂處而懷能幻出寶構化成禪叢今空印禪師軾公者蓋懷四世之孫而吳江法眞之嗣方說法於廬山之下學者歸之如雲挺然有祖風烈當能整大圓眞如已墜之綱於是厚禮遣人致之越明年三月空印來自歸宗山川改觀叢席增氣登殿拜起周顧太息曰冠世絕境大佛應迹而殿宇卑陋堂室狹小何以嚴像設而致吉祥震潮音而集龍天哉皆廣其基構而增修之使其壯麗稱山雄深傳曰鐘聲鏗鏗以立號號以警眾也寺鐘不足以光餘四海選佛來者於是聚銅神運倉

之下穴山爲鑪鐘成萬斤塗以黄金建閣館於殿之東
廡佛菩薩之語藏於龍宫傳自五天學者所當盡心所
以資智證之妙而盡細微之惑卽室五千軸者藏於殿
之西廡又明年增廣善法堂之後爲雨花堂含風而虚
明吐月而宏深夜參旣罷繽紛滿庭自兩廊之左繞以
復屋建庫院所以總庶務也自祖龕之右翼以修廊建
堂司所以牧清衆也又明年重修僧堂廣博靖深冬温
夏凉曰僧者天人之福田佛祖之因地十方如來同一
道故出離生死曠野深山聖道場地皆阿羅漢所住持
世間麤人所不能見旣以廣延其所見則所不見者敢
不敬乎又刻五百尊者之像閣而供事之又明年得巽

木於絕壑斷而爲三大合抱長倍尋刻淨土佛菩薩之
像莊嚴妙麗千花照映如紫金山並高爭峻建殿于天
供厨之南又特建閣于寢室之前綠疎青瑣下臨風雨
奉安神宗皇帝所賜御書閣成而東南傾師默計曰增
萬牛莫能挽且天章宸翰之所在山君水王之所宜謹
藏而衛護之今職弗修是神羞也言卒而風雷掀屋山
嶽撼動俄而閣正萬人懽呼昔大圓禪師開法此山也
有衆人千碩大而秀出者有若大仰寂子香嚴閑禪建
兩堂爲學者燕閑之私而名其東曰香嚴名其西曰大
仰方欲廣攝異根則修淨土觀法不以宗門爲謙及其
成就法器則以寂子閑禪期學者蓋其方便應機而設

教譬如大海蚊蝱阿修羅飲者皆得飽滿又明年重修大三門宏壯傑立鏤金錯碧寶翰飛動於千巖萬壑之上而太師楚國公爲書其額卻望形勝眾峯來朝如趨如俯如屹立如蹈舞有臺自獻其前以寶積靈牙舍利葬臺之中而建塔其上千尺九層蕩摩雲煙微風徐來塔鈴和鳴比丘來往旋遶作禮望之如開牒疑師以三昧力搏取梵釋龍天之宮置於人間不然何其幻怪神異如此其多耶唐元和中僧曇敘開基則有緒言曰地靈甚不可葬葬且致禍今三百餘年僧物故莫敢[illegible]于回心橋南十里師曰事無大小而斷於理從違不可苟也僧火化眾俱臨先聖令不可違也禍福之來以智

避就之不可從也遂建普同塔于寺之西又修大圓禪師之塔而峙立兩亭以覆古今碑刻部使者以其威靈奏賜眞應禪師塔曰淨惠聖谿莊壟畝爲比鄰所吞數世且百年莫敢誰何師云此唐相國裴公施以飯十方僧者横目何德以堪之不直而歸是陷人入泥犂遣掌事執券證諸官竟還二百畝歲度一僧上資睿筭有玉泉住持僧死于龍牙山山中之人不容其葬弟子抱骨泣涕師哀之使於溈山擇地建塚塔叢林義之師之潛行密用之懿時時見於與奪然皆本於仁義道俗化其德政和六年勑補住鎭江之焦山師雅意不欲東解住持事力辭之歸庵鸞谿之上俄詔聽還之溈山自其始

至中而還八年之間百廢具興非乘願力何以臻此雪竇天衣之道至師大振叢林歸心焉與修蓋其游戲也今嗣法者自南臺定昭了山法光而下詵詵輩出棊布名山方進而未艾也法義謂余曰潙山之雄夸非空印老師莫能辦之精神非文字莫足以傳願求文以昭後世不得辭系以辭曰

有異比丘清而狂相山趼足窮衡湘黃才掬谿行嗅嘗笑云水作青蓮香梯空杙險屨仆僵寢宿霧露衝虎狼水與石鬭聲舂撞誰挽千乘行羊腸窅然洞開雲水鄉橫峯側嶺爭回翔咨嗟曰此古道場山靈乃今發天藏泥草吟嘯久彷徉無人告語空夕陽翩然曳杖還江南

道經新吳山欝蒼登山作禮僧中王骨面氣宇淩八荒
侍其側者矯鸞皇祐公傑出尤堂堂袖中肉山傾置旁
瓶錫一笑戲取將懶安寂子尤敦厖佐于耨耕立禪房
九世沉溺爲津梁分燈延聯世相望旣絶復續暗而彰
軾公貌癯中方剛漆瞳照人儼而莊食堂十年折繩牀
有大長老續遺芳派出天衣嗣吳江爐餘爲子整頹綱
機鋒掣電誰敢當宗風回顧已舉揚以印印空成文章
凜然面目如冰霜令人望見折慢幢叢林遡來頓荒涼
反袂拭面空歎傷而師聲價重四方力能咄嗟辦寶坊
又取佛日重洗光芙蓉峯峻溈水長功德之利建我皇
願同山呼壽無疆

重修龍王寺記

祝融占南極其高蓋四千八百丈與中原相直其平如衡故名衡嶽嶽之北崇岡峻嶺如犇如伏晴嵐夕暉星螺掩玉百里而至陽岐翔爲奇峯呀爲深谷峯之顛有大穴泉滿石裂攧雷濺雪夏冬弗竭蓋神龍之所蟠蟄故名龍山唐貞元間馬祖傳曹谿心要隱于嶽中從之游者多得道散處林壑之佳處老死而世不聞刱見之乎洞山悟本禪師价公游方時與密師伯者偕行嘗經陽岐迷失道路見谿流菜葉知有隱者並谿深入叢薄間有茅茨僧出迎貌癯而老索爾虛閑謂价曰此山無路闍黎自何而至价曰無路且止老師自何而入曰我

不曾雲水价曰住此山多少時曰春秋不涉价曰老師先住耶此山先住耶曰不知价曰何以不知曰我不從人天來价曰得何道理便爾歇去曰我見泥牛鬬入海直至于今無消息於是价班密師伯之下拜之拜起問如何是主中賓曰青山覆白雲問如何是主中主曰長年不出戶問賓主相去幾何曰長江水上波問賓主相見有何言說曰清風拂白月价心異之求依止僧笑曰三間茅屋從來住一道神光萬境閑莫作是非來辨我浮生穿鑿不相關卽焚其廬而去莫知所終故龍山又名隱山今祖堂王英諸禪師書江西宗派亦著隱山之號光化中有奇比丘名師信不知何許人庵于隱山之

故基一衲宴坐異蹟顯著龍衆皆易形爲王者服從之聽法歲旱民祈雨輒響應馬氏據有荆楚欽事之不敢名斥賜號雨禪師而增名爲龍王山自信之化世爲禪林號西禪寺太平興國改賜今額宗教下衰師法大壞至以大福田之衣蒙市井無賴而玆山十世宣和四年夏潭帥大學曾公盡禮致前住道林雲禪師來領院事雲孤硬飽參精嚴臨衆洞山十世之孫而集山枯木之嫡嗣也人望翕然師解包之日顧嗟太息因發其形勝增廣其基構而鼎新之聚材鳩工以歲入輸租飯僧之餘助成之不專取於檀信以謂檀法以信而發心爲淨施止增一草獲福不貲不然雖側布但名住相人徒見

雲法勞熏役而不知游戲也有無諸道人上白實陰相之且從余求文記其事曰价公參道於此山而雲禪師嗣其法以興修之疑非偶然余曰隱山單丁住山把茅覆頂刀耕火種而食兩客及門焚其廬而去之今雲公不起于座使綠疎青瑣以棲千柱飛甍畫棟以綮萬瓦層樓傑閣以蕩摩雲煙虚堂廣殿以吞吐風月撾鼓升堂千指圍遶雲屯川增方進而未艾也視其迹若相遠然其道實相須如來世尊蓋嘗曰不住無爲不盡有爲金剛般若閱空法道也而曰持戒修福者名發信心開空法而修福無住無盡之旨也隱山之焚廬滅迹與雲公之幻出樓閣託斯文於不朽殆得如來世尊之遺意

於是爲疾書之宣和六年春公生明齋記

隋朝感應佛舍利塔記

唐僧史曰同州大興寺者般若尼寺故基也隋文帝以魏大統七年六月癸丑生於寺中赤光照室紫氣滿庭如幻出樓閣而其色赭人之衣嬭母覺時炎熱以扇扇之慄然暴寒幾絕不能嗁有尼自外至謂太祖曰兒乃那羅延也蓋天佛所祐不可令處穢雜間當爲養之於是太祖以兒委之不敢名問而闢館以延尼通門往來一日皇妣闞尼不在就抱持之忽化爲龍鱗角已具驚撲于地尼歸見之怒曰乃敢妄觸吾兒致晚得天下文帝七歲尼告之曰像教堙滅一切鬼神皆西兒當父母

天下而教法頼兒而興之年十三乃令還家四十餘年
足不越閫周既廢教尼隱皇家文帝踐祚教果重興尼
名智仙神異不可測河東蒲坂劉氏女也七歲出家其
師一旦失之意必墮井俄見坐殿楯瓦上世號神尼嘗
以舍利一掬授文帝曰以此福蒼生仁壽二年出以示
僧曇遷置掌而觀數數有盈縮遷曰吾聞法身過於數
量非智所及此未可量乃分而爲五十三分詔於五十
三州名山福地以建塔塔下圖神尼之象有銘其畧曰
維年月日菩薩戒佛弟子大隋皇帝堅敬白十方三世
一切三寶弟子蒙三寶福祐爲蒼生君父思與民庶共
建菩提分布舍利諸州供養欲使普修善業同登妙果

者特請兩京名僧將命奉安之日皆有祥瑞長沙嶽麓寺之前澗陰之上石浮圖其一數也山中僧道安嘗為余曰隋朝舍利塔事極奇偉而五季烽火之餘銘碣焚毀道俗游觀無所質問余曰豈直此而已晉建興二年長沙縣之西一里二十步有千葉青蓮華兩本生於陸地掘之丈餘蓮之根莖自瓦棺而出發棺而視但紙衣拴索而蓮實生頭顱齒頰間有銘棺上曰僧不知名氏唯誦妙法蓮華經已數萬部旣化遺言以紙為衣瓦棺葬于此郡以其事聞朝廷有旨建寺其上號蓮華今長沙驛即寺故基也西城之譙門與湘江之潭皆以蓮華名之者以此然邦人無有知者安請余併書以示道俗

宣和七年二月住山道人法光與安化馬章彥達登潤陰問建塔之因光乃以余文示之彥達踊躍願施錢刻石山中上巳日除饉某記

潭州白鹿山靈應禪寺大佛殿記

靈應禪寺天人師殿者無諸沙門用澄之所建而邦之大檀越劉革之所施也寺占巖腹臨清流發一區之形勝規模宏大營建偉傑綠疏朱闥吞飲風月飛簷楯瓦蕩摩雲煙寶鈴和鳴珠網間錯像設釋迦如來百福千光之相文殊師利普賢大菩薩大迦葉波慶喜尊者散花天人護法力士又環一十八應眞大士序列以次莊嚴畢備道俗拜瞻其無以異登忉利諸天至普光明最

吉祥地欽奉慈嚴親聞圓音也其費緡錢三千萬而不聽餘人增一草鳩工於宣和元年而斷手於七年之秋余過襄沔謁方禪師於潮音堂而澄前請爲之記余聞百丈大智禪師之訓曰世尊遺教弟子因法相逢則當依法而住飲食服玩經行宴坐必爲叢林營建室宇必先造大殿以奉安佛菩薩像使諸來者知皈向故晝夜行道令法久住報佛恩故又聞德山鑒禪師之語曰比丘行脚當具正眼誦經禮拜乃是魔民營造殿宇又造魔業且天下惟奉一君一化豈容二佛所居撤去大殿獨存法堂嗚呼百丈德山皆祖師一則建立一則掃蕩安所適從折中哉方禪師黃龍雲居之仍孫必知其要

乃以問之方曰如醫師之治病應病與藥今人病寒必投以丹砂烏喙設或病喘必投以紫團白朮寒疾愈則所謂烏喙丹砂者姑置之可也喘疾既去則雖常服紫團白朮庸何患然無病則焉用藥哉衆生無明崢嶸業海橫肆莫知津涘而以佛爲彼岸則殿宇之建像設之嚴所當然矣余拊手曰臨濟之後善說法要如此因取以文次爲之記澄公外枯而中秀耐煩冗甘淡薄十年不懈其志非止爲此殿而已要將咄嗟辦一梵刹可也九月初吉記

重修僧堂記

湘南號爲山水之國故佳處多爲得道者所廬自唐貞

元間馬祖石頭卜鄰於衡嶽學者散止巖叢本朝康定間慈明禪師中興於石霜望馬祖爲十世嫡孫兒孫徧天下而長沙尤盛元豐元祐之間角立傑出者比比領名刹諸方指以爲道之所在今三十年禪林下衰以大福田之衣自標識而號分燈嗣法者例皆名愧其實蓋族大口衆不肖之子乃生固其所也龍圖閣曾公之帥長沙慨然驚嗟曰吾祖楚公識雪竇顯公於行間擢置人天之上遂爲雲門中興吾親受大和尚圓照印可今而坐視非雪竇圓照所以付祝之意於是刪去其甚無狀者老病物故懼讋而宵遁者時或有之遴選諸方之名德十餘輩所以扶其顛整其傾靈應方公乃其一也

方旣至問其地利之所出度不足以贍衆則化淨檀爲油麥庫以生財役力事衆未有効勞者則合衆力建度僧之庫越兩年而告成又化邑之賢者鍾世高修僧堂五間鳩工於宣和六年十月明年秋九月落成之而余適至方偕余游觀其高深壯麗塗金間碧香霧爲帳秋水爲簟粥魚齋鼓戢戢而趨合爪而集會四海而不爲混跏趺而禪休萬緣而不爲滅余曰此曾公發之而其利如是博也方笑曰曾公發之而成之者乃賢令尹賈公也是公下車盜賊衰息風雨時若民以是安吏以是畏風雨時若則連歲有秋盜賊衰息則夜戶不閉歲豐時和則民樂施故吾堂成於談笑使令尹不賢民且離

散矧所謂沙門乞士者乎余愛其言理而明喜爲之記十月初吉除饉某記

五慈觀閣記

古之仁人將有爲於世必特立獨行自行其志漢將李陵之降虜致武帝疑其臣屬於是蘇武奉使不屈牧羊海上十九年起居必仗漢節宣帝以智力御世君臣凜然既殺蓋寬饒於是疏廣父子袖手而去使人主知區區爵祿不足驕天下之士豈激頹波而獨往冒衝風而孤騫者歟豈惟世之仁人如此出世之聖師亦然三祖璨公既得法隱於淮山悼學者枯禪縛律以地位證修爲歸宿不信達摩別傳之宗故作信心銘又名其弟子

曰道信造次顛沛語言寢息必以信自心爲勸嗚呼吾祖之於法道深切著明可以想見其餘風遺烈東山住持沙門宗致者臨濟十一世之立孫而泐潭準禪師之嫡嗣也骨面嚴冷英氣逸羣以荷擔雲庵法道爲已任說法有辯慧護教有便行卑叢林以宗旨爭溝封以語言爭非是紛然諸方方熾未艾名爲走道其實走名射利禪販無所不至而正宗微矣欲棄之而弗忍欲導之而弗從於是爲室於方丈之東名曰慈航又自名其號曰慈覺猶以爲未也建閣于大門名曰慈觀獨僧居竭者傾長財一百五十萬以助成之竭生平自奉甚約所得檀信之施毛累寸積四十年之藏一旦舉以施之人

以爲難南晉僧子照者有實行自然之智如人信手斫方圓皆中繩墨慈覺使總院事事無巨細談笑而辦閤經營照實董其事垢面龜手不憚霜雪伐山相材運土拾礫與蒼頭短髮進退凡半年而落成竭以財施而慈覺之志乃克成師弟子之於宗皆無所愧賢矣哉余與雙峯祖印禪師仲宣來游遂登是閤晚望淮山萬疊白獻雪盡蒼然卻立周視朱欄碧瓦蕩摩雲煙苾芻往來午梵方奏疑其身世之在諸天也祖印問余曰慈覺之慈宗師之慈其與佛菩薩之慈奚若余曰如恆河女子抱嬰兒欲渡兒墮水中女子與之俱死此愛兒之慈也滿慈子曰人罵辱我我則自幸曰罵辱非拳毆也設或

拳毆又自幸曰拳毆之酷不猶愈杖擊兵刃乎此忍力之慈也曹谿六祖夜爲男子張行昌所謀將施刃六祖笑曰止負汝金不負汝命以金贈之使去人無知者行昌感涕願落髮爲比丘所至輒訪道復至曹谿而祖授以法要使分燈于江西究親一撥是謂等慈也提婆達多每欲害佛以毒置十指爪中見佛接足佛笑曰未毒我足先毒汝手又勸國驅千醉象以衝佛駕象來佛垂手示之於是象見十指皆有師子怖駭遺糞而去此謂大慈也若慈覺則不受諸慈管攝擊塗毒之鼓死御偷心鎔凡聖之銅不存情見如勝熱婆羅之火聚無猒足王之刀鋸使一切眾生觸其鋒蒙其刃皆獲無分別智

此蓋眞慈也夫豈不然哉祖印笑曰道人固菩提園中之耆年何其辯慧乃爾驚羣耶龍舒禪鑑大師無學犯衆而言曰閣成而老師適至似非苟然願爲記之余曰唯建炎元年十二月記

資福法堂記

資福禪院在金沙斗方之北奇峯峻岡環繞以掩映風林雲壑祕邃以曠平自非逃世絕俗忘軀爲法者無因而至崇寧間蜀僧文慧嗣百丈九肅禪師說法此山求心之所決擇發趣之所歸投凡叢林之所服用寺宇之所宜有者十八九矣建炎元年十月住持沙門九琛以書抵印曰寺僧紹恂者無諸人惠公之高弟有行業淮

山道俗愛敬之惠公以政和五年遠化諸大檀越重修
潮音堂一所俾知法上首臨衆演法以上祝天子之萬
壽恂欣然從之於是遠近聞之富者輸財貧者輸力藝
者輸巧勸者輸語越明年七月而堂克成凡用緡百萬
有餘乃設無遮大會飯凡聖僧而落成之未有文以記
其事公爲我記之印曰自後漢摩騰竺法蘭來自五天
館于洛陽鴻臚寺有經而未有精舍至吳赤烏中康僧
會入建康架茅茨與其徒以行道有精舍而未有僧三
日男子朱士行最初落髮有僧而未分禪律迨唐之朝
禪律並行曹谿獨號禪宗而律學乃不敢與之抗行元
和中百丈大智禪師方建叢林廢蜂房蠔穴之衆爲九

州四海而建大法堂以總衆至於天下禪席宗之知比丘因法相逢以法爲親主者升座而坐學徒雁序而聽示尊法也恂能化衆檀以成斯堂其知本者歟資福院爲此邦之福田道俗男女貴賤老幼者輒授之者得長老升堂布法雨以滋灌之令善種福芽叢生而並茁其爲惠利豈有既乎不可以無書

雙峯正覺禪院涅槃堂記

大江之北夢澤之東萬山走趨屹立兩峯蟠岸千楹寶勢翔空煙雲開遮戶窗青紅天花墮飄舞雨旋風疑登梵釋龍天之宮大鐘橫撞山空玲瓏犀顱戢戢步趨肅雍祖印禪師蓋其長雄寬而邊幅壯而疎通謙以自牧

衆所追崇如海下之百川則宗論其世家非侯則公棄之恥言安樂巖叢與彼假我染衣安庸垂涎富貴忘其頂童雀廬自誣者則若不同也余自襄沔南歸新豐道由淮上託宿山中欣然見我如舊游從日陪杖屨摧頽兩翁偶立小語又指役工紛然斧斤聲雜鼓鐘坐僧日多其來無窮庸免包藏衰老篤癃跛盲失心不祥之凶作堂館之工行告終矣要余卽之周行廡廊入門疎快客室虛窻搴幃設簾宜溫宜涼濯衣栅榻負暄繩牀藥鑪茶鼎可劑可湯頤指如意失其異鄉卽戲問之欲資抵掌豈有少年如篴青狂法戰不勝昇入此堂者乎豈有垂死如剖倔強而敢横機摩壘大陽者乎豈有英靈

如黃涅槃杖擿病者隨起激昂者乎豈有病瘉楞然空房而嘗臥處尚多痂瘡以火燒之皆熏陸香者乎豈有頭陀以紙爲裳而其迅機石火電光方酬洞山言訖而亡者乎祖印愕然視余嗟咨如子精敏亦迷怪奇甘棄坦塗而行嶮巇乎知太平無象可窺雨露霜雪自然四時我廩既高里無呼追雞豚社飲老幼扶攜安用鱗鳳之與菌芝耶昔維摩病臥毗耶離教誨天魔使令豔姬手提大千戲而擲之世尊有疾則異於是背痛乃臥須乳作糜而已何嘗變化怖駭羣兒乎余聞其說乃加敬虔而僧祖傳祖印所賢而余里閈又掌寺權婆娑獻誠願拾此言丐余文之爲記以傳夫千里水濫觴其源若

合衆流遂成大川則知此堂衆檀成焉增土爲阜增毛爲氊兩尼勤勤佳其精專同其調度所費緡錢葢六十萬淨願乃圓有僧道齊以身率先雜衆工中唱叫挽牽十方之多道俗嗟羨咨爾堂衆諦觀病緣此四大軀無可肇堅生死之趣愛見所纏雖相扶持終各棄捐當令以觀常自現前授與此疾非人非天是我自業成熟則然受盡還無如雞出㲉此心自往如珠在淵觀苦進道諸佛憫憐歲在丁未建炎改元季冬初吉集者駢肩敘多率衆二百九員領衲景修守珂守詮至其綱維又揀耆年辦衆法欽牧衆法璉叢林精神照映雲泉祖印爲誰住持仲宣而作記者寂音老禪

合妙齋記

無盡居士眞拜之明年大晟樂成詔試於西府余適在焉無盡曰聲起於日而律起於辰四十有一而陽數全三十有六而陰氣備如黃鐘之律九寸而爲宮增之毫釐減之杪忽則其音不應宮苟適其和是謂之雅熟視其理蓋大徧無外細入無間余曰諸佛衆生日用無以異於此其體本自妙而常明因緣時節不借語默其義自見違時失候則擬議而動其義自隱諸佛知此者也故善用而合本妙首楞嚴豈不曰雖有妙音若無妙指終不能發如我按指海印發光哉衆生昧此者也故不善用而成麤大智度豈不曰猶如利刀惟用割泥泥無

所成刀日就損哉余涉世多艱困於憂患後三年華髮海外翩然來歸依資國寺乞食故人而老焉晨香夕燈經行晏坐翛然靜住索爾虛閑追繹大晟樂之和雅而庶幾善用其心以合本妙之意也遂以名其齋曰合妙又爲之記政和四年二十五日書

信州天寧寺記

江南山水冠天下而上饒又冠江南自昔多爲得道者所廬鷲湖龜峯懷玉號稱形勝而靈山尤秀絕蓋唐武義初西平周王發其天藏也初建精舍名興聖祥符天子改賜普明沙門德延以講學聚徒甚盛弟子德熙者有智略實陰相之崇寧二年詔革以爲禪林賜田度僧

聽遇天寧節進功德疏太守周公邠命長老德延爲第一世而以僧正德熙董其事也三人者敘立顧瞻而歎曰寺以羣居而自爲戸牖犬牙相接如蜂房螘穴非相臣所以建請集禪衲演祖道上延睿算之意於是蟬蛻其卑陋而一新之也入門縱望序廡翼如而進層閣相望而起登普光明殿顧其西則有雲會堂以容四海之來者爲法寶藏以大輪載而旋轉之以廣攝異根也顧其東則有香積廚以辦伊蒲塞饌爲職事堂以料理出納特建善法堂于中央以演法開毗耶丈室以授道又閣其上以像觀世音示以聞思修令學者入道也粥魚茶板霜顱螺頂鳧趨而集寂無人聲餘屨聲而禪齋密

室冰懷雪廬株枯而坐不見心相惟身相也嗚呼西平王郡太守雖異世而姓氏同前以講後以禪而領袖者雖異趣而名號同也吾聞浮圖未成故裴公美爲玄度之後身千尺像畢而僧護爲僧祐道宣之前身古今所傳不可誣也宗衍禪師出自白牛法窟中來嗣延公之法席分照覺之祖焰道行孤峻爲邦人所欽然人但見其能集前人之大成幻出樓觀而不知其游戲也政和元年八月又詔以天甯萬壽名寺七年三月遣僧慶瑫來乞文以記其事余雖未獲覽山川之佳氣披華搆之雄誇然能系而爲之詞也辭曰

羣峯寶勢爭岧嶢雲收眼寒空翠搖靈山獨受王水朝

跨水誰作朱飛橋蒼官馬鬣低龍腰谷風吹空翻海潮忽驚寶坊礙層霄天花細雨紛墮飄草衣大士唾霧消定力持之日劫超太霞仙子坐可招夜晴往往聞吹簫西平賢王想風標長劒拄頤氣勇驕擅此興聖開前朝宋興和氣彌宇宙佛宮道祠恩益厚初以毗尼相講授易爲禪林冠江右大鐘橫撞午梵奏紫金光聚世福祐苾芻千指聚拜手太平天子千萬壽切雲樓閣誰所搆臣子淨願力成就白牛乳犢師子吼虎谿嫡孫氣奇茂學者趨之俯並首我作銘詩招爾後斯文與山俱不朽

高安城隍廟記

城隍廟者故使君應侯廟也應侯世高安諱瑱隋季政

荒天下盜起李密起翟王仁德起鄭皆稱公李子通起海陵邵江海起岐州薛舉起金城竇建德起河間皆稱王劉武周起馬邑劉元晉起晉安林士弘起豫章皆竊尊號高安豫章屬邑也侯時以布衣募兵烏合而擊之士弘卻隱去因嬰城固守唐武德元年五月甲子唐公即帝位五年十月己巳林士弘殄滅嗚呼方是時賊兵浩如海孤城眇如塊微侯之忠勇義武則民魚肉之久矣朝廷旌其功授以刺史符於是千里親之如仰父母既沒贈尚書左僕射廟食此邦蓋五百年而書功烈者詞不達意余嘗歎息之政和六年九月十六日因請福許銘廟念文字陳陋又罪廢懼瀆神聽藁成復壞者數

矣越明年二月二十六日夜夢有客過余甚都雅曰向
許我詩當以示我夢中問公誰氏曰我唐人居湖中既
覺三鼓矣坐而假寐又夢理前事旁有贊者曰應侯君
也於是起呼燈火洗心爲銘銘曰
煬帝南游江都湄唐公集兵禱晉祠連和突厥人戸知
傳檄諸郡稱義師豫章遯在江之西殺氣熏烝喧鼓鼙
芟民如芻救者誰應侯忠勇英特姿精誠貫日如横霓
振臂大呼老幼隨空拳烏合當新羈賊鋒爲卻氣少衰
守城泯默天助威賊雖猖狂其敢窺民廿九死侯生之
不然蕩滌無孑遺故宫下瞰緣錦谿過者肅趨不敢馳
功德之大山嶽巍惜其粉飾無雄辭心許作文恨陋卑

夢中索之不可識俾侮神者讀此詩知神威靈不可欺

石門文字禪卷二十一終

石門文字禪卷二十二

宋釋德洪覺範著

記

無證庵記

余頃得罪謫海外館于開元之上方儼師院日與彌勒同龕頹然聽造化琢削有道人祴擯叢林款余甚勤曰吾泉南分化至此與語脩然令人忘百事逃空虚者聞足音而喜矧置身蠻夷論效鴂舌衣䕽花貝心緒怵然非復中華氣味而見道人哉相從蓋百許日問出世法余曰有亞聖大人出世南州臨濟十世之孫號靈源大士者今爲法檀度譬清涼月下矚熱惱天下名緇奇衲

龍蟠鳳逸而趨之子可跨海北去無後時矣道人愕曰敢不承教翼日翻然而去余蓋莫敢必其所往後三年余蒙恩北歸館于石門精舍有力持書視其款識乃吾證公也發緘疾讀則知其不鄙棄余言見靈源於龍山兩白矣嗚呼子可謂眞有志於道者耳又三年靈源棄學子分化他方余拜塔而至於是見證頎然人羣中擧翻追繹海南之人煙樹石紛然落吾目中爲留一夕曰吾措庵自藏子當爲我記之問庵所在證笑曰以太虛爲頂以大地爲基以萬象爲牀榻以天魔外道爲侍者擧足下足皆是妙圓密海余心知其戲曰子豈所謂隨身叢林者乎問其名曰無證曰圓覺謂一切衆生皆證

圓覺學者以爲至矣余笑以爲誣之也本無數量不落識情奈何謂之證乎謂之證譬如加首於首名爲染汚吾又強區分別之無證蓋就學所知言耳若親見靈源於寶覺背觸之拳則當以身爲舌爲說之尚無證之足云乎余曰有是哉因序其語爲之記

菖蒲齋記

東坡居士性喜推挽後進之士知名當時多公賞識者然以今多士猶未足以飽其欲而雌黃遂及草之微以胡麻杞菊之賢於其類援筆而賦之則名聲亦能光顯於後世暮年又以菖蒲之才爲邁秀居以銅盆培以怪石挹寒泉而灌之根須連絡於璀璨之間其色蒼然可

翫也天下以公之所翫從而翫之柯山道人如公行雲山中所至不蓄長物獨於菖蒲而友之至以名其齋江南洪覺範見而歎曰菖蒲爲物無異味可嗜嚼而君友之無猒非能知東坡所樂之眞則尙烏能談此情味乎支遁蓄騂騮以寄逸想慧理呼白猨以發高韻而後世多其風鑒君之所寓其清修絕俗之致豈減遁理哉爲之記以示知君者庶亦知余言之非誇也

舫齋記

宣城李德孚有美才善屬文宣和初與余邂逅於長沙年旣相若且同學又相好也久之德孚侍親移漕江左而官之金陵卽官舍之東闢室以觀書其室連數楹而

戶相重東西而視如在船中乃以舫齋名之有客聿至視其榜揭而疑之曰以予爲隱者耶則忠義之色功名之志見施爲語言以予爲非隱者耶則山水之意嗜好之異與儕輩不侔於是避席而問之曰夫渺漫際天一碧萬頃微風徐來雪浪山湧一葉傲睨其中覆卻陳乎其前而不入其舍者津人之妙也予寧欲從事於此乎曰操舟之爲非吾事也害利之域並首而趨憎愛橫生頃刻萬態瓦合流俗與之偕而不與之俱逝是知津之妙也予寧於是有得乎曰問津之學非吾志也然則旣不事乎操舟之爲又不志乎問津之業而乃列五經之遺編布百家之陳說明窗棐几繼晷然膏冥搜博求探

賾索隱與古聖賢相際於百千歲之後若心同而意契德符而道通殆將簡之而弗得所謂吾無間然者其或醉心墳典則直造淵源翫意羣書則涉獵涯涘放浪詩書之奧望洋渾灝之間則孔子之所得知之矣其浮游萬物之祖者耶送之者皆目崖而返矣德孚仰而笑俯而應曰吾非放愁也但吾以忠信孝友爲煙波隨所寓而安之爲舟舫昔馮夷得之以游大川漁父語已緣葦而去意竊慕之如是而已矣客愕然無對明年復來長沙理前事以語余請書以爲記於是乎書之

一擊軒記

宣和元年冬余自臨汝以職事來宜春暇日與客游天

寧宮愛小軒脩竹解衣磴礴終日不忍去長老德公請名其軒余曰一擊客問其說余曰香嚴閑禪師參道於潙山久而不契乃焚畫餅之書歸庵南陽糞除瓦礫擊竹而悟余以是知道不可求也使道而可求則肉飯鷹兕身當坐榻與夫伐冰食玉之貴谷量牛馬之富者皆舉意而得有謀而獲者也客曰然則道終不可見歟余曰吾聞諸雲庵以謂道不可求而可致也如入市黑白暗走嶺海望京師疲歲月於道路卒不能獲居肆於八達之衢不以必得爲計則貨也有時而自致昔人嘗嗜草書行則書空臥則畫席夜聞灘聲而得妙曉見蛇鬭而入神與香嚴同科而異致且道豈有麤妙哉學者根

有稚敏耳時方貴敏故叢林有思齊之心石霜一年而悟道吾以爲敏永嘉一宿而悟曹谿以爲敏香嚴一擊而悟庸詎知此君不以爲敏乎德公請以爲記余知其爲雲庵之嗣也故併書載其說宣和元年十一月日

忠孝松記

宣和元年余謁枯木大士成公於道林是日遊客喧鬨噓氣成霧余曰噫嘻登高望遠此日猶然其荊楚舊俗哉成笑曰有異木產吾冢巔非緣佳節也於是導余登清富堂下臨瀟湘如開畫牒千里纖穠一覽而盡得之蓋龍圖聶公以詩眼增損發其天藏也故其形勝冠於湘西暇日必俱賓客燕賞於此堂公所建也想見其風

流餘韻不減叔子之峴首而其去思遺愛有類召伯之甘棠其左有奇石狀如覆斛稚松貫石而出初如插秧未閱旬高尺許孤根秀拔分枝調達紫鱗翠鬣之中已有合抱淩雲之氣豈地靈獻瑞著公拔擢之異乎公自荆湖奉使入對未幾年三遷要職遂尹京都實鍾臨川之英氣而其學出於舒王有石之象松爲蒼官爲十八公玉版之榮金甌之拜跬步可待有松之象丁生夢之猶爲後世美談況目覩其異乎成曰心法之妙不可以言傳而著爲忠孝之效故種石而玉生知其孝倒植而竹茂知其忠譬如太平無象而出菌芝見麟鳳然彼各得其偏如公則道契主上名落天下富貴追逐之不赦

而忠孝之瑞幷見於松石之間蓋理之固然於是像公之形儀置堂之上而名其松曰忠孝以慰邦人之思顧未紀其歲月於是使其客甘露滅爲之記

朱氏延眞閣記

出高安之西門行五十里山川有佳氣草木有華滋桑林有秀色民俗有古風如武陵桃源如剡溪赤城有隱君子朱堅伯固者世家於此特臨廣陌爲危閣以延眞爲名余自京來歸過而登焉凭欄而睇煙雲杳靄形勝纖穠一覽而盡得之而恨其名未足以副其趣謂伯固曰君風度儒者也年方壯有美材乃不以功名富貴爲急甘隱約於山林也而雅志欲延眞豈有說乎伯固曰

然吾嘗語子夫功名富貴偶然爾士以身狥惑也何以知之漢武帝見相如賦喟曰吾安得與此人同時及見之止以爲上林令富貴若不可必也唐太宗見馬周之論促使召之接武於道及見之談笑而斷國論富貴又若可必也李廣之伎無雙於天下及從貳師出征迷失道路竟不得侯而死功名若不可必也薛仁貴白衣從征遼東以三矢而定天山卒爲名將功名又若可必也吾以謂人生百歲如駒過隙要當從吾之志耳昔梅子眞補南昌尉時放浪此邦有別業之遺基在焉已爲道士廬元始中棄妻子歸壽春後人見之於稽山變姓名爲吳門卒而傳不書其終其爲仙明矣庸詎知其不雜

居沽尙往來故居乎吾爲閣以延之儻幸及見又庸詎知不攜吾登毛車渡弱水以游道山哉余不得而答乃敘其說援筆而記于壁

思古堂記

東坡先生曰孔子孟軻道同而其言未必同何以知之以其言性知之孔子曰成之者性繼之者善蓋善者性之效爾而孟軻曰人之性善孔子之言譬則如珠走盤孟軻之言譬則如珠著氈夫珠非有二者走盤則影迹不留故子貢曰夫子之言性與天道不可得而聞性既有言矣乃曰不聞是其可以影迹求哉著氈則觀者庸詎知不疑簞褥亦可以留珠乎故荀卿又言人之性惡

自善惡之論興蓋有不勝其言者聖賢相去百年而其言相遠如天淵況不翅百年而守衆人之言爲知道非愚則狂顔淵韓愈異世而同出孔門然其識有深淺何以知之亦以其言知之淵飲水曲肱在陋巷不改其樂此亞聖全德懿行也而愈謂哲人之細事愈且未知顔淵能知孔子乎易曰君子多識前言往行以大蓄其德然言行之精以韓孟之識有不能盡窺學者其可不思乎吾嘗誦之三衢毛庠文仲少有英氣深於學問而善功名富於翰墨而飽籌策以破趙會食爲迂伏軾下齊爲椎所與游皆天下第一等流遭時外平疆場久空無所施其材蹇寓一官不甘憂患折困袖手來歸圃於衡

嶽之下寢處晴嵐夕霏按行春花秋月弄琴閲書以娛賓客枵然與世相忘而名其堂曰思古與東坡之論相表裏如維摩自藏於不言之中以發文殊之義縉紳高之文仲歿其子在庭季子以書抵余曰惟子可以知先人爲堂之意强爲我記之故余獨載東坡之論以著文仲之高然晉劉實作崇讓論曰世議士名德不迨前人非也時非乏賢士不崇讓耳然則士必生而能賢不由稽古之力爲循墻異狀之僞是學使實不死登此堂將逃羞無地尙何論哉季子年二十餘種性工文聽其論古今贍博絶倫眞能世其家者也故樂爲書之

遠遊堂記

宣和元年秋八月朝奉郎夏公自天府謫官祁陽明年三月至自三峴館於靈泉寺寺臨大江江流湍急斷岸千尺萬峯環之如趨如揖如翔如集公構堂其西盡收其形勝靖深以宜茂林脩竹虛明以隔囂聲塵氛而名之遠遊重九後二日余從公登焉對立凝睇晴嵐夕暉浮動乎緣疏青瑣之上促榻對語笑響散落乎千巖萬壑之間於是隱几栩然忘言蓋其倚功名於憂患之外玩雲川以自娛心飽新得百想俱滅然知國知兵百未一施而沉冥小邑如對彭澤之狄梁公通泉之郭代公乃名所居之堂爲遠遊何哉嗟乎世之識眞者寡所從來舊矣袁天綱識武后於襁褓驚曰貴武氏者此兒也

使天綱果識眞當曰亡武氏可也賀知章果識眞當曰游仙可也夫一塵翳目天地四方易位袁賀方眩夢幻以其禍爲貴以游爲謫要不足怪也公今去國之遠而能酬酢風月安樂泉石酒後耳熱侍兒扶掖而歌則忘其身之爲逆旅謂之謫可乎公嘗首肯余論祝余爲之記公諱俔字均甫其先江南人爲嘉祐名臣之後凜凜有祖風者也

普同塔記

人之有死生如日之有明暗死生相尋於無窮而明暗迭更未始有旣然知其明暗者固自若也生順而死逆衆生當其變則駭異之孔子但曰原始要終知死生之

故知其故則知其不駭蓋不欲深言之莊子曰死生亦大矣而不得與之變既不與之變當卓然而獨存者也莊子著其理而未盡其情若西方之教則痛言之而盡其情曰若先有生而後有死者則世未見不死而生若先有死而後有生者亦未見有不生而死譬如尋始末於環輪之上求向背於虛空之中則死生之情盡自佛法入中國奉持之者纔總其法度參差不齊獨百丈大智禪師以禪律之學約之人情折中而爲法以壽後世故其生依法而住謂之叢林及其化也依法而火之聚骨石爲塔號普同塔諸方皆建塔近僧坊遠不過一牛鳴蓋大衆將送火化則荷薪而臨溈山獨拘於陰陽之

說謂近寺不宜爲葬地自開山迄今三百年建塔於回心橋之南其去寺十里故親臨之法往往不能繼也空印禪師軾公住山十餘年百廢具興其所以安僧宜有者大備獨以普同塔未建爲憂一旦與侍者登山之西崦相其形勝施長材鳩工以爲之開大穴以石爲宮又屋於其上棟楹翔空雲煙蔽虧萬衆懽呼聲應山谷興修於宣和二年之春斷手於秋八月空印恨未有記以紀其歲月遣侍者覺惠來求文余歎曰叢林之衰諸方皆輕僧厭其多而窘於食空印既成堂宇浩然如江河之無極至者必納又爲造塔以待其終其敬僧荷法之心可謂至矣嗚呼僧者佛祖所自出厭僧厭佛祖也安

有稱傳佛祖之印而反厭佛祖者能契聖乎空印之意可無書乎

潙源記

岷江因山爲名初發泫然濫觴漫衍而至楚則爲際天之雲濤萬斛之舟解風而不敢濟潙山因水爲名衆泉處發於煙霏空翠之間旋紆走碧匯爲方淵蒸之成雲雨放之成江河蓋岷江資之者衆而潙水善養其源也住山空印禪師笑曰一法界中無假法者故揭於大仰堂之南榮曰潙源欲學者觀水之有源知自心之靈源未嘗竭也蓋岷江之資衆知衆智之不可不學也然先究自心後資衆智道之序蓋如此故善財童子南詢諸

友必曰我先發菩提心如何名菩薩行有人於此因山中之氣候更四時之晴陰入重重法界方其宿霧蒙蔽微見淵色則若凡夫雖有染心而性常明潔霧開而澄滓日光下徹則若二乘已澄諸念定慧超越更昏昕之湛然視纖埃之不隔則若人牛兩忘而蓑笠未徹微風徐來方淵鱗鱗澄波之中頓見方淵而波非大方淵徧入衆波而淵非小則若斂目於樓閣之前見三世於一念嗚呼潙山爲湘南大叢林而空印道光兩本擅大鼓臨人天萬指圍遶今乃退藏於不言之中借山泉爲欵體聽萬象以說法何也蓋道不可以言傳故前聖賤言語小譬喻又欲學者自得之故設象比興以達其意韓

瑟支羅不言佛身不可以色相求也而供養栴檀塔座多寶如來不言根塵俱寂卽是自身也而以寶塔聽經余觀前聖莫不然何獨空印哉宣和二年八月初吉會余於湘西之瀨夜語及山中之勝曰恨子未見吾泉然强爲我記之余戲曰師以山泉爲舌爲衲子說法界自在緣起無生之法而余以翰墨爲五色藻辯才而畫圖之他日有尋流而得源悟意而忘象者可以拊手一笑

中秋前一日記

栽松庵記

僧史補曰四祖道信禪師以唐武德七年至破頭山愛洞壑深秀有終焉之志禪者相尋而來遂成叢林有僧

不言名氏日以種松爲務私請祖曰衣法可以見付乎祖師老之曰汝能再來乃可耳於是僧出山至濁港見女子浣呼曰我託宿得否女曰我家具有父兄可從問之僧曰汝諾我乎女曰諾女周氏之季也僧卽還山中危坐而化周氏之女因有娠父母怒而逐之於衆屋之中日庸紡里閈間已而生子女以爲不祥棄濁港中明日視之跏趺波間泝流而上異之收養七歲隨母往來黄梅道中四祖偶見問曰童子何姓曰姓固有但非常姓祖曰是何姓對曰是佛姓祖曰然則汝無姓耶對曰惟空故無於是四祖笑之乞於其母爲剃落二十授以衣法爲第五祖卽游雙峯見栽松之全身又至東山見

周氏之全身濁港周氏子孫之盛殆今甲黄梅三尺童能言其事僧贊甯僧史曰五祖弘忍禪師者姓周氏本河南遷止蘄之黄梅誕生之夕異香滿室此矯誣之詞也然可證佐者母旣出於周氏而曰祖師姓周乎僧契嵩作定祖圖亦不能辨何也豈嘗衲子以常理疑之乎夫聖人之託化豈假父母之緣如伊尹生於桑空寶公生於鷹巢獨不論父母之緣耶自唐至今學者疑信相半不能決也建炎元年十一月記

布景堂記

宣和三年秋萍鄉文益之還自大梁過湘上會余夜語及里中奇豪而高僕尤其魁壘者僕學精敏而齒少行

修潔而材高雖隱約寂寞之濱而名滿縉紳之間所居有風泉雲壑之勝茂林脩竹之美四時之景陰晴異態穠纖畢見構亭佳處而名之曰布景余因得其爲人而想見其處恨未能與益之從俟相徉乎其上援筆而賦之越明年春以書抵余曰山川之妍美閲古今而不盡萬物之榮謝供四時而無窮然特若爲閑適者所施設而爲悲愁者所乾沒也玉輪流輝蒼崖哀湍天下之清絕也而倚娉婷者不見節絲竹者不聞晝公曰月色靜中見泉聲幽處聞者譏之也紅豔之嫺美鳴禽之過前物外之奇觀也而憂國者以爲悲行役者以爲愁少陵曰感時花濺淚恨別鳥驚心者哀之也吾口先王之法

言逢至治之聖世勤田園以供伏臘玩琴書以娛賓客偏親慈和而耳目聰明弟昆孝友而樂易賢雅所謂悲愁者於我亦安能神哉以吾之閑適較市朝當十倍吾亭雖陋然萬景分布吾前受吾約束眞造物之爲施設非經營而得招要而至者也子其爲我書之余曰昔支遁之愛山乃買沃洲之小嶺賀知章之愛水特上疏以乞鑑湖其風味雖清妙而正所謂經營招要者若元紫芝則不然偶愛陸渾山水之佳遂留六年余觀高侯之趣味殆亦紫芝之流乃欣然爲記之

少陽義井記

建炎元年六月蔡陽野墅僧子辰偕潯陽檀越陳璹還

自白湖過少陽渴甚須水道傍皆近人積水穢濁不潔相與歎曰江淮要衝而地無美泉何以止往來渴心相約出錢開井于湖之左而白湖楊元廣彥隆亦欲協成之有僧祖慶實董其事工畢泉甘涼邦人賴以灌畦飲啜行人盛暑爲歸宿之所易曰改邑不改井以象士君子之有恤心雖大行無加窮居不損又曰井者德之地以象有煩心之德虛其中而不自有之也歟嗚呼二三人者不獨爲濟衆無窮之利其亦尚德也哉十二月望日記

華嚴院記代

政和四年春二月余自高安赴官臨汝行豐城境十餘

里奇峯秀深沃野自獻有白沙清流茂林脩竹之勝望林表出楯瓦路人曰其下華嚴院也遂造焉碧杉脩徑苾芻戢戢出迎客厦屋崇成如幻出禪齋風櫺金碧隨目殆應接不暇問住持僧惠訥曰院以父子傳器而服玩不滅禪林何哉訥曰教有頓漸道無禪律今兩者相攻以其私而佛法微矣譬如衆中蟲徒自蠹壞出家蓋大丈夫事其說甚高緒餘土苴足以道廣孝慈上助清化今其衰其徒特不足知此如鳶翔青冥而心不忘腥穢求教之與三尺童子知其難余首肯其說而心奇之秋七月訥遣僧抵余曰吾廬居於唐光化之元年名報恩迄本朝治平之三年詔改賜今額嘗燼火廢爲丘墟

草屋數楹僅蔽風雨者自善明至懷珍七傳訥實繼珍後因淨檀首建三門作兩序屋修普光明大殿前峙雙閣一以像僧伽一以館鐘虡東爲香積廚繞以複屋闕典事堂有廩有厠西爲三聖堂增其後架設賓客館有湢有庬造演法潮音堂總屋於其中又建華嚴閣於寢室之上以實毗盧法寶之藏高深雄麗吞風吐月凡禪林所宜有者畢備僧至如歸轟轟鼓魚泯泯作息要不憻諸方經始於崇寧癸未之春斷手於政和乙未之冬吾方念能事雖畢而後之來者未知飯僧報佛無窮之意而公適儼然辱而臨之非夙緣乎幸强爲我記之余曰今人持左券以取寓物未敢必得然爭毛髮之利斫

頭穴胷何知慮刑而訥宴坐一室影不出山能使施者塡門不十年之間化瓦礫之墟爲梵釋龍天之宫此其才必有過人者視其中渠渠欲置人於慈祥之域而專欲以精嚴自礪與夫裨販如來以自賊者異矣使其聞訥之風亦可以少泚其顙云

寄老庵記代

高安南州之屬郡地連西山廬嶽之勝俗美訟簡士大夫自爲江西道院飛楹畫棟間見層出於茂林修竹往往皆浮圖老子之廬龍城院去郭餘一舍山川精神發於雲泉林壑間如人眉目處余家筠谿之上少時往遊焉窮奇索幽信宿彌日便有終焉之計一行作吏轉徙

四方登高臨遠未嘗忘於龍城也政和四年冬余留京師官冷口眾自猒風埃又病痁彌月愈不懌而覺範道人適自高安來夜語及龍城舊游翛然忘紛而痁亦棄余而去問覺範誰從子游有老僧志湻者其爲人木訥而靜深易親而難忘今結庵於鳳回峯之西名曰寄老每曰高風頹於無勇白業毀於有累前聖知之故令比丘一飯日中三宿桑下吾幼知人間情緣爲累故棄之而學道知方外事法爲累又棄之閑放然諸餘勃窣飢餐困臥猶累於老未可棄去故持以寄之因以名吾庵嗟夫世方以累爲榮而爭趨之湻獨超然高蹈賢於人遠矣吾聞天台智者臨終門人問所證答曰我不領眾

早淨六根以傳法利生止證內凡五品耳滄之志其以是哉明年上元覺範南還因理其事爲之記使歸刻石山中他年當乞身歸田幅巾杖屨以從滄游倘未晚也

吉州禾山寺記代

始達磨自西來以法授少林慧可而衣鉢爲信五傳至曹谿慧能能知其道信於天下也藏其衣鉢而化故世稱曹谿之門得道者不可以數計然獨大長老行思懷讓克肖前懿號二甘露門思晚廬陵山水而老於青原讓亦庵於衡霍之下石頭希遷者思高弟也從讓游思實使之馬祖道一者受讓記莂卜鄰青原久之遂終於石門讓實使之今天下指目江西爲禪宗法道之源者

以曹谿一子一孫首辱居焉承新爲江西山川形勝之地城南有山巋然深秀晴嵐夕暉應接不暇者唐僧達奚棲遲之所也奚不知何許人以文德初始至刀耕火種住成法席致嘉禾之瑞因以名山號大智禪院院僻嶮初未著於諸方吳順義二年僧無殷中興之恢復法度學者趨之如雲殷九峯虔禪師之嗣青原八世孫也方是時禪學之弊巧見異解殷以擊鼓之機脫略窠臼於是宗風大振學者賴之嗣殷者有契雲自雲歿代居者名存實亡大中祥符初詔改賜甘露禪院有楚材者道價重一時法席之盛追比殷時又十世而有德普有高行自黃龍窟中來普歿七世而有妙湛大師法安初

以政和元年自祥符移居之五年視前營搆增其所未有者新其所已壞者於是莊嚴紫金光聚則有殿棲稱如實旁行之書則有藏會四海苾芻求寂則有堂辦香積伊蒲塞之饌則有廚像祖師則有閣館鐘虡則有樓升座法施之堂則曰無畏集定傳道之室則曰大智而閣於室之上名善應修廡複屋高深壯麗冬溫夏涼重規疊矩叢林號廬陵第一嗚呼妙湛之游戲於是作可謂集諸老之大成者也安走使京師乞文記其事余方困頓黃塵寄逸想於雲泉杳靄處恨未能角巾藜杖與山中高人游厭飫清境然余非學佛者其詭祕多溟涬然竊嘗論之忠孝碩大如宋王彧唐魏元忠徐有功輩

初未必皆深於佛理觀其臨禍福超然自得豈所謂所聞或淺而其義甚高者歟故余於禪學凡鉤章棘句淩跨方等汗漫橫流者則非肉眼所能勘驗至於生死之際有不容其偽者矣無殷將化集衆謂曰後學未識禾山今朝識取因怡然而逝德普之將化飲食畢談笑而寂然其言論風旨無所傳聞妙湛雪竇之後又青原之遠裔吾將觀焉旣論之又系之以詞曰

龍谿落石雪浪犇萬山環之如虎蹲淩霄白雲相弟昆七十一峯讓其尊煙霏搖空含朝暾微風徐來掃靄氛樓閣時爲金碧痕聰明澄泓自吐吞三偉不見陳迹存異哉僧奚貌粹溫潤飲婆娑麋鹿羣誰中興之殷澄源

咄嗟萬指魚鼓喧普公高蹤已語言得法來自黃龍門弟子生奠手自捫放箸蟬蛻撼不聞大士法戰著策勳覞視生死等且瞟君看妙湛願力熏樓觀幻出高切雲美髯說法起機輪自云的骨雪竇孫江山偃蹇驕氣噴不受彈壓無傑文願乞名詩刻雲根導廣孝慈酬帝恩

寶峯院記 代

余家筠谿谿出新吳車輪峯之陽其陰鳳皇幕阜諸峯黛橫玉立娠奇畜秀解楚山而益峻隋朝而來爲得道者所廬又黃龍龍安興化雲巖四大刹皆其遺地相去百里叢林之盛冠映諸方自大長老寶覺佛壽相續而興禪學宗天下衲子動成阡陌而寶峯善思院者世以

律居然夕燈午梵齋魚茶板與四大刹者爭雄長而鳳皇幕阜之雄深亦讓其形勝余外舅家西安往來聞之熟矣宣和三年罷官臨汝道經雙井而造焉渡谿東望奇峯峻岡墮吾馬首據鞍回視飛楹畫棟翔出林表入重門顧兩廡翼如而入焉禪齋雲堂綠疎青瑣大殿層閣塗金間碧像設之妙服具之華見者知焉登法堂望寢室窅然靖深者年僧雛倒屣迎客客至如歸焉退視其私則廚庫廩庾莫不整潔遊衲解包頤指如意於是慨然歎曰誰爲之者何其材乃爾有餘耶住持僧守道曰院基于唐有田畝山林五代烽火之餘券牒亡失多爲比鄰所侵院因荒殘如逃亡人家者二十餘年詔賜

今額熙寧之初僧圓智者白官請牒來居焉有恢復之意未幾物故至是化爲麋鹿狐豹之區元祐六年縣以玉谿僧子腴領住持事經畫三年未舉而化守道實傳器於腴者母李氏憫其頽壞施粧奩以開墾田畝用陰陽家之說下舊院百步伐山爲基鳩工於崇寧元年之春斷手於政和八年之秋而吾院克成其弟守達者實陰相之余聞曹谿祖師也而腰石夜舂牛頭宗師也而躬自負米皆以供僧也及其衰也稱嗣祖傳法者讓食而拒僧道公於是時乃能犯拒僧者之怒而延納之此心日月不能老也道曰吾非有心以時特愛惜普光禪師與衆力耕見金而不取同伴詰之曰今吾未用也俟

吾他日把茅蓋頭貧以飯僧味其存心與今認十方僧物爲己有者異矣道慧敏而老其立事有過人者遺其徒寶宗來求文以記余愛道所論併爲書之

先志碑記代

政和元年余爲湘陰令湘陰瀕楚水臨洞庭連檣萬艘天水相接盡獻南楚之形勝愛其風俗之純美民訟之稀少士君子博學而知要篤實而有文窮不忘道富則守禮邑之南郭鄧氏之富至紈袴僮奴谷量牛馬然奉身甚約禮士甚恭邑人皆化其德其子沿循道議論有英氣直諒而勇於爲義縉紳高其才今爲承直郎余游相好也自余之官湘陰餘十年無日不思縛屋湘尾分

湖山之勝從父老之游且將老焉宣和四年夏循道以書抵余曰天降罪罰不自殞滅上延先考啟手足時則有遺訓吾承祖宗餘慶坐享温燠族大口衆貧富錯居欲贍給其貧者未遑皇暇汝其承吾之志言卒而棄諸孤嗚呼淞尚忍言之巳於今年元日與族人爲約劵月給穀一斛男議婚錢十千再婚減其半女議嫁者錢三十千再嫁則減其半備喪者錢十千及葬更給其半歲月弗窮而存歿弗常不敢負標以計數限斛以爲額庶其利流百世而不弊子其爲我書之將刻石以昭示子孫使無忘先訓且欲族人想見先考餘風遺烈也昔范文正公念族人游宦未歸多厄於飢寒則建義莊於姑

蘇以給其伏臘舒王請輸已俸買田蔣山飯僧爲王氏之亡者修營冥福文公贍其生舒王福其死循道獨立劵約恩及存歿此其東南賢士大夫多稱其可以無書乎系之以詞曰

漢祚中興天所佑篤生奇臣掃穢垢杖策軍門謁劉秀功業千年粲星斗鄧侯受材極奇茂毛骨似之豈其後清明在躬氣渾厚慈祥照人賚孝友邑人依之扶老幼櫰楠參天覆清晝毫末養之至成就百未一施舟壑走疑侯功名在懷袖取之易然行探手湖山萬頃連戶牖料理風煙課榆柳琴書娛客付杯酒走人之急古或有分財贍族今則否此風移之徧宇宙天子無爲千萬壽

念爾族人拜稽首恩無貴賤適所受符之弗忘帝汝祐
不然鬼亦扼汝胣西山礐石清欲透刻此銘詩傳不朽

石門文字禪卷二十二終

石門文字禪卷二十三

宋釋德洪覺範著

序

五宗綱要旨訣序

傳曰人能自重然後可與言學余以謂自重者必其天資才全而識遠何以知之張子房三世相韓韓爲秦所滅時年二十許弟死不葬袖鐵椎擊始皇悞中副車走匿下邳乃能跪履於父老及佐高帝定天下漢業已成粃糠王侯掉頭不顧思與赤松子遊韓信微時自藏於怯淮陰少年易之使出跨下一市大笑而色不怍及爲高帝大將一軍盡驚而氣不矜談笑而破趙名震天下

得亡虜而師事之子房勇擊始皇而謙辭封爵韓信智出跨下而明師亡虜非材全者能自重如是乎邴原詣安丘孫崧學崧以書相分原得書不讀曰夫學者以智高者通書何爲哉藏書於家游學四方學成以書還崧解不傳書之意崧服其敏徐曠學於太學時沈重講授門弟子常千人曠所質問數日辭去或問其故曰先生所講紙上語耳若奥境彼所未見尙何覲重知之憚其能根矩智識粹美不在糟粕文遠巧妙非止準繩非識遠者能自重如是乎吾故曰必因其天資也夫刻志功業傾心名節者世間之學耳若離三界出五有者非夢幻功業戲劇名節可盡而天資無張韓邴徐之英余竊

憂之諸佛三昧謂之甚微細智麤浮心識其能至哉菩薩行海謂之旋陀羅尼門鄙陋志操其能入哉學者之才如蓬芒之微而所授之道如萬鈞之重雖至愚知其不可然猶紛然不知愧可笑也爲弟子者心非其師而貌敬之爲師者實鄙弟子而喜授以法上以數相羈縻下以謟相欺誑慢侮法道甚於兒戲嗚呼昔清辨菩薩以芥子擊修羅窟而隱候龍華道成乃問未決之事謂今彌勒未具徧知也辨之求師何其難也達摩達恨師子尊者不令嗣祖渡谿見女子浣露其足念曰此脛乃爾白皙耶師子忽至曰今日之心可嗣祖乎師子之求弟子何其審也大法寖遠名存實亡其勢則然蓋嘗中

夜起喟爲之涕零余少游方所歷叢林幾半天下而師友之間通疎粹美者尚多見至精深宗教者亦已少矣又三十年還自海外罪廢之餘叢林頓衰所謂通疏粹美者又少況精深宗教者乎百丈法度更革略盡輒波及綱宗之語言如雲門綱宗偈曰康氏圓形滯不明魔深虛喪擊寒冰鳳翥已飛霄漢去晉鋒八博擬何憑雲門非苟然作也而昧者無地寄其意識輒易以循其私曰晉鋒八法審如易者之意則康氏圓形魔深虛喪又何義哉洞山渡水見影偈曰切忌從他覓迢迢與我疏吾今獨自往處處得逢渠渠今正是我我今不是渠應須與麽會方始契如如其言契如如但一文殊無二文

殊故曰渠今正是我我今不是渠旨甚明白而昧者易之曰渠今不是我我今不是渠遂令血脈斷絶豈曹洞旨趣乎仰山臨終付法偈曰一二三子平目復仰視兩口無一舌即是吾宗旨兩口無一舌潙山之牛一身兩號之意而昧者易之曰兩口一無舌審如易者之言則是共功時功尚何論哉臨濟付法偈曰沿流不止問如何眞照無邊說似他離相離名人不稟吹毛用了急須磨吹毛劍也用即磨之意不欲犯鋒耳而昧者易之急還磨旨趣安在哉而以之不疑可謂陋哉獨法眼未遭更易行恐不免耳昔阿難聞誦佛偈曰若人生百歲不識水潦鶴未若生一日而得決了知謂曰吾從佛所

聞異於是應曰不善諸佛機非水潦鶴也誦者告其師師應曰阿難耄矣所記錯謬夫諸佛機久而尚爲水潦鶴豈渠今正是我我今不是渠不作梁武喧爭之語晉鋒八博不作右軍草書乎因編五宗機緣以授學者使傳誦焉

華嚴同緣序

余聞一切衆生識種皆具十法界性謂佛菩薩緣覺聲聞四聖天人傍生餓鬼地獄阿脩羅六凡是十種性本無性隨所熏起任運成就有人於此爲諸人等談無上道解脫知見一切衆生皆證圓覺則識性熏發佛種如是乃至爲諸人等談不義語毀謗三寶一切障道之法

則識性熏發惡道種是故如來世尊每謂衆曰善男子善知識者是汝等最大因緣能令汝輩明見佛性離苦成道事彼知識不惜身命又菩薩願力願與衆生爲不請友其所立誓惟欲衆生悟心成佛然諸衆生自棄自賤貪戀生死飄流諸趣不能逢遇善知識善友如萬頃波尋一瓦礫今惠臻道人欲以是毗盧藏微塵章句不思議妙義結萬人同覯看其設心欲熏發一切衆生佛乘之種是其願力爲不請友而我大衆同得値遇譬如盲龜値浮木孔當生難遭之想起增上善心使易成就誒其畢作爲卵塔書萬人名各藏於塔中虛空可殞而此願力如爍迦羅惟願利利塵塵證明我說嗚呼六道

以憂畏飢餓之火所逼燒尚不聞有佛安得聞經哉唯人道一切成就既已見佛又復聞經而不請友曲折誘導更復惰慢作跛驢心是眞自棄凡我見前法界性侶幸同進道惠臻道行高潔而飽叢林受持願力久矣成熟是故今同普告大衆是日已過命亦隨減唯加鞭此道是眞知恩政和五年二月十九日書

洪州大甯寬和尙語錄序

但識綱宗本無實法又曰若以實法與人土亦難消巖頭說法指人甚要而語不煩亦何嘗鉤章棘句險設詐隱務爲玄妙哉故其得友如雪峯有子如羅山於生死之際如洞視戶庭未嘗留情近世叢林失其淵源以有

思惟心爭求實法唯其以是爲宗也故高則妄見勝妙之境下則波爲世諦流布而綱宗喪矣余猶及見前輩能言老黃龍同時所游從有若楊歧會翠巖真大甯寬皆一時號明眼而會與真所得法子照映江左語言布寰宇獨寬公少見機緣有石門宗杲上人抗志慕古俊辯不羣徧遊諸方得此錄讀之而喜曰雖無老成尚有典刑此語老宿典刑也其可使後學不聞乎即唱衣鉢從余求序其所以命工刻之嗚呼杲之嗜好可謂與世背馳彼方尊尊大名譽者傳授其語而杲獨取百年物故老僧之語欲以誇學者不亦迂乎雖然會有賞音者耳

臨平妙湛慧禪師語錄序

傳曰雖無老成尚有典刑典刑且次之則老成蓋前人所甚貴也又曰惡夫碔砆之亂玉則似之而非者又其所甚疾也貴老成疾似之而非者一人之情千萬人之情是也近世禪學者之弊如碔砆之亂玉枝詞蔓說似辯博鉤章棘句似迅機苟認意識似至要懶惰自放似了達始於二浙熾於江淮而餘波末流滔滔汩汩於京洛荆楚之間風俗爲之一變識者憂之俄有叢林老成者嶄然出於東吳說法於錢塘諸方衲子願見爭先川輸雲委於座下法席之盛無愧圓照大通於是天子聞其名驛召至京師住大相國寺智海禪院是謂妙湛禪

師慧公未嘗貶剝而諸方屈伏不動聲氣而萬僧讓雄彼似之而非者不攻而自破如郭中令之單騎見虜孔北海之高氣讋魏以其荷負大法故稱法窟龍象以其搏噬邪解故稱宗門爪牙也余與禪師游舊且少相好不見之二十年宣和三年十月初吉有仲懷禪者過余湘上出其示徒語爲示昔蓮花爲聰道者作禮曰雲門兒孫猶在余則以手加額望平呼曰豈雪竇顯公復爲吳人說法乎何其似之多也

僧寶傳序

曹谿之道至南嶽石頭江西馬祖而分爲兩宗雲門曹洞法眼皆宗於石頭臨濟潙仰皆宗於馬祖天下叢林

號爲五家宗派嘉祐中達觀曇頴禪師嘗爲五家傳略其世系入道之緣臨終明驗之效但載其機緣語句而已夫聽言之道以事觀既載其語言則當兼記其行事因博採別傳遺編參以耆年宿衲之論增補之又自嘉祐至政和之初雲門臨濟兩宗之裔卓然冠映諸方者特爲之傳依倣史傳各爲贊辭總八十有一人分爲三十卷書成於湘西之南臺宣和五年正月八日伏遇判府安撫大學降貴令辰輒爲呈獻仰祝台算許旌陽白日仙去天詔書曰赦汝不事先祖之罪佳汝施藥呪水之功夫施藥呪水期於活人者也活人而能致飛仙況壽考乎余觀安撫大學其牧民臨政皆得佛法之至要

和而爲生威而爲殺生殺皆以活人爲本嘗生劉陽四徒十有二人於死中佛法之見於和者也戮一賀文而億萬生齒安堵佛法之見於威者也其妙用活人之功較之旌陽殆相萬矣惟其得法之淵源實出於圓照本禪師而不可誣也故余特以禪書爲獻伏冀燕閒之暇少賜披覽豈勝幸甚

嘉祐集序

禪師諱契嵩字仲靈藤州人也少從洞山聰禪師遊出世湖山乃嗣其法其道微妙而末法學者器近而不能曉悟而公亦不肯少低其韻以俯循其機因歎曰吾豈能圓鑿以就方枘哉聞之聖賢所爲得志則行其道否

則言而已言之行由是爲萬世法使天下學者識度修明遠邪林而遊正塗則奚必目擊而受之謂已之出邪即閉關著書以攷正祖宗所以來之之遺爲十二卷又別定祖圖書成攜之京師因內翰王公素獻之仁宗皇帝又爲書先焉上讀至臣固爲道不爲名爲法不爲身歎愛其誠旌以明教大師賜其書入藏書既送中書時魏國韓公琦覽之以示歐陽文忠公公方以文章自任以師表天下又以護宗不喜吾道見其文謂魏公曰不意僧中有此郎邪黎明當一識之公同往見文忠與語終日遂大喜由是公名振海內遂買舟東下居永安精舍而歸老焉公雖於古今內外之書無所不讀至於安

危治亂之畧當世同人少見其比而痛以律自律其身其學端誠爲歸宿之地而慕梁惠約之爲人以其學校其所爲未見少差其考正命分於賢聖出處之際尤爲詳正觀學者循奇巧而不知本也乃作壇經贊亡孝背義又循養其欲也乃作孝篇十二章士大夫不顧名實多是已非他乃作輔教編學者苟合自輕不貴尚以修德也乃題遠公影堂記其所慕也乃作茨堂序因風俗山川之勝欲以抛擲其才力以收景趣乃作武林志至於長詩贊而已殆所謂太山之一毫芒耳公終於湖山而火化不壞者六物天下聞其風者爲之首東長想嗚呼一匹夫雲行鳥飛天地之間視萬乘之尊其天地之

遠也顧巨公貴人雲泥之異也而一旦以其所爲之書獻天子爲之動容天下靡然向其風而卒能酬其志豈非其所自信修誠之效歟後之學者讀其書必有掩卷而三歎者也元符元年中秋日高安某序

陳尊宿影堂序

陳尊宿者斷際禪師之高弟也嘗庵於高安之米山以母老於睦遂歸編蒲屨售以爲養故人謂之陳睦州臨濟至黃檗衆未有知之者而公獨先知之嘗指似斷際曰大黃之門必此兒也雲門秘傳於公人所知之而公更使謁雪峯曰當嗣之不然吾道終不振矣雲門臨濟能不忘其言故宗一代天下古今依此以揚聲其德澤

方進未艾也夫二子方其匿耀也其施爲未有以異於人而卒不能逃公之言何也古之人篤聞其信已故其處心也公惟其公是以自知之審而知人之詳也今之世雖有通人遠才不小同已則橫議疾之不掩則謗之而已通人遠才固自負而羣小又工於爲謗宜乎其贅隅於世也而庸下之徒能阿其所好故爭厚恩之環目遲以爲嗣庸下者固欲顯於人而好名者素快同於已宜乎其豐隆於時也吾行四方有年矣見此種人何限而恬然不知怪世衰道微一至於此使其聞公之風見公之像其何以施眉目耶嗚呼期臨濟必大黃檗之門而其嗣方大盛知人之詳也祝雲門嗣雪峯庶未其詰

自知之審也傳曰知人則哲自知則明吾於睦州公見之矣公之影堂在高安南之四十里所謂米山者也

昭默禪師序

李北海以字畫之工而世多法其書北海笑曰學我者拙似我者死當時之人不知其言有味余滋愛之蓋學者所貴貴其知意而已至於蹤蹟繩墨非善學者也豈特世間之法爲然出世間法亦然黃蘗運公師事百丈大智禪師而迅機大用每淩壓之百丈固嘗歎曰見與師齊減師半德見過於師方堪傳授玄沙備師從雪峯眞覺禪師最久備遂爲談根門無功幻生幻生法門其論皆揭佛祖之奧雪峯亦嘗撫其背曰豈意衰暮聞此

妙法汝再來人也吾所不及然雪峯百丈之道益尊而黄檗玄沙得爲的嗣初未嘗印脱其語言順采其機因以欺流俗此道寂寥久矣乃今於黄龍清禪師見之公爲晦堂老人侍者而名聲已鬧閧叢林其超情獨脱之論無師自然之智當機密用人不敢觸其鋒雖晦堂唯知加敬而已雙井徐禧德占黄庭堅魯直此兩翁世所謂人中龍也往來山中與公語未嘗不屈折咨嗟以爲不及以故天下士大夫悦慕願見想望風采公名惟清自號靈源叟世爲洪州武甯陳氏子童子時誦書日數千言伊吾上口有異比巨過書肆見之引其手熟視大驚勸其父母使出家公即忻然往依高居某爲師幾何

爲僧受具足戒即起遊方初謁法安禪師欲傾心受法法安曰子他日洗光佛日照耀末運苦海法船也一鑿豈能畜汝行矣無自滯公因偏歷諸方晚歸晦堂久之初開法於舒州之太平衲子雷動雲合而至未嘗謹規矩而人人自肅江淮叢林號稱第一洪州轉運使王公桓迎公歸黃龍欲以繼晦堂老人未幾晦堂化去公亦移病乃居昭默堂宴坐一室頹然人莫能親疏之然見之者皆各得其懽心至於授法鉗椎鍛煉則學者如於菟覩水車然莫知罅隙其提唱議論初不許學者傳錄有得其片言隻句者甚於獲夜光照乘然余於公爲法門昆弟氣宇英特慎許可獨首肯余可以荷擔大法頭

於山中日有異聞嘗曰今之學者多不脫生死者正坐偷心不死耳然非學者過也如漢高帝詔韓信以殺之信雖死而其心果死乎今之宗師爲人多類此古之道人於生死之際遊戲自在者已死卻偷心耳如侯景兵至建鄴武帝御大殿見之神色不變輭語撫慰而侯景汗下不敢仰視退謂人曰蕭公天威逼人吾不可以再見也侯景固未嘗死而其心已滅絕無餘矣古之宗師爲人多類此吾觀今諸方說法者鉤章棘句爛然駭人正如趙昌畫花寫生逼眞世傳爲寶然終非眞花耳其應機引物以曉人皆類此大觀三年秋余以弘法嬰難越明年春病臥獄中公之的子德逢上人以書抵余曰

昭默病遂有書付禪師使人不能俟而去余矍然而起坐念公平生奇德美行恐卽死後世莫得以聞故爲疏其略以授逢使往謁道鄉居士求文刻石於山中以傳信後世云大觀四年正月二十五日石門某序

潛庵禪師序

法道東來授受之際必因師弟子爲賢苟非其人道不虛行如雲起而龍隨鶴鳴而子和其周旋之久機緣之著而特以侍者稱者如烏窠之有會通南陽有應眞趙州有文遠南院有守廓慈明有海善翠巖有慕喆而黃龍有公公諱清涼洪州新建鄧氏子世力田幼超卓短小精悍去依洪崖法智爲童子年二十一落髮受具足

戒時武泉常寶峯月雲居舜道價壓叢林公遊三老問
皆蒙器許而疑終未決謁黃龍南禪師南曰昔洞山見
雲門門問近離甚處云去渡夏在何處曰湖南報慈曰
幾時離八月二十五云放汝三頓棒公聞之大驚南公
又曰洞山又問適來祗對有何過而蒙賜棒門云飯袋
子江西湖南便恁麽去商量公大笑南公問何笑對曰
笑者黃面浙子憐兒不覺醜耳自是容爲入室父子言
論久即令坐於旁去遊南嶽時先雲庵方出潙山與公
復造積翠公爲侍者七年南公歿隱迹西山西山有惠
嚴院僧死屋無像設露坐公見而喟曰古人斫山開基
致無爲有忍懷不舉哉乃求居以修完之不五年而殿

閣崇成百具鼎新卽棄去遊廬山南康太守徐公聞名延居南山清隱寺寺在大江之北面揖廬山公門風孤峻學者皆望崖而退以故單丁住山十有八年元符二年秋余與弟希祖自南昌舟而東下訪之晨香夕燈升堂說法如臨千衆而叢林所服玩者莫不具時時钁地處置爲余言先師初事栖賢諟泐潭澄更二十年宗門奇奧經論要妙莫不貫穿及因文悅以見慈明則一字無用設三關以驗天下禪者而禪者如葉公畫龍龍見卽怖余曰每疑三關語垂示平易而人以爲難何也公曰衆生爲解礙菩薩未離覺大智如文殊師利欲問空王佛義卽遭擯出以其墮艱難故起現行耳嗚呼自墮

艱難故起現行學者大病如人開眼尿牀平地喫攧然今化去三十年猶有悟其旨者不無損益也有僧依十有二年公舉令住淨衆寺辭行謂曰汝雖在此費歲月實不識吾家事儻嗣法當不以世俗欺誑爲心其人乃嗣翠巖機焉南昌隱君子潘延之與爲方外友延之迎歸西山而州郡又爭命居天寧衲子方雲趨座下一時名士摳衣問道公以目疾隱居龍興寺房戶外之屨亦滿上藍忠禪師雲蓋智公之子於公爲叔姪移公居寺之東堂事之如其師叢林高其誼余政和四年冬證獄太原拴縛在旅邸人諱見之而公冒雨步至撫慰爲死訣明年南歸幸復見之蘄渠笑曰吾不意乃復見子公

壽八十四目盲復明此其精儌於道志願叢林所致嗚呼佛法寖遠壞衣瓦器之人亦有侈欲爲人師者爭慕華構便軟暖公獨畢頽壞而新之爭欲致弟子不問智愚欲出門下而公獨精粗之爭欲坐八達衢頭以自賣其道而公獨居荒遠以自珍之爭好勢利惡醜而公獨犯衆惡自信而力行之每謂弟子曰無事外之理理外之事觀其措置豈其眞然者耶

定照禪師序

達摩之道六傳而至曹谿自曹谿派而爲江西石頭二宗旣昭天下學者翕然從之由二宗以列爲五家於今唯臨濟雲門爲特盛洞山悟本禪師機鋒竪亞而出年

代寢遠惜其無傳元豐中有大長老道楷者赫然有聲於京洛間問其師承乃投子青華嚴嫡嗣青公爲大陽真子蓋洞山七世玄孫也大觀元年京師大法雲寺虛席有司以公有道行請於朝願令繼嗣住持奉聖旨可其請未幾開封大尹李孝壽表公談以禪學卓冠叢林宜有以褒顯之即賜紫方袍號定照禪師左璫持詔至法雲楷謝恩已乃爲表辭曰伏蒙聖慈特差彰善閣祗候譚禎賜臣定照禪師號及紫衣牒二道臣戴睿恩已即時焚香升座仰祝聖壽伏念臣行業迂疎道力綿薄嘗發誓願不受利名堅持此志積有歲年庶幾如此僧道後來使人專意佛法今雖蒙異恩若遂忝冒則自違

素願何以教人豈能仰稱陛下所以命臣住持之意所有前件恩牒不敢祇受伏望聖慈察臣愚悃非敢飾辭特賜允俞臣沒齒行道上報天恩上閱之以付李孝壽躬往諭朝廷旌善之意而楷執拗不回開封府尹具以其事聞上大怒收楷送大理寺吏知楷忠誠而適批逆鱗有憐之之意問曰長老枯悴有病乎楷曰無之吏曰有疾則免刑配楷曰平時有疾今實無豈敢藉疾僥倖聖朝欲脫罪譴耶吏歎息久之竟就刑縫掖其衣編管緇州都城道俗觀者如市皆爲之流涕而楷神和氣平安步而去如平日至緇州僦屋以居而四方衲子爭奔隨之接武於道嗟乎禪師粹然一出支洞山已頹之綱

道顯著於時矣而聖朝方以道治天下海内肅清旌表有德天時人事適相偶如此而楷獨罹此禍可疑也夫豈斯道疑獨間闕至此卒不能以振興之耶抑亦夙殃成就緣會如是耶聞之者莫不長喟余因疏其事以授嘗識禪師者使學者知道固如是而視欲勝天滅命者可以發一笑也

邵陽別胡强仲序

多言乃致禍器滿苦不密人有兩三心安能合爲一河壞蟻孔端山隤有鼉穴生存多所慮長寢萬事畢此孔北海臨終時詩也而其意乃若自悔何也教汝爲惡耶則惡不可爲教汝爲善耶則我平生未嘗爲惡此范滂

臨刑語其子之辭也而其意乃若自疑何也徐有功方視事吏泣白曰有詔公當棄市有功置筆安步而去曰豈我獨死而諸人長不死乎三坐大辟當死不憂三赦之不喜其明見自性不悔不疑而卒以榮名終吾聞成就出世間法者特一切能捨耳有功其亦知此乎余學出世間法者也辭親出家則知捨愛遊方學道則能捨法臨生死禍福之際則當捨情頃因乞食來遊人間與王公大人遊意適忘返坐不遵佛語得罪至此重賴天子聖慈不忍置之死篆面鞭背投之海南平生親舊之在京師者皆唾罵諱見雲散鳥驚獨吾友強仲姁嫗守護如事其親自出開封獄冒犯風雪繭足相隨三千餘

里而至邵陽猶不忍去嗚呼臂三折而知醫閱人多而曉相事更疑危而識交態有交如子何必多爲然强仲每見余蓬頭垢污在束縛中飲食談笑如平日言涕俱出曰子殆不知世間有恥辱憂患乎抑眞石肝鐵腸也余笑曰死可避乎心外無法以南北論中外則謂之失宗以僧俗議優劣則謂之迷旨失宗迷旨前聖所呵吾方以法界海慧照了諸相猶如虛空大千沙界特空華耳何暇置朱崖於胷次哉强仲高義密行追配古人宜若知此子持此語爲我謝鄉里故人此去死生一決死不失爲谷泉脫或無恙尚不失爲車中王尼他日緣錦江頭相見追惟今日則尚可軒渠一笑也政和元年十

二月十九日海南逐客某序

送强仲北遊序

洛生郭玉得程高方脈六微之技陰陽不測之術漢和帝時爲大醫令多有應效性仁愛雖賤如厮養必盡其心力而醫貴人時或不愈帝使貴人衣厮養服問醫輒効問狀對曰醫之爲言意也腠理至微隨氣用巧針石之間毫芒則乖存神於心手之際可得解不可得言也夫貴者以高顯臨臣臣以怖懾承之其爲難也有四焉自用意而不任臣一也將身不謹二也骨節不能使藥三也好逸惡勞四也針有分寸時有破漏重以恐懼之心加以裁慎之志臣意且猶不盡何有於病哉此其所

以不愈也嗟乎人之理患不能知之知之患不能行之觀玉所論甚明而竟不能用雖得之亦失之之謂也玉蓋所謂有技之醫非有道之醫也有道之醫如庖丁之解牛但見其理不見其全牛也如孫武之誅二隊長但見其法不見吳之寵姬也吾友强仲少任俠喜立奇節赴人之急雖義形於色慕太史子義王義方之爲人中年學道一飯奉身爲伊蒲塞之行雖摧縮鋒角而劇談滑稽每每絶倒坐客强仲蓋寓於技以游人間世者也而喜醫貴人聞强仲跫然足音即其疾不辭而去余嘗問之對曰吾治貴人有三易方視其疾以投藥不知有富貴如承蜩也不以天下易蜩之翼一也貴人必聰明

可曉以避就之理二也且吾期於活人而非事於名一醉之外無所恤三也玉以四難自藏而强仲以三易自顯殆所謂有道之醫也王城貴人之都會强仲往遊焉明年山林間聞京師有異人能生人於死中如秦越人華陀者必强仲也

送李仲元寄超然序

余至海南留瓊山太守張公憐之使就雙井養病在郡城之東北隅東坡北渡嘗遊愛泉相去咫尺而異味爲名其亭曰洞酌且賦詩而去其旁有堂名曰疏快渠渠高深吞風吐月堂之後有軒名曰俱清倚欄東望山海之勝一覽而盡得之太守又構庵於後其名至遠余既

居之乞橄欖於旁舍判荔樹於沙岸作詩其略曰整藍乞橄欖斷樹判荔枝日作東坡羹有佳客至饌山谷豆腐以餉之崇寧寺有經可借郡有書萬卷太守使監中之余時乞食於市作息之餘發首楞嚴之義以爲書他日以寄吾弟祖超然使知余雖困窮於萬里不能忘道也仲元將渡海不欲更作書如到京爲我一至天寧見因覺先爲余錄之以寄超然且發萬里一笑

夢徐生序

余竄朱崖三年既蒙恩澤釋放政和三年十一月十九日自瓊州澄邁北渡將登舟有兩男子來附載佐舟者識之曰此泉州徐五叔兄弟也往來廉廣歸宿於瓊以

販檳榔爲業且見之二十年矣遂與俱載曉渡三合流無恐未及雷州岸次日北風不可進乃定石留赤岸半月日以一掬米轉手送徐生爲營炊余時時弄筆硯又臥看左傳徐生默坐久之則去十二月五日風自南至天海在中日出瑩碧問舟行如鏡面未及晡抵廉州對岸館於蜑叟之舍徐生盡以其販具付借載者使自至廉收米曰此吾女兒之子也道人脫死地萬里獨行庸詎知無意外憂乎願護送歸筠卽爲買馬顧力步隨余走七十驛而至南嶽方廣寺余曰子可還此山吾家也納子皆故人雖至筠無以異此徐生固請一到高安果日不去已而曰道人樂居此則可乃拜辭問所欲曰止

求舟中卧讀之書余曰此春秋左傳處處有之曰第與我耳因授與之五年秋八月十二日晝卧夢徐生如平日懷其人乃書以示超然曰蜀先主嗜結旄魏明帝好斧鑿之聲夫結旄與斧鑿之聲有何好而人君嗜之未易詰其所以然吾意人之相合以氣亦以是哉然徐生特商賈者亦何從知覺範而所爲如此可不怪也

李德茂書城四友序

政和五年余自太原還南州過都下上元夕宿故人李德茂之館德茂環積墳藉名曰書城日與筆硯紙墨爲四友余曰公通籍金閨名聞縉紳而取友乃止是乎德茂笑曰昔周公誅管蔡張陳解刎頸吾未嘗不置卷長

嘆夫疏親利害雖大聖不能保其親矧以衆人之器登功名之場而欲全交乎吾家濬之知之故棲遲林麓圖梁鴻老萊子之像爲友太白婆娑江湖結明月爲無情之遊吾以爲白失之誇而渤失之誕也管城子吾益友也直諒多聞每與之語娓娓不倦燕卿吾德友也氣清而骨輕知白而守黑固膠漆之義重知見之香楮先生吾畏友也悃愊無華見地明白吾見之未嘗不展盡底蘊石虛中吾端友也天姿剛勁琢磨以成溫潤而有容知言而能默是四子從吾游神交道契忘義忘年久矣子今乃見問何哉余曰蘇易簡常輔此四人之賢爲文房四寶意非其所好也德茂不名而友之宜乎同居於

書城之間無厭也請書以爲序使士大夫知有友四君子者自德茂始

連瑞圖序

崇仁爲撫屬邑山川清華民俗茂美然封連南康廬陵熏蒸之習珥筆之風或波及之以故訟繁號稱劇邑自昔及今政有能聲者才可倒指而數比歲仍飢令佐非正官苟簡歲月以氣相勝而去者數矣今年春奉議彭公思禹通佐仇公彥和聯翩下車思禹風力敏强鑿姦鏟猾撥煩摧劇吏民驚縮以爲神號霹靂手而彥和又能詳明練達照了鋒隙以禆贊之卯衙退砌無人迹本陰覆庭終日而囹圄殆可羅雀於是令丞抵掌清語而

罷卒以爲常春夏之交雨連旬早稻登場已而又雨無日民歌於阡陌之間所至相和六月癸亥有千葉白蓮雙葩並榦生於縣之西池乙丑有芝三莖紫穎黄英生於丞署之後堂邦人聚觀不厭嗚呼天下之令佐其才賢使民畏服敏妙勵精者所至尙多有之至與居一室淡然無爲而使百里之内風雨時若禾黍豐登奇祥發現於花木如斯邑者寡矣使吏民畏服者人也而奇祥於花木者天也傳曰人無所不至惟天不容僞蓋理有固然余聞精誠之至各以類感貳師將軍拔劒刺崖而飛泉湧忠之至也李善自乳其主人之子而乳湩義之至也古初護柩以身捍火而火滅孝之至也蔡順之母

齕指以呼順而順至慈之至也夫忠義孝慈之應如形附影如聲赴響則兩公推誠以蒞民勤政以報國而嘉瑞並見者和之至也今同治一邑氣和且爾則異日坐斷國論以康濟斯民宜如何哉邦人圖二物以詩四方稱頌令丞之賢故余樂爲之序

墮齋偈序

圓覺經云居一切時不起妄念於諸妄心亦不息滅住妄想境不加了知於無了知不辨眞實如人言蜂醞百花之香爲甜耳永嘉曰若以知知寂此非無緣知如手執如意非無如意手若以自知知亦非無緣知如手自握拳非是不拳手亦不知知寂亦不自知知不可爲無

知自性了然故不同於木石如手不執物亦不自握拳不可爲無手以手安然故不同於兎角如人言所以甜者爲蜜耳而南泉曰三世諸佛不知有貍奴白牯卻知有如人見蜜及親嘗耳曹山以墮統三法如人以蜜觸舌自知純甜無中邊味耳南州道人本忠聞之擊節賞音余曰此郎殆人類精奇追友其人於百年之上遂名其所居曰墮齋請余記之爲說三偈曰生在帝王家那復有尊貴自應著珍御顧見何驚異又曰紛然同作息銀椀裏盛雪若欲異牯牛與牯牛何別又曰有聞皆無聞有見元無物若斷聲色求木偶當成佛政和六年正月日

文字禪卷二十三

四

石門文字禪卷二十三終

石門文字禪卷第二十四

宋釋德洪覺範著

序

送僧乞食序

曹谿六祖初以居士服至黄梅夜舂以石墜腰牛頭眾乏糧融乞於丹陽自負米斛八斗行八十里朝去暮歸率以爲常隆化惠滿所至破柴制履百丈涅槃開田説義墜腰石尚留東山破柴斧猶存鄴鎮江陵之西有負米莊車輪之下有大義石衲子每以爲游觀不可誣也世遠道喪而妄庸寒乞之徒入我法中其識尚不足以匡欲其可荷大法也方曡花制襪以副絲絇其可夜舂

乎纖羅翦袍以宜小袖其可破柴乎升九仞之峻僕夫汗血不肯出輿其可負米乎方大書其門云當寺今止挂搭其肯開田說義乎余嘗痛心撫膺而歎者也屢因弘法致禍卒爲廢人方幸生還逃遁山谷而衲子猶以其嘗親事雲庵故來相從余畜之無義拒之不可即閉關堅臥有扣其門而言者曰雲庵法施如智覺愛衆如雪峯出其門者今皆不然道未尊而欲人之貴已名不耀而畏人擯已下視禪者如百世之冤諂事權貴如累劫之親師皆笑蹈此汚而去庶幾雲庵爪牙矣於是蹶然而起曰然則無食奈何曰當從淨檀行乞亦如來大師之遺則也老人肯出則庶使叢林知雲庵典刑尚存

余嘉其言因序古德事以慰其意當有賞音者耳

薝蔔軒序

法輪齊禪師開軒于不思議室之西薝蔔林之間因以爲名門弟子告語曰吾師以異方便附物顯理葢其華蕚六出所以殊衆卉如心花發明諸地故其葉之寒茂所以傲雪霜如道根深固抑魔外故其色至潔因地法行盛明淨故其實至黃慈悲攝物道中利故余疑其說而造焉目擊而坐了無問答微風披拂枝葉參差異香郁然純一無雜鼻觀通妙聞慧現前譬如兩鏡相臨於中無像而燈忽舉知相攝入雖接武至者雲擁而集當又如百千鏡中各納燈體圓備同徹更爲主客融通自

在成法解脫昔黃龍三關神通遊戲於語默之外寶覺之拳獨體全露於背觸之間今禪師乃宴坐不言之中使來者嗅薝蔔焉乃翁乃祖皆以舉手動足爲佛事克家之子文以清芬轉法輪非縱非橫非同非異如伊之字摩醯之目非化變諸幻而開幻衆者乎師之所示如月標指我作是說如繪虛空指非月體則此軒之所以構也空無受繪之曲則言語文字獨何傷乎禪師撫掌大笑因戲錄爲序使登之者援筆而賦蓋自石門某始

送因覺先序

覺先佛照禪師高弟也佛照於世有勝緣方其在山林也則領匡山鸞谿及其遊城郭也則住上都崇寧是望

刹皆天下之冠蓋梵釋龍天之宮從空而墮者也余嘗館丈室之東見巨公要人入門下馬氣摩雲天金朱日塞門如市佛照者裙纔及膝吉貝纏其脛勃窣趨迎權不韻甚矣然杖拂之下萬指隨之雖往來城郭山林二十年牧僧行道如一日者覺先陰相之也覺先有智仞能立事數惷其師爭曲直竟袖手還江南佛照思其賢曲折呼之覺先堅臥不動政和七年春詔易天寧爲神霄宮佛照以老病畀德房寺覺先曰噫吾西矣秋八月朔來別坐有獻言者曰子去京三白矣迺復往如山林桎梏之機何余折之曰慈明吾祖也而以李公故西遊寶覺吾大父行也以王晉卿故亦西遊是二大老天下

之奇德意有所合千里從之矧覺先以師老病而西乎行矣子於義得矣覺先忻然曰敢不受教然吾之所識皆公故人能嗣音乎余以屏迹巖叢棧絕世路寧當交公卿大夫哉脫有見問者爲言未能爲世收寒涕是矣

中秋前三日某序

送秦少逸李師尹序

余久厭大梁車馬之塵而思江湖漁樵之樂故自淮宋之郊再遊匡廬南窮蒼梧休於衡山之下愛其洞壑深邃願爲終焉之所林間有人焉望之如瓊林玉樹恍然如行金明綠野之郊見狂遊貴公子揖而問之則此邦賢者秦少逸李師尹輩也徐扣其所蓄蓋亦無所不觀

因結爲友與之遊久而益敬會天子詔下將校藝於有司送別於碧巖之阿而告之曰前志多云并汾汝洛之間土厚水深淺井十餘丈清涼甘滑土無橫文色如烝麪故其俗重遲美茂士君子博學而知要古今光明秀傑之士排肩而出不可勝數大江之南荆湖之間其地卑濕人心輕浮偏急多爭故士君子學問苟簡切覩前代能以功名富貴終始者無幾後生末進皆以其風俗素輕浮故甘自廢棄余切以爲過矣昔謝安有鼻疾故詠書之音重濁當時名流慕其爲人皆掩鼻效之楊綰以清約自律而當時貴人有爲減騶從者是皆以天姿嗜好成一時之風俗東甌之民樸野不學自古鮮有仕

於朝者歐陽詹以秀才倡之至今號爲多士潮陽在瘴海之隅民未知學韓文公以趙德爲之師其俗稱爲易治以是又激厲學行成兩邦之美化今之學者能知之而莫能行之行之而不見其效何哉自信之不篤自重之不至耳使其能自信雖簣中之死人足以自致青雲之上能自重其材則跨下之餓夫足以建立而稱孤豈犇走仁義有王佐之略者而以風俗爲病哉蓋士能成天下之風俗而風俗有不能爲士之病明矣諸君勉之吾將見君輩角立齒列出於卑薄之地仕而達發其毫末猶能無愧王謝不幸而窮蹇則猶不失爲歐陽詹趙德而已其勿以吾言爲誇也

送修彥通還西湖序

東吳山川清勝甲於天下而湖山深秀正如美丈夫之眉目大通禪師淡然無營於林石之間而聲光照曜於四海之外如曉天之日從而遊者睿朗廓然焉其高秀之韻爛然相映如長庚之星吾友彥通既以父事大通而其德友廓然又如無心之雲往來於湖山之上從容二老之間舒徐容曳油然自得其直諒多聞之實道德光華之言與夫幽尋清討之趣固已厭飫平生矣而又周遊淮海浮飄大江經行於鑪峯之下久之南窮衡嶽遼遶數千里弔古聖之陳迹覽林壑之形勝求諸宗故老而扣之其異家入道之智差別之旨無所不聞於是

浩然有歸與之興爲余留於湘江道林者一月既旦行余執其手而語之曰昔雪峯道經祝融人勸其一登絕頂掉頭掣肘曰青山長在知識難逢且山林雖佳於道無所益也明矣馬祖謂紫玉曰山水之秀可居益汝道氣是若有益於道者何也及觀與化之論乃曰吾雖嗣臨濟而發藥之友大覺是已山林未暇論也而師且後之是勝侶之德其不可不重如是其甚也嗚呼是三者古之人有得於一則固已誇談於叢林而傳誦於後世矧吾彥通兼取而有之可謂盛哉獨余奇窮侵尋老境得一而忘二相視無所逃其羞雖然於其私則若不足而能喜彥通之樂有餘也諸公咸賦詩而余敘此爲臚

彥通其見憐乎

送演勝遠序

余昔遊大梁經陳蔡之郊郊多美木類皆修榦矗上干雲漢浮陰纖穠蓊鬱垂布時方溽暑畏日流金而影不至地弛擔休於其下俯仰嘆愛念封植之勤而痛恨其何以至於此而吾不能曉也旁有薪者欣然笑曰子欲知是木所以臻此乎江南荆楚淮甸西洛山水深秀茂林碩材所至叢生年大枯倒蒼崖亂壑之旁者何限而人初不知貴陳蔡之地彌望皆鹵荒之壤民知美木不易有也爭治其地以蒔之日夕覰邏不啻如望嬰兒之長也方其自童及尋漿液四達枝葉欣欣向榮時旁榦

橫柯舉翦去唯餘直根根之漿液不得旁之也聚而成美材乃今之蒼然可觀仰者舉前日之翦洗封護者也余愛其語有理致嘆曰夫斷木爲棊丸革爲鞠亦皆有法士之志於學其可以外是乎故余見苦學者必語以此盧陵演勝遠方妙年志於爲道然患其才多不知收拾聞經論之可以游心則思奪席見文章之雄偉光秀則思倒志筆硯聽開拓正宗則思呵佛罵祖才多之過也今過余語別且欲自匡山渡大江以問其所以出生死之要而余患其才多故錄蒔木之說以贐之庶他日林下爭誇臨濟之木有再茂者定吾勝遠也夫

送圓上人序

百丈爲天下福地禪宗振於兹歲月之久寺廢爲荒丘大長老蕭公來中興之其子古公又能與其家昔之敗瓦朽櫨今丹碧層出鐘魚轟轟衲子自遠而造晨香夕燈如安養土能回心植福於兹以其殊勝之報將如谷之答呼聲也惜乎大殿之下地荒未治有滎州圓道人慨然欲階之使登殿者入離塵三昧得佛土淨登之者且爾況施帛爲之者耶圓公既出山余挽衣告之曰一切殊勝皆心所成當勇猛勿惰必有喜施之者今雖檀林吹葉曾看明月滿輪一人聞之發心三道便從天降圓笑之曰有是哉因書以爲送

送鑑老歸慈雲寺序

龍安禪師之門有高弟其鷙羣之辯掣電之機如古風穴三聖之流元祐之初開法於西安嫚罵佛祖貶剝諸方聞其風望崖而退者不可勝數而登其門者皆一時之奇秀永安常龍安照慈雲鑑叉角而出無盡居士張公嘗問道於師自稱得法上首公以文章功業爲時名臣天下想其風采而不可得是二三友者獨與之周旋忘形何脫略勢位豈第法乳之深耶崇寧二年冬公罷政府還荆南照老迎於夏口載與之俱至鄂渚而歸江山清華足以供談笑而賡酬妙語多法喜之樂余時游湘中聞之作詩與照老曰無盡龍安兩勍敵大梅龎老是同參近闘赤壁同登賞想見清風助笑談已作泛舟

遊夏口又成橫錫過江南歸來萬壑松風在依舊閑雲沒草庵又聞鑑老去慈雲從公於傳慶清游勝賞厭飫其平生士大夫聞之高其爲人曰鑑公此邦之福田其可終聽其去也遣使自江陵迎還以慰邦人之思遂取道西安拜塔於山與照老經行於乳峯之下而余適在焉山谷聞鳥聲歌呼林泉津津有喜色而鑑老亦戀戀累日不忍去余歎曰悅公雖不幸短世門弟子何其多賢也方無盡居士國論其門可炙手也獨淡若及聞其歸山林則千里與相從之又皆造不忘其師背道好利者肯如是乎作兩詩送之曰故人罷相歸田野相見遙知一粲然陌上青山嘗識面歸來白塔掃頹塼勤勞世

外功名事領略僧中富貴緣又作慈雲傾法雨斬新精彩照人天其次曰悅老解爲茶毒鼓平生得妙不施功欲令聞者偷心死自是羣生兩耳聾兄弟赫然追父迹叢林籍爾說家風相逢一笑投針地俱是當年百衲翁此詩又敘所以南歸之意而告之曰禪師天骨開張豐顏美茂奇韻逸發談笑如雷虎穴中自不生彪然方今之世正宗甚危邪法甚熾至誠惻怛無所龍安法道下墮於地禪師其勉爾

送一上人序

無盡居士崇寧二年自政府謫亳蘄兩州以宮祠罷歸舟而南時龍安照禪師自西安往迎之至夏口遂與無

盡俱載登赤壁余聞之作詩寄之曰無盡龍安兩勍敵大梅龐老是同參近聞赤壁同登賞想見清風助笑談已作泛舟遊夏口又成橫錫過江南歸來萬壑松聲在依舊閑雲沒草庵明年夏無盡來招住峽州天寧辭之已而問來僧記覺範言句乎僧誦前詩無盡忻然和之曰心月澄澄映碧潭曾參錯認作曹參若非臨濟具隻眼爭得維摩相對談萬象森羅皆拱北百城迢遞謾遊南直須取惜眉毛落燒卻山頭洛浦庵宣和四年十二月十四日龍安之門弟子義一持無盡所作照公塔銘語句來時無盡亦歿逾年矣余遊二老蓋三十年今俱成千古獨余身在然亦折困於夢幻數矣是夜義一先

寢余坐念舊游如前身事錄兩詩以授之使歸舉似山中之耆年庶其哀余之志也

送嚴修造序

南昌千嶂深秀處忽生水沉奇材而萬峯繞之遂名香城顯觀基壁而來老頤嗣事而後殿閣如幻出唯潮音演法之堂斬新營構四方衲子雁次猊座下而恨香花之館未具有道人嚴公犯衆請行曰吾將化十方男女檀波羅密之光以藻飾之使蓬萊道山萬國春回香積城頭十分月滿於是瑛禪師拊手曰諾使其客甘露滅以序送之

四絕堂分題詩序

宣和三年秋七月青社張廓然罷長沙之教官十五日渡湘將北歸館於道林寺攜家徧遊湘山勝處如人經故鄉戀戀不忍去門弟子相守不捨又如癡兒之嗜蜜日追隨於晴嵐夕暉之間笑語於千巖萬壑之上二十二日會于四絕堂者十八人而余適至廓然顧嗟嘆息曰愛山吾天性所以遲留未發者眷此邦之多奇士也不然吾何適而不可乎余曰東坡嘗曰故山去千里佳處輙遲留此語殆爲公今日之遊説也於是分其字以爲韻賦詩紀其事未及點筆會余有急客至馳歸廓然與諸公登清富堂汲峯頂之泉試壑源茶下鹿苑寺散坐於青林之下久之並岸而北遂經檞林塢至南臺莫夜

矣呼燈小酌劇談賦詩詩成而情不盡飲少而歡有餘是夕風高月黑萬樹秋聲廓然長揖飄然而歸道林余使人秉炬追送之明日諸公皆以詩來廓然曰湘西蓋冠世絕境而吾客皆韻人勝士玆遊也無媿山陰冶城子宜序以冠羣詩之首余曰唯唯

待月堂序

宣和四年二月辛亥湘西眞身禪寺新堂成余同道林眞教禪師鹿苑希一禪師往登焉堂臨晴湖日光下徹俯見遊魚聚立縱望湘西山雲之纖穠草木之深密一覽而盡得之眞教拊欄哦曰山邊水邊待月明暫向人間借路行而今卻向山邊去只有湖水無行路語未卒

住持禪師妙德欣然曰吾經行諸方倦矣旣老來歸將爲終焉之計此句是吾心也希一請以待月名其堂而使寂音記之德公得法於智海佛印清公臨濟十世孫世爲泉南人朴茂而懸落者也

德效字序

皇天無親常與善人是耶非耶司馬子長視德無効疑爲善未必有祐之辭也伯夷叔齊死越千載有耿光蕭梁武帝亦以餓終而自瑀及遘八葉爲相與唐室相終始司馬子長見於天未定之時酌其理則天之常與善殆不可誣矣譬如松柏之穉厄於牛羊雜於蒿萊人固易而疑之及其天定則傲雪霜而上青冥也南州之西

嶽九江之廬阜兩者之麓山川之秀氣所鍾善人隱德之淵藪意功名富貴者輩出而近世特未有著者士論多司馬子長之疑安知盡出僧中乎高氏世爲右姓詩禮世其家有奇比邱出焉石門權巽中是已吾畏友也以高才卓識振於叢林一時賢士大夫加手足之敬其姪善祐稟烝見聞惠敏出其天姿老杜所謂毫髮無遺恨波瀾獨老成者也巽中使余字之余推爲德之理以酌山川之勝盛高氏之遺慶字之曰德效巽中拊手稱善因序以授之

無住字序

珠之爲物體舒光而自照置於盤而未嘗定衡斜圓轉

不留影迹衆生妙心如之圓實無住龍女獻之達摩悟之㫕有以也君名悟珠圓明妙心之表也當以無住爲字作字說云

師璞字序

充耳琇瑩瑛之珮珥夫珮珂之與琇瑩皆玉之成器者也玉之在璞其質弗妙則難以致用然則能琇瑩珮珂者必在璞而已矣學者質之不妙其安受道吾所以字僧妙瑛曰師璞

彥舟字序

大穉持海於淨土爲親聞如水傳器鳩摩羅什於眞丹爲四依如印印泥其荷負大法提攜有情之功可書法

王之淩煙耶舍尊者閲重翻維摩經歎曰什公眞苦海法船也不然何形容不傳之妙乃爾昭著耶當時從之以遊者稱四聖與之上下議論校微爭妙聲振後世覺天之日月苦海之雲雷摩肩並首趨而出可謂盛矣殆從中世陵夷賢聖竄伏迄今咸無焉可謂衰矣於佛法衰殘之秋有一比邱粹然而出以法什自名其志可以支已墜之玄綱續將滅之慧燄吾未究其才觀其志亦可以擊節矣耶舍以什爲法船余字法什爲彥舟坐客肯首以爲然於是乎書耳

無染字序

起信論曰智淨相者謂依法力熏習如實修行滿足方

便故破和合識滅相續心相顯現法身智淯淨故又曰法出離鏡謂不空法出煩惱礙智礙離和合相淯淨明故夫破和合識滅相續心則曰淯淨智出煩惱礙智礙離和合相則曰淯淨明首楞嚴曰淨極光通達寂照含虚空皆太淯故淨而明矣故太淯宜字無染

易季眞字序

季眞少儼三十歲儼入新年五十三疑我滿懷揣佛法解腰抖擻破裙衫大贍終老同香火小朋平生共石巖深炷罏香待清旦偶聞殘雪落高杉宣和五年問覺慈幾何年齒對曰三十三時湘山雪晴五更清可掬而啜也覺慈本字敬修取以慈修身吾以謂慈皆不若眞因

易爲季眞老儼書

潁孺字序

草木之英梗楠蘭蕙也鱗羽之英鳳鳥麒麟也然則人類亦有英乎公卿士大夫也而僧之英則異是以心空爲登第以果位爲階品頹然無求者出世間之相也橫肩勃窣者大福田衣也彌天之俱載曇永之孤步世莫能貴賤蓋所謂穎然而出者也五羊僧名惠英年二十餘能折節讀書工作詩而未有字余以潁孺字之

妙宗字序

頃遊鍾山定林讀王文公壁間所書信心銘作橫風斜雲勢知爲宗門之光嘆愛久之山中故老謂余言文公

絕嗜此文與衲子語必誦之曰歸根得旨隨照失宗諸法要妙八言足矣有而弗知則失宗知而弗信其迷冐余偶客石霜與客夜語及之余曰文公聞絃賞音妙合雅曲如此乃知法以不生故一如以虛明故自照唯以自照故如如知白矣如珠之光還自照珠非妙心宗不能爾也坐有嘉禾上人忻然笑曰如照我名也而適合其義豈偶然也哉余曰嘗有字乎曰未也請妙宗字其名妙宗佳妙年東吳叢林號飽參者一杖翛然如無心雲殊可人也錄其序以遺之

無諍字序

聖如孔子老聃其言不過曰後其身而身先三人行必

有我師焉借三人必欲求師之交四海必欲後其身是其致德之隆知道之奥豈止於不與物諍而已耶曰始於不與物諍故終於天下不與已諍能與夫自堯舜已來未有不知之者何特二君子爲然雖吾教亦然契經曰我得無諍三昧人中最爲第一祖曰忘機則佛道隆夫與物諍者能忘機乎隆之字於文從降從生王文公曰降者隆之道是降屈自下者所以致隆也彥隆宜字無諍無諍生於極南志學之年則其藝已秀出流輩校于有司如探懷而取之今未壯歲又能訪道四方斯有所竪立以端正頹綱其才敏惠如泉之稱蒙如雲之膚寸有雨天下達于四海之理固吾子字之而已尙恐其

以氣自多故爲字說因以告之獨不知是其意否乎

寂音自序

寂音自敘本江西筠州新昌喻氏之子年十四父母併月而歿乃依三峯靘禪師爲童子十九試經於東京天王寺得度冒惠洪名依宣秘大師深公講成唯識論有聲講肆服勤四年辭之南歸依眞淨禪師於廬山歸宗及眞淨遷洪州石門又隨以至前後七年年二十九乃遊東吳明年遊衡嶽又三年而眞淨終於庵自湘中歸拜塔將終藏於黃龍而顯謨朱彥世英請住臨川北禪二年退而遊金陵久之運使學士吳开正重請住清涼入寺爲狂僧誣以爲僞度牒且旁連前狂僧法和等議

訕事入制獄一年坐冒惠洪名著縫掖入京師大丞相張商英特奏再得度節使郭天信奏師名坐交張郭厚善以政和元年十月二十六日配海外以二年二月二十五日到瓊州五月七日到崖州三年五月二十五日蒙恩釋放十一月十七日北渡海以明年四月到筠館於荷塘寺十月又證獄幷門五年夏於新昌之度門往來九峯洞山者四年將自西安入湘上依法眷以老館雲巖又爲狂道士誣以爲張懷素黨人官吏皆知其誤認張丞相爲懷素然事須根治坐南昌獄百餘日會兩赦得釋遂歸湘上南臺以宣和四年夏釋此論明年三月四日畢停筆坐念涉世多艱百念灰冷時年五十三

矣追繹達摩四種行作四偈無求行曰形特美好今已毁壞置之世路自覺塞礙始緣飢寒致萬憎愛欲壞身哀入此三昧隨緣行曰此生夢幻緣業所轉隨其所遭敢擇貴賤眠食既足餘復何羡緣盡則行無可顧戀報冤行曰僧嬰王難情觀可醜夙業純熟所以甘受受盡還無何醜之有轉重還輕佛恩彌厚稱法行曰本無貪瞋我持戒忍食不過中手不操楯風必頓息而淚漸盡離微細念方名見性既説是偈併載於此時省觀焉嗚呼孫思邈著大風惡疾論曰神仙傳有數十人皆因惡疾而得仙道何者割棄塵累懷穎陽之風所以因禍而取福也寂音之禍奇禍也因禍以得盡窺佛祖之意不

能文以達意以壽後世則思邈之論可信也

記語

記西湖夜語

余舊閱洞上語句知悟本禪師一宗蓋神明石頭之道者也石頭爲物之旨見於參同契而法眼所箋盛傳世間讀其詞與余昔所聞多異同因跋于後以自誌而吾友睿廓然見之謂余曰公以法眼之玄悟尚未爲知石頭之論駭人視聽業已出其語曷不亟談其故而微出疑論於其後何也余曰古之聖人有所示其言未嘗不略也非痛愛其法也以謂不略則學者不思不思而得者聞異論則惑非居之安之意余非敢上配作者然立

言之體要自不得不爾雖前設未能別白其意者當試
廣之夫正傳至六世而大振天下謂之宗門宗門所趣
謂之玄旨學此道者謂之玄學當時之人根性猛利臻
其妙者不可勝數雖石頭大恐後世不能完閱其說故
見於語言此參同契之所由作也所謂宗旨者以三句
標準之乃體中玄意中玄句中玄自靈源明皎潔句意
相綴延至於然於一一法依根密分布處乃體中玄出
又自本末須歸宗開達錯綜至乘言須會宗勿自立規
矩處乃句中玄也如宗門所論以明暗相對如步之前
後以理事如函蓋箭鋒之相應則非無功至玄之旨故
反破曰萬物自有功物之有功則可名求之乎故終其

言曰乘言須會宗以此也言有上中句有清濁暗則合其言明則亦不違其句此其所以門門之境華參錯回互而寂然依位而住也自是而論蓋石頭以三玄旨趣示於此所明法眼所談但體中玄而已故追逐其句辭而即解之而不復顧首尾立言之意也昔薦福古禪師論三玄旨趣號爲明眼亦曰體中玄甚合法眼宗支以其言印余之心合者甚多但不欲亟言之也今廓然之言爲駭人視聽且使亟言之其知我愛我之深亦惟今不復詳論之則聞者安得不以余爲誇也古之人其身可以折辱困窮之而不能屈其言者以有理也余之所談者求理之所在初不謂有法眼也法眼而之理

之所在非余之所能也人之觀聽雖駭亦非世所恤也廓然笑曰安得起法眼與子辯吾不能曉子矣余歸述其語以連前說以示同學云

記徐韓語

徐師川曰達摩西來自五天無別職事欲傳法度生耳旣不契梁高祖卽北遊魏面壁坐者九年得可祖而後去初不聞張大其聲名聚千百閒漢爲部曲見王臣高尻而揖循廊而趨不敢仰視夫荷擔如來祕密大法得如達摩乃可稱嗣祖沙門也韓子蒼曰眞眞宗皇帝嘗欲廢太平興國寺爲倉詔下之日有僧唐突以謂不可廢眞宗使中使諭旨曰不聽廢寺卽斬仍以劒示之祝曰

僧見劍怖懼即斬不然即赦之中使如所誡僧笑引頸曰爲佛法死實甘甜之有如是僧乃可稱衲子也徐韓二公今縉紳之望皆留神内典而見識議論如此聽之令人如雪中見西河諸峯不勝爽氣

季子夢記

湘山逸人毛文仲蓋東坡蘇公江湖遊舊也公歿餘十年而文仲之子學成更其名曰在庭已而夢公授以字曰季子季子喜忘寢飯客疑以問余余曰孔子夢周公因慕周公晚而歎曰吾衰也久矣吾不復夢見周公則平日所常夢也明矣季子慕公而夢見之固其所也又何疑焉然孔子削迹伐樹不以爲衰而以不夢周公爲

哀季子僮衣紈袴谷量牛馬不以爲悅而以夢東坡爲悅夫聖賢之受材相遠如天淵而其好善之同弗間毫髮也客曰以季子字在庭謂何余曰世莫知其說余獨知之公於西漢尤愛賈生蘇子卿非直愛其文如盎盎之春藻飾萬物與其屹若砥柱蕩磨驚濤也愛其知爲臣之大體而已生爲懷王傅王墮馬死生哭泣至死寍獨不知哭泣不能生王於死中耶其心以謂職傅而王終非其道也子卿使虜不肯辱命雖餐氊寢煴牧羊海上起止仗漢節李陵諷使降則請効死于前子卿寍獨惡其生耶其心以謂職稱奉使敢愛死哉東坡意若曰至士立朝之節而遠有不同然其學同出於吳季子而

不可誣也季子掛劒徐公之墓不以死生背其心則稽之操履何嘗以用舍背其心今死向千載其蹇蹇凜凜之姿未嘗不在漢庭也公以季子字之如易之垂象慮於不言之中使學者自求之耳客噫嘻曰使東坡復生不能自解免矣遂去

答郭公問傳燈義

太尉都丞旨問所謂傳燈錄是何義對曰昔達磨大師佩佛心印於梁普通之初至震旦時學者方以講觀相高達磨大師乃曰吾不立文字直指人心見性成佛如來教外別行傳上根輩人始疑之久而疑信者相半艱難險阻六傳而至曹溪大鑒禪師當唐神龍中天下之

疑卒不能勝信者之多於是源分派别而爲南嶽青原兩宗枝派蔓衍而爲雲門臨濟曹洞潙仰與大法眼之五家其道遂大振於聖朝景德中東吳僧道原披奕世之祖圖集諸家之語錄由七佛以至大法眼禪師之嗣凡五十二世一千七百一人成三十卷目之曰景德傳燈錄詣闕上進奉冀流布章聖皇帝詔翰林學士右司諫知制誥臣楊億等同加刊削俾之裁定夫所謂佛心印者衆生靈智之府也體其本自妙而常明雖萬類紛然日用殊趣而文彩粲然明了不差毫末其知之者謂之神通光明藏謂之光嚴住持其不知者謂之生死趣謂之無明始自故證發雖悟如釋迦文佛亦緣然燈記

莂則師承機語之自何可廢也法華經曰世尊放眉間白毫相光照東方萬八千世界而彌勒發問文殊決疑以謂日月燈明佛本光瑞如此持是經者妙光法師得其證者普明如來維摩經爲魔女說法曰有法門名無盡燈汝等當學無盡燈者譬如一燈然百千燈冥者皆明明終不盡如是諸佛菩薩開導百千衆生令發阿耨多羅三藐三菩提心於是其道意亦不滅盡隨世說法而日增益一切善法是名無盡燈此其義也又問如何是傳燈旨要曰晝夜分明瞞他一點也不得

記福巖言禪師語

余既至衡山福巖長老言公曰今年五月當有災不可

逃過是乃畢世安適耳問其故曰運厄於珀鬼耳五月二十八日太原造大獄來追對驗十月六日得放夜宿溝鎮中中夜行荒陂陰晦迷失道路有光飛來照行坐休則光爲止起進則導之至榆次凡百里而曉光乃沒於是口占曰大舜烏工往虛能漁父歸神光百里送鬼事一場非明年春見超然於海昏夜語及之書以示素所辦送者因覺先忠無外政和五年三月二日題

石門文字禪卷二十四終

石門文字禪卷二十五

宋釋德洪覺範著

題

題華嚴綱要

華嚴宗有四種無礙謂事無礙理無礙事理無礙事事無礙夫言事事無礙者非有竺梵震旦之異凡聖小大之殊而講師笑棗柏不辨唐梵又可笑哉此文清涼國師啟毗盧藏之鑰匙也其文簡而義無盡其科要而理融通學者當盡心焉方天下禪學之弊極矣以飽食熟睡游談無根爲事而佛鑑乃倡爲宗尚之其亦護法憫俗之慈也歟

題疾老寫華嚴經

瑛公風骨清癯而神觀秀爽措置加於人一等與南州名士游淡然無營獨杜門手寫此經精妙簡遠之韻出於顏柳予聞一切賢聖皆以無爲法而有差別者皆所莊嚴之耳龍勝菩薩以夙智通力誦持之寶叉難陀以入世間智力翻譯之清涼國師以達佛知見力疏釋之而瑛公以夙淨願堅固力書寫之予觀其心志端欲俟文殊師利之智海普賢之行願海善財童子利生求法精進海十二時皆在現行如善現比丘不動眞際現一切色身於十方世界作大佛事顧其措置非加於人乎

題光上人所書華嚴經

鄂城岸大江皆深林大澤自麻城之東多奇峯峻谷輪蹏所不至虎兕所掩建炎元年十月予自漢上南還廬山阻兵於大石山捷徑過鍾山之下有僧舍數椽道人七八輩市笑如舊識有首衆者道光與其兄道舒鄰房晨香夕燈以禪誦爲佛事從之者皆肅如也光嘗呼此經以示予予因再拜跪而讀其篇目謂舒曰耆闍婆面城之醫王也面所見草木土石無非是藥文殊師利童子曰耆婆見草木無非是藥菩薩見境無非是心然耆婆視之疾燥溼虛實寒病祖病衆生病之方也而光口不忘誦目不忘視手不忘書寫之則隨施無所窒其妙嗚呼耆婆蓋世間之醫而得妙者也則出世間之醫其

用自心之得妙者也是經其廣則四天下微塵數偈句其得則震旦所譯十萬偈句光擬之於沙界涼曝得所藏之於毛端寬博有餘至於殊勝功德則非有思議心所能測知經初畢工而盜賊蟻聚所至流血可涉光黃舒蘄之間衲受禍尤酷獨此經所寄東西南北十里之間無犬吠之驚父老男女安堵樂業豈非龍神所護持而然乎光少游方見知識飽參而還以親老不忍去其膝日以研味此文其爲知恩精進不言可知矣沓爾鍾山之下護持龍神之衆時朔來朝以祕藏之某題

題華嚴十明論

顯謨閣待制朱公世英爲余言頃過金陵謁王文公於

鍾山公以彥里閒晚生有志學道謂曰若讀史見句踐伍員事乎句踐保栖會稽置膽於坐臥則仰膽飯食亦嘗膽也伍員去楚槖載而去昭關至蒲伏行乞於吳市二子設心止欲雪恥復讎而焦身苦思二十餘年而後遂其欲蓋有志者事竟成也然移此心以學無上菩提其何以禦之世英囑予記其言世英歿一年余還自海外築室筠溪石門寺夏釋此論追念平時之語曰嗟乎流轉三界未即棄去其恥亦大矣因縛五陰未能超出其讎亦深矣以吳楚之讎恥較之其相倍如千劫而學者亦思掣肘徑去然至誠惻怛勇決力行較句踐伍員特太山毫芒耳豈不惜哉金剛般若經須菩提聞世尊

言以恒河沙等身命布施不如受持四句偈爲他人説之福於是泣下其心豈不謂學者多以一身味著懈怠故自爲障礙乎夫雜華具四天下微塵數偈而其所詮者如來普光明大智一法而已親近隨順此智者戒定慧三法而已以戒定慧觀照方便破滅無明一切衆生彈指實證故金剛藏菩薩曰隨順無明起諸有若不隨順諸有離是謂成佛顯決入法要旨借令三世如來重復宣示深奥不能加毫末於此矣其於利害去取曉如白黑其義理昭著粲如日星不知學者於戒定慧何疑而不隨順於無明煩惱何戀而不棄遺乎孟軻曰今有無名之指屈而不信非疾痛害事也如有能信之者則

不達秦楚之路爲指之不若人也指不若人則知惡之心不若人則不知惡此之謂不知類也今之知類者吾特未見耳豈密行暗證隱實顯說世不得而知歟抑觀力麤浮習重境强多遇緣而退歟余切慕思大智者父子於道能遺虛名收實效三十年間決期現證皆獲宿智通入法華三昧乳中之酪此其驗矣嗚呼安得如南嶽天台兩人者與之增進此道哉政和五年六月十日書

題光上人書法華經

晉沙門曇諦初夢於其母黄曰我投暫託宿乃以鐵鏤書鎮并麈尾拂爲寄母既覺而二物在手於是大驚而

生諦逮五齡母以二物示諦諦軒渠笑曰此秦王請我講法華經贈我者爾母曰汝省置之處乎諦罔然不答而去又建興二年長沙縣西一百里餘有青蓮花兩本生陸地道俗堵觀鑁之丈有二尺得瓦棺蓮之根莖自棺之壞處出開視之有髑髏栓索而蓮實生齒頰間晉有識曰有僧不知名氏誦蓮經十萬部不疾而化遺言使衣紙而以瓦爲棺今驛亭故基建寺其號蓮花嗚呼異哉惟此經之力能使授持者卒長物於生死後奇祥於異世驚世殊異之如此蘄州永樂寺僧道光出血和墨寫此經其衡斜點畫勻如空中之雨整如上瀨之魚皆精進力之所成知見香之所熏不然何以莊嚴微妙

如此之巧耶光又專精不懈見一纖毫相之間萬八千土於刹那入無量處三昧名報佛恩然隨筆任運經行臥起語默動止莫非授持此經故毫相之間刹那之頃豈有間哉光之爲人純素潔忠於事孝於奉親爲里閈所敬信法眷所追崇是眞比丘也予自北還南留其庵信宿彌日盡獲見其所寫之經無慮十數種觀其施爲日夕以與佛菩薩語言酬酢豈復有世間之心耶華嚴曰念念不與世間心合是大精進光其以之

題超道人蓮經

南昌饒益院除饉惠超自幼出家誦此經年二十六試于有司以精通得度卽受具游諸方事善知識發明心

要及還掩關以金爲墨書妙法蓮華經政和八年六月四日清晨攜以示予開卷熟視筆墨精到衡斜布列皆有節度非精誠盡力於此法莫能臻是也予聞一切契經皆佛所演而此經獨稱過去諸佛先說法喻雙舉蓮之爲喻以三世同時十方同會方其開時卽有果方於果中卽有因蓮華蓮實蓮密是也諸子雖分布而會聚之未嘗隔斷此其名蓮蓮連也般若曰一切智智清淨無二無二分無別無斷故者以是哉梁大沙門僧祐平生書寫誦持未捨受卽身爲爛瓜香已捨受卽舌本爲青蓮華香皆其精進眞信之力所成就陳大沙門惠思誦至是眞精進是名眞法供養如來恍然見靈山一會

儼然如昨蓋此經有不思議力入二十五種三昧以大行慈悲入中觀以梵行慈悲入幻觀以勝行慈悲入止觀令一切衆生自然見如是事入菩薩一切色身三昧之旨也今超師壞衣鉢食一室枵然與世相忘以精勤之力致工於此法可謂知本矣予將見生身發無垢智光方吾法下衰而超用志如是誰不隨喜願世世同超登內院見慈氏預聞妙義頓捨人法二執證對現色身此予志也甘露滅某謹題

題六祖釋金剛經

金剛般若靈智妙心者也諸佛與我及衆生類三無差別然諸佛已知而信者我今知而信者唯衆生未知未

信則當教導之故世尊以後五百歲持戒修福者能生信心爲實然以心信心猶爲三法如人不睡而能有夢則知是病故世尊又曰以是信解不生法相如來世尊旣以明告顯說以爲經祖師從而注釋之恩德可謂大矣而傳布未廣予竊患之故化清信檀越鏤版印施普告大衆云政和五年十月日

題靈驗金剛經

祕書省校書郎龔德莊初罷官靈壽來歸京師居新門裏時方上元山東劉野夫與德莊善偶折簡來約十四日可盡室往觀君愼勿出略相候欲款語德莊素敬憚其人爲獨守屋廬二鼓矣而野夫不至方假寐家人輩

尙未還俄火自門而燒德莊面促詰牒而走一夕而燼數百家明日迹其屋灰炭中得金剛般若一卷略無損處開視明鮮如新德莊少豪邁嗜酒色不甚信內典豈夙世善根不思議力以茲發感悟之歟觀者彭凡鄒正臣劉棐僧希祖德洪政和元年上元後一日

題宗鏡錄

右宗鏡錄一百卷智覺禪師所譔切嘗深觀之其出入馳騖於方等契經者六十本參錯通貫此方異域聖賢之論者三百家領略天台賢首而深談唯識率折三宗之異義而要歸於一源故其橫生疑難則鉤深賾遠剖發幽翳則揮掃偏邪其文光明玲瓏縱橫放肆所以開

曉衆生自心成佛之宗而明告西來無傳之的意也錢氏有國日嘗居杭之永明寺其道大振於吳越此書初出其傳甚遠異國君長讀之皆望風稱門弟子學者航海而至受法而去者不可勝數禪師旣寂書厄於講徒叢林多不知其名熙寧中圓照禪師始出之普告大衆曰昔菩薩晦無師智自然智而專用衆智命諸宗講師自相攻難獨持心宗之權衡以準平其義使之折中精妙之至可以鏡心於是衲子爭傳誦之元祐間寶覺禪師宴坐龍山雖德臘俱高猶手不釋卷曰吾恨見此書之晚也平生所未見之文公力所不及之義備聚其中因撮其要處爲三卷謂之冥樞會要世盛傳焉後世無

是二大老叢林無所宗尚舊學者日以慵惰絕口不言晚至者日以窒塞游談無根而已何從知其書講味其義哉脫有知之者亦不以爲意不過以謂祖師教外別傳不立文字之法豈當復刺首文字中耶彼獨不思達磨已前馬鳴龍樹亦祖師也而造論則兼百本契經之義泛觀則傳讀龍宮之書後達磨而興者觀音大寂百丈斷際亦祖師也然皆三藏精入該練諸宗今其語具在可取而觀之何獨達磨之言乎聖世逾遠衆生相劣趣慮褊短道學苟簡其所從事欲安坐而成譬如農夫惰於耰耘垂涎仰食爲可笑也吾聞江發岷山其盈濫觴及其至楚則萬物並流非夫有本益之者衆耳有志

於道者常有取於此吾徒灰冷世故安樂雲山明窻淨几之間橫篆煙而熟讀之則當見不可傳之妙而省文字之中蓋亦無非教外別傳之意也

題法惠寫宗鏡錄

龍勝菩薩曰衆生心性猶如利刀唯用割泥泥無所成刀日就損理體常妙衆生自纍能善用心即合本妙余觀世之人疲精神於紙墨者多從事於無用之學皆以刀割泥者也明州翠巖僧法惠獨施力寫永明所譔宗鏡錄一百二十卷與方廣禪寺大法寶藏嗚呼惠師可謂善用其心者也夫能使天台賢首唯識三宗之旨趣大乘深經六十卷妙義西天此土三百家之法句雜傳

要說契心之至理鏡爲一心心之所緣筆之所及常在現前余以謂此道人即入摩訶衍徧知稱性之海即具普賢一眞光明微塵數不思議行門予幸得托名卷末願慈氏大士從知足天來主龍華時同聞此錄知今日自作隨緣其心非謬也

題修僧史

予除上部囚籍之明年廬於九峯之下有苾芻三四輩來相從皆齒少志大予曉之曰予少時好博觀之艱難所得者既不與世合又銷鑠於憂患今返視缺然望之則竭不必叩也若前輩必欲大蓄其德要多識前言往行僧史具矣可取而觀語未卒有獻言者曰僧史自惠

皎道宣贊寧而下皆略觀矣然其書與史記兩漢南北史唐傳大異其文雜煩重如戸婚鬭訟按檢昔魯直嘗憎之欲整齊未遑暇竟以謫死公蒙聖恩脫死所又從魯直之舊游能麤加删補使成一體之文依做史傳立以贊詞使學者臨傳致贊語見古人妙處不亦佳乎予欣然許之於是仍其所科文其詞促十四卷爲十二卷以授之

題讓和尚傳

心之妙不可以語言傳而可以語言見蓋語言者心之緣道之標幟也標幟審則心契故學者每以語言爲得道淺深之候予觀南嶽讓禪師初見六祖祖曰什麽物

與麼來對曰說似一物即不中曰還假修證也無對曰修證即不無染污即不可祖嘆曰即此不染污是諸佛之護念大哉言乎如走盤之珠不留影跡也然讓公猶侍六祖十有五年乃去庵於三生石之上時天下尚以律居未成叢席有僧忘其名爲總衆事二十年爲縣官勘其出納先是寺未嘗籍其貲僧方四自念久已忘之仰祝讓公求助於是一夕通悟盡能追憶二十年間物件不遺毫髮乃得釋故以讓公爲觀音大士之應身而讓居庵中未嘗知之予游福嚴與僧讀其事僧疑以問予此何理哉予曰涅槃經云外道妬世尊入其國驅五百醉象來奔世尊垂手示之而象見五指輪中皆出師

子於是怖伏遺糞而去世尊曰爾時我指實無師子而是護財狂象自然見之皆我慈善根力故夫世尊慈善根力要不可以有思議必測之而可以無隱藏事證如月在天光徧谿谷初不擇谿谷之濁清而水之澄澈必有月影水之澄澈則月現影而善惡之必有所感乃不見慈善根力哉則讓公坐令其僧獲聰明之辯要不足怪也

題洞山巖頭傳

雪峯見德山托鉢便問鐘未鳴鼓未響托鉢向什麼處去德山便歸方丈峯舉似巖頭巖頭曰大小德山不會末後句德山聞之呼巖頭問曰汝不肯老僧耶巖頭密

啟其意德山明日上堂舉論大異巖頭拊手大笑曰且喜老漢會末後句天下人無柰此老何雖然如是只得三年至期果化去洞山初見華嚴靜公撥柴把住問曰狹路相逢時如何靜曰反仄反仄洞山曰汝記吾言已後向南住衆一千北住山三百人而已靜初住福州東山一千衆後居都下衆三百人予觀巖頭洞山之語出於信口殆若苟然而德山之化華嚴之衆皆不能逃其言因緣時節弗差毫髮其如蟲蝕木偶爾成文耶亦夙智通力自然前知耶偶爾不可數通力非宗門所尚非授大法顯著於此能無疑乎

題斷際禪師語錄

禪師初與異僧游天台渡溪方悟其爲異也悔不能早識之且將折其脛而後已尋北游值老嫗於洛下與之語多所發藥遂侍以師禮嫗知其非尋常人俾更謁江西大寂既至而祖已化去逾月矣而見其子海公海以所嘗悟明之緣示之公悟大法於言下海曰他日其嗣大寂可也公笑曰是豈義也海歎已以爲不及常謂其徒曰吾頭游方無所不問雖草根巖壁中有人必往窮詰其所得又曰馬祖之下得正法眼歸宗耳而牛頭以降皆不可當其意者豈公取舍故欲異於世也亦抑世之人見其不與己合而訴以爲異者也古之人所以大過人者信己之專惟信己故不惑世人之言是故所立

卓絕非常人所能及也公之器識宏遠剛正自性出其天性豈非以謂道之所在非凡聖男女之間晦顯長少之際而是非取舍不可以苟而已而取人不必以求其全也今之學者旣下視天下之士而又工於怪奇詭異之事衒名逐世不顧義理求人必以其全而議論多膠於所愛名爲走道其實走名紛紛冗冗皆禪師之門罪人也禪師之所養其峻嚴廣大如此其語言斷斷如藥石深可以治晚世學者之病是知其言蓋所養也卷舒放肆驅逐邪妄開闢正信直明一心以歸合佛祖之言可謂深渺宕肆大哉洋洋乎光明之言也余因手校而藏之又列其所施爲者以自警書於卷之尾且以示同

學云

題百丈常禪師所編大智廣錄

余常識老僧知瓊於司命山下瓊溢城人黄龍無恙時客也爲余言黄龍住山作止甚詳嘗手校此錄於積翠謂門弟子曰佛語心宗法門旨趣至江西爲大備大智精妙穎悟之力能到其所安此中雖無地可以棲言語然要不可以終去語言也故其廣演之語大剔禪者法執而今之五家宗趣皆此錄森列如井之在海其清涼甘滑泄苦濁毒所不同而本則無異質也予誌其言久之偶見洞山藏角破函中多故經往掀攪之乃獲見常禪師居百丈日重編者熟讀驗瓊之言信然校世所傳

多訛略因藏之以正諸傳之失又誌瑕之首告也

題雲居弘覺禪師語錄

悟本禪師設五位法門以發揮石頭大師之妙大率約體用爲五法更互主客隱顯相參借言以顯無言然言中無言之趣妙至幽玄故其問答之貴親正如君臣之貴合於是翕然宗以爲洞上玄風出其門下者應機酬詰務以秀麗嚴峻之語相高尚使人放身如覽花葩之開妍煙雲之穠纖而仰拂秋之螺峯染春之鴨波劃刻百出必欲合其法而後已忽其繩墨以登其門者則非吾屬也而雲居弘覺禪師蓋其徒之秀傑者乃獨不然其演法之辨應機之詞朴古自在隨意所劃如世之良

醫坐於藥肆中病而詣者信手與之藥至病愈常謂其徒曰佛法無多事行得卽是汝但作佛莫愁佛不解語古人純素任眞有所問詰木頭碌磚隨意答之實無巧妙大底渠腳根下穩當苟不如此雖說得如花錦無益也余常怪洞山嗣法者如本寂道全居遁休靜之徒光大於世者三十餘人觀其施爲提演宗派無敢冒規致之外者而膺公乃爾殊異豈所謂得所以言言不必同者歟余追躡其意以謂大法本體離言句相宗師設立蓋一期救學苟簡不審專已臆斷之弊而已法久必壞使天下後世眩疑自退守言而失宗無所質辨爲可惜也故其超然法立如此而公之子箚亦相與振成之是

知俾明悟者知大法非拘於語言而借言以顯發者也嘗與人論至此其人淩遽其氣而面頸發熱曰醫智百巧志誣先德詬罵而去吁嗟使弘覺不死且聞余之說以爲知言者今其道愈陵遲至於列位之名件亦訛亂不次如正中偏偏中正又正中來偏中至然後以兼中到總成五今乃易偏中至爲兼中矣不曉其何義耶而老師大衲亦恬然不知怪爲可笑也雖然弘覺一犓之則洞山之道不轉顧地而盡寧有今日耶

題克符道者偈

洞山悟本禪師作五位頌有曰兼中到不落有無誰敢和人人盡欲出常流折合終歸炭裏坐予初以謂坐炭

中之語別無意味及讀此偈百餘首有曰儂家住處豈堪偎炭裏藏身幾萬回不觸波瀾昭慶月動人雲雨鼓山雷乃知古老宿之語皆不苟然符臨濟眞子而悟本自爲洞山之宗道本同也而學者不了以私異之惜哉

題清涼注參同契

叢林故宿相傳謂石頭參同契明佛心宗後輩鮮有深識其旨者獨清涼大法眼禪師注文發明居多故南唐後主讀至玄黃不眞黑白何咎處爽然開悟余謂後主所悟蓋悟法不眞而已非因其語以了石頭明暗本意也如安禪師破句讀楞嚴而悟句讀且爾矧所謂義味乎然安於心法無疑也予嘗深考此書凡四十餘句而

以明暗論者半之篇首便曰靈源明皎潔枝派暗流注乃知明暗之意根於此又曰暗合上中言明明清濁句調達開發之也至指其宗而示其趣則曰本末須歸宗尊卑用其語故其下廣敘明暗之句奕奕綴聯不已者非決色法虛誑乃是明其語耳洞山悟本得此意故有五位偏正之說至於臨濟之句中玄雲門之隨波逐浪無異味也而晚輩乘其言便想像明暗之中有相藏露之地不亦謬乎大率聖人之言不明於後世注疏之家汨之非獨此文也余不可以不辯

題香山龍禪師語

禪師父事雲庵於予爲法兄然予少實師事之初聞其

誦迦葉波偈曰諸法從緣生諸法從緣滅我師大沙門常作如是說乃曰予悟此卽是出家予時年十六曉夕以思茫然莫識其旨頭在海外閑居味維摩詰言善來文殊師利不來相而來不見相而見文殊師利言如是居士若來已更不來若去已更不去所以者何來無所從去無所至所可見者更不可見乃追繹香山之語遂深入緣起無生之境將以見之報其發藥之恩則化去已逾年矣其門人文謙以其提誨之語爲示併書予願見不果

題玄沙語錄

右司諫集賢孫公覺莘老守福州日俾僧編集此錄學

者以覺悟宗旨厥功茂焉然予獨恨集末附千光王寺沙門義澄重刪三句四機之語議論錯謬何以知之如玄沙綱宗第一句名眞常流注與鐵輪位齊力一天下然未有出格之詞猶曰明前不明後無自由分未辨緇素雖得出世間未得入世間恐其墮一如平實無生之見死在句下也則有出格之詞而義澄輒引首楞嚴曰妄爲色空及與聞見如第二月又圓覺曰由起幻故內發輕安大悲妙行如土長苗讀之令人搏髀高笑義澄何爲者也乃敢指判禪宗哉學者能深觀之則知予言爲公昔無業禪師每歎叢林不自揆行解如屠沽而自比佛祖南山律師曉達教乘而不敢自呼大乘師止言

律師耳義澄自目未見而指人五色使見宣律師爲人定必羞死

題谷山崇禪師語

予讀澄心堂錄長慶稜公之孫保福展公之嗣谷山禪師之語奇嶮宏妙光明廣大觀其膽氣逸羣不在巖頭雲門之下而錄失其名然語多稱報恩傳燈但有潭州谷山句禪師而無機緣其列熙崇兩人機語校句所出示殆相萬然皆住報恩豈句亦常居之耶予常與超然銜虎游谷山訪其遺事無所考因相對歎息追念東坡之語曰齊魯有大臣史失其名而黄四娘乃得與杜詩不朽事莫不爾作詩曰行盡湘西十里松到門卻立數

諸峯崇公事迹無尋處庭下春泥見虎蹤又十年復與超然遇於石門偶閱前詩遂併錄之

題韶州雙峯蓮華叔姪語錄

傳曰聽言觀道以事觀生死亦大矣而兩人者晛視之不翅如出入戶庭之易然蓋其所養非有以大過人者何以臻此其言具在可信也予觀雲門勘辯舉古皆脫略窠臼方其游戲時亦微見其旨至禱問垂伐則語赴來機瞻之在前忽焉在後令人溟涬然弟之哉夫語赴來機妙在轉處者正中妙叶洞山旨趣也豈此老渊亦或用之而欽祥默識其不傳之妙也哉巴陵鑒公常答問提婆宗曰銀椀裏盛雪答祖意教意同別曰雞寒上

樹鴨寒下水答吹毛劍曰珊瑚枝枝撐著月云吾以此三句報答雲門法乳之恩予始誕之今視之戾然使雲門而在正當一捧腹耳

題輔教編

嗚呼正法明夷先佛垂告封文執僞更相是非聖智圓融凡情守隙否極則泰挺生英特則永安禪師其人也握管驅風懸河瀉辯推慈悲於教義會孔墨以流湍巍巍乎晃晃乎實當世不可得也凡所著集雖不欲傳其在四方好事者之所錄殆九牛一毛耳後之學者至聞其名歎不得瞻容爲恨若夫天地之高遠日月之昭明江海之浩蕩想而不可極者蓋若人矣

題首山傳法偈

諸佛甚微細智以金剛爲喻非凡夫麤浮心識所能了達華嚴十定品入剎那際諸佛三昧乃能滅衆生顛倒想宣和元年十月吉日余在湘西鹿苑虎芩堂早作靜坐念曰今日蓋首山生辰追想爲人書其傳法偈幷汾州無德禪師注釋詳味父子眞能入諸佛甚微細智者也

題五宗錄

性覺本自妙而常明以無性故不自知謂之無明一切衆生以無明迷醉如目有翳善知識如醫師東坡曰醫師但有除翳藥且無與明藥如可與明還應是翳此殆

天下之名言也予所集五宗語要如醫師除醫藥方也從前先德用之有驗故樂以傳世書成於宣和元年正月明年有漳南道人崇顗者願求傳錄錄畢相示其筆力詳楷非誠之至志之確不能如此然能併除萬慮燕坐一室追繹先德所行之事研味諸家所示之語以校日用則予之所集不爲徒爾顗之精勤不爲虛行也

題寶公讖記

王敦素問予寶公讖語視千百年如一日此何道而至之予曰清明在躬志氣如神有物將至其兆必先者孔子之語也凡夫所見莫非倒想倒想若滅洞見三世寶公豈有倒想者乎敦素拊手曰美哉之論也然滅倒想

岸有道乎予曰當不忘正觀曰是眼則不能自見其巳體自體尚不見云何見餘物若樹是見復云何樹若樹非見云何見樹現在若有過去未來亦應是有過去未來若無現在亦應是無故維華曰法眼不思議此見非顛倒敦素瞠然良久曰此語令人溟涬然弟之哉

題古塔主論三玄三要法門

古塔主著論呵諸方但解知見未明道眼予初駭之及觀其論三玄三要之義援引諸家證左甚明而曰豈特臨濟用此法門殆是三世如來之法式也僧輒問曰師論三玄法門名旣有三其語亦異切不相離而臨濟本曰一句中具三玄一玄中具三要有玄有要何以辯明

之古氣索良久引金剛般若經云一切諸佛及諸佛阿耨多羅三藐三菩提法皆從此經出又首楞嚴云於一毫端現寶王刹坐微塵裏轉大法輪等義對之曰理性無邊事相無邊雜而不參混而不一何疑一句之中不具三玄三要耶予獨不曉金剛般若首楞嚴等義非知見乎且諸經之旨既具臨濟安得蹤跡之而建立哉古方呵知見而自語相違可笑也盤山寶積禪師曰道本無體因道而求名道本無名因名而立號若言卽心卽佛今時未入玄微若言非心非佛猶是指蹤之極則向上一路千聖不傳學者勞形如猿捉影盤山蓋形容三玄三要者雲居云譬如獵犬尋香嗅迹而去忽若羚羊

挂角時莫道迹香亦無矣同安曰涅槃城裏尚猶危陌路相逢勿定期權挂垢衣云是佛卻裝珍御復名誰木人夜半穿靴去石女天明戴帽歸萬古碧潭空界月再三撈摝始應知又形容盤山之語而三玄三要之旨益微矣古乃又引教乘以解釋之吾無以懲其失將摭臨濟起而使痛叱之乃快也

題古塔主兩種自己

僧承古與施秘丞論自己有二曰有空劫時自己有今時日用自己學者以其有叢林時舉讀之疑怖曰豈一阿難而成兩佛耶余聞世尊於首楞嚴會上謂阿難曰譬如琴瑟箜篌琵琶雖有妙音若無妙指終莫能發寶

覺眞心各各圓滿如我按指海印發光汝暫舉心塵勞先起其說不過以善用不善用爲異不聞析而爲兩種也而古公立二自已過矣祖師之門其論法方徵言語之際略滯疑似者隨而救之如鳥飛空弗住弗著如六祖謂永嘉曰汝甚得無生之意對曰無生豈有意耶又問讓公什麼物與麼來對曰說似一物卽不中自是觀之古蓋吾法中罪人而自以能嗣雲門其自欺欺人之狀不窮而自露也

題汾州語

六祖臨終門人問住持當如何行心用行乃契聖意祖曰設有問佛法者汝對之時莫迷自已性持修道第一

莫瞞自心如此則與聖意相應予觀湣化已後宗師無出汾陽禪師之右者味其平生聽其言論如謝安石之知國造次不忘自治宜於曹溪最後明誨爲無所愧矣

題準禪師語錄

石門雲庵示衆之語多脫略窠臼于時衲子視之如春在花木而不知其所從來予每以謂此老人可以起臨濟之仆哲人逝矣切嗟悼之以爲世莫有嗣之者湛堂於予爲弟昆自其開法未嘗聞其舉揚歿後百餘日得此錄於杲上人處讀之喟曰雲庵之餘波乃能發生此老種性耶政和五年十月七日題

題小參

如來世尊說般若傳至震旦者無慮數百萬言其要不過曰一切智智清淨無二無二分無別無斷故杜順宏華嚴入法界旨訣終必曰一切智通無障礙古之宗師於世尊之意神而明之獨雲門大師雲門滅百年有雲庵老師握臨濟劍得雲門之旨於說法時如月在千江不借言詮一切見者必得意了自老師之化出其門者皆不足以知此獨湛堂師兄知其意予三復斯語爲之歎息使雲門雲庵而在見此語當撫掌一笑蓋其謹嚴如歐陽率更小字端方如顔平原大字秀整姿媚如鍾太傅表章精奇雅麗如王會稽蘭亭記嗚呼何其盛哉

題黃龍南和尚手抄後三首

予猶及見叢林老成人皆云黃龍南禪師游方時嘗至歸宗寶鬔頭方會茶師卻倚而坐寶呵之南書記無骨耶師驚顧玉立如山又至棲賢諟禪師教令坐禪久之得定因誦首楞嚴呪終其身建中靖國元年春修水祖超然出雲庵所蓄此書爲示點畫奇勁如空中之雨小大蕭散出於自然予置卷歎曰成德之人其所作爲雖點筆弄墨之際亦自卓絕況其不可名者乎某題

黃龍南禪師手錄四十二章經一卷筆法深穩莊重而若瘦得顏平原用筆意雲庵老人生平無所嗜好獨秘畜此經偶爲人持去十餘年莫知其所與客論字未嘗不拊髀追繹之其師希祖得於筠溪胡氏家出以示予

曰君其寶之政使此字不工猶足以爲希世之珍矧工如此又雲庵所愛而不忘者乎歐陽文忠公曰論書當兼論平生借使顏魯公書不工世必珍之蘇東坡亦曰字畫大率如其爲人君子雖不工其韻自勝小人反此也老黃龍非其以筆墨傳世者也而其書終亦秀發乃知歐蘇之言蓋理之固然石門某謹題

題晦堂墨蹟

右晦堂大和尚墨蹟三紙佛印蓋公輩流也而其言推敬之至稱爲老師退之之與柳子厚歐陽永叔之與楊大年道樞不同而韓歐之稱柳楊唯恐不師尊之議者

以謂避爭名之嫌非也前輩傾倒法當然耳公道德冠叢林而器資與公輩一時又名卿且留情吾道者今皆成千古堪師之能畜此帖嗜好大是不凡宣和四年自印福絶湖來出以示其姪因流涕書之

題雲庵手帖三首

南禪師學魯公字最有工當時歸南公者無不學之然無出雲庵之右者昭默老人嘗與德洪共觀此書歎慕之不已以謂不減楊少師一道人其珍之崇寧五年十月十八日門人某題

雲庵和尚與檀越帖一紙伏讀如受訓詞叢林荒寒無復平日此老知不復見況筆畫語言乎門人某流涕謹

書

右雲庵寄張惠淵偈一首惠淵予不見二十年聞其精進日新眞能遵受雲庵之言者也誠上人來自宣梵問其師洎惠淵健否偶記前偈遂書以授誠歸舉似惠淵使較當日之本異同也某書

題徹公石刻

徹上人詩初若散緩熟味之有奇趣字雖不工有勝韻想其風度清散如北山松下見永道人耳公雖游戲翰墨而持律甚嚴與道標皎然齊名吳人爲之語曰餘杭標摩雲霄雪溪晝能清秀稽山徹洞冰雪予視三人者在唐號以詩鳴者尚多有而後世敬愛之者以其知所

守而已文字不足道也東坡每日使魯公書不工尙足以爲希世之珍其是之謂耶

題觀音贊寄嶽麓禪師

崇甯間至東明拜瞻石像作此贊時無際禪師方領住持事及無際遷居嶽麓餘十年生成寶坊于灰燼之中而予以弘法嬰難流落之餘幸復相見問前贊無恙乎無際戲予曰羽化矣暇日因閱文藁乃得舊本忻然錄以寄之曰當善護持無使復爲人持去覆瞀甂耳

石門文字禪卷第二十五終

石門文字禪卷第二十六

宋釋德洪覺範著

題

題才上人所藏昭默帖

傳曰雖無老成尚有典刑然則老成典刑所不逮也予還自海外叢林頓衰心不爲之動者恃昭默在耳今又棄我而先惟之不自知涕零也宣和元年八月游法輪見東甌才公道人出此軸爲示知師弟子之間蓋如是衲子動成阡陌而才獨軫念昭默豈妄與人者乎予旣見其筆蹟又得與才游彌日兹游也豈虛行哉

題靈源門榜

靈源初不願出世隄岸甚牢張無盡奉使江西屢致之不可久之翻然改曰禪林下衰弘法者多假我偷安不急撑拄之其崩頹跬可須也於是開法於淮上之太平予時東游登其門叢林之整齊宗風之大振疑百丈無恙時不滅也後十五年見此榜于逢原之室讀之凛然如見其道骨山谷爲擘窠大書其有激云嗚呼使天下爲法施者皆遵靈源之語以住持則尙何憂乎祖道不振也哉傳曰人能弘道非道弘人靈源以之

題昭默墨蹟

余還自海南館于道林道人朱公破雨自雲蓋來坐未定出昭默書一軸予久去箴誨初見必輒輟熟視之不

自覺意消也秦少游至錢塘見功臣山政禪師書歎以爲非積學所致其純美之韻如水成文出於自然昭默暮年臻妙其以是哉顔平原有大節於唐而以書名識者惜之予以謂斯人德高而名往就之耳借使此老書不工尤當寶祕況工乎愈可寶也然與其門人書語多以見及余衰退流落又自恨生少知遇不能不短氣耳

題昭默自筆小參

游東吳見岑遂爲予言秦少游絕愛政黄牛書問其筆法政曰書心畫地作意則不妙耳故喜汞兒童字觀其純氣昭默自卧疾後無他嗜好以翰墨爲佛事如示衆以小參之語皆肯自筆此殆清閑有餘又性不違人豈

一代宗師而作許兒戲事此所謂大慈過人之行非近世栽培聲名高自標致所能及也誠侍者出以示予覽之涕泗橫流某年月日

題昭默與清老偈

昭默孝友於昆弟而以謙自牧不如是法道何由興乎予觀其贈洞和禪師法句曰志有常守誠無外求及疑其語蹻其風度此老爲作實錄耳未見洞和令人莫測其爲人及見之坐使人意消也韓子蒼曰眞本色住山人子蒼豈欺予哉

題昭默遺墨

昭默老人道大德博爲叢林所宗仰雖其片言隻偈翰

墨游戲學者爭祕之非以其書詞之美也尊其道師之德耳予游諸方處處見之開卷輙識其眞精到之韻骨枯老狀葢其退居時筆也南嶽見方廣圓首座出此爲示噫圓知敬慕昭默其亦賢於人遠矣

題眞歸誥銘

宗師之於生死之際說法作偈者有之未有自作銘誥者也予觀昭默此文奮激頓挫精到無餘雖鳩摩羅什道安輩平時作爲且不能及況病與死隣者能爾乎葢其道眼高妙唯道是視初不知其有死生之烈也不然何以卓絕高勝如是之盛哉拜讀不勝增氣

題潛庵書

傳曰有國者非謂有喬木也謂有世臣也予亦曰有禪林者非有四事之傳也謂有耆年也潛庵今九十一歲矣而筆語如此眞叢席之大老人也年月日某題

題佛鑑僧寶傳

禪者精於道身世兩忘未嘗從事於翰墨故唐宋僧史皆出於講師之筆道宣精於律而文詞非其所長作禪者傳如戶婚按檢贊甯博於學然其識暗以永明爲與福巖頭爲施身又聚衆碣之文爲傳故其書非一體予甚悼惜之頃嘗經行諸方見博大秀傑之衲能袒肩以荷大法者必編次而藏之蓋有志於爲史中以罪廢逐還自海外則意緒衰落魂魄遺失其存者無幾宣和改

元夏於湘西之谷山發其藏畜得七十餘輩因倣前史作贊使學者概其爲書之意書既成有佛鑑大師淨因者曰噫嘻此先德之懿也願首傳以爲畢生之玩因以父事佛照以大父事雲庵而視余爲季父也因生廬山之陽游方飽叢林參道有知見恭謹孝友蓋其天性而醖藉雅尙若出自然與余游餘二十年久而益敬故余欣然授之因以謂此書當得妙於筆札者傳之於是憑川道者敏傳願施其能傳以伯父事佛照以兄事佛鑑其能書乃夙習筆楮不擇精麤飛翰如蠶食葉俄頃千字其衡斜布列擘窠棊畫非特字工而已工詩善丹青兼衆妙而有然未嘗以自多長坐不睡一食終日者十

二年矣人以爲難而傳以爲易久游靈源之門得其旨要者也六月二十五日佛鑑攜此書來請記其本末而以謂先覺之前言往行不聞於後世學者之罪也聞之而不能以廣傳同志之罪也今予既以傳次之而因又善傳傳公又成之嗚呼後世學者讀之當想見法席之盛也

題誼叟僧寶傳後

清涼大法眼禪師出世行道三十年其所示徒皆勸勉之語未嘗以法傳人非有法而祕惜實無有法耳譬如無病而飲藥病從藥生故曰一切文字語言學者嗜著是名壅蔽自心光明然前聖指道之轍入法之階後世

不聞而學則又如無田而望有秋成無有是處予初成此書於谷山時出塵庵師宜公誼叟在焉命南州傳道者錄之以衆編參定特爲善本明年春予游嶽還復過誼叟出以爲示其裝寫之精竄較之完非用意之專信道之審莫能臻是予知其閟而仰思當助發其光明俾倡其智證去先德亦何遠哉則清涼以文字語言爲塹蔽者蓋治疾之藥耳覽者其以是窺出塵可也

題珣上人僧寶傳

予初游吳讀贊甯宋僧史怪不作雲門傳有耆年曰嘗聞吳中老師自言尚及見甯以雲門非講學故删去之又游曹山拜澄源塔得斷碣曰耽章號本寂禪師獲五

藏位圖盡具洞山旨訣又游洞山得澄心堂錄書谷山崇禪師語較傳燈皆破碎不眞於是喟然而念雲門不得立傳曹山名亦失眞崇之道不滅巖頭叢林無知名況下者乎自是始有撰敘之意凡經諸方三十年得百餘傳中間忘失其半晚歸谷山遂成其志時長汀璲珣二衲子來從予游錄此副本易曰多識前言往行以大畜其德是錄也皆叢林之前言往行也能不忘玩味以想其遺風餘烈則古人不難到也二子勉之

題宗上人僧寶傳

予撰此傳方定藁上淨三昔而東甌道人將還石門自潙水過谷山欵予見其書曰噫嘻此一代之博書先德

前言往行具焉願手錄以示江南道侶卽挂巾屨坐夏四月二十三日錄畢以示予予歎曰夫彈冠必整衣心敬必形肅宗非至誠愛重法道其謹楷精嚴渠能至是哉歐陽率更以書畫名世見鍾太傅碑愛其筆法臥其下三昔不忍去率更嗜世間法且爾況出世間法乎宗爲法坐夏賢於率更遠甚

題圓上人僧寶傳

仰山初見耽源所傳六祖圓相卽以焚之及其授法也則有默論雲門不許錄語句而遠侍者以紙爲衣遂傳于今以是論之非離文字語言非卽文字語言可以求道也臨川圓道人少游方有志學道一鉢經行諸方其

孤征絕俗雪鴻戾天仰不可及而骨董中有此錄小字薄紙畫畫精誠可以見其志也

題渟上人僧寶傳

問如何是火性答曰熱是火性問如何是水性答曰濕是水性問者欣然而有得水火之義盡於此矣又問何以謂之恕答曰如我之心以待人則恕矣又問何以謂之愼答曰心之一具德見於愼耳問者又欣然有得蓋恕愼之理極於此矣此世間義理之論也義理者心之塵垢也其去佛道不翅如百億天淵然昔者有問竹林如何是法身答曰法身無相又問如何是法眼答曰法眼無瑕爲道吾衆中所失笑者宜矣近世邪師相與傳

授謂無有悟但直問直答謂之於法中不生異見紛然棊布名山稱嗣祖沙門學者例無英氣往往甘心屈伏每爲之流涕宣和四年九月二十七日夜爲衆說參同契至本末須歸宗尊卑用其語處曲折引譬以發明先聖之意使恍信而虔敬者一洗其矯誣宗旨之氣而福唐太淳上人適出此編示予燈下爲書以付之淳能識宗則知尊卑之語不出義理之域而悟首山獨坐無尊卑從上無一法與人爲太老婆饒舌矣

題其上人僧寶傳

長沙益陽白鹿大禪師門弟子季芳福唐人純靜寡言笑年二十餘侍其師宣和四年夏于湘西南臺寫此書

三十卷寫畢以示予予曰汝師出雲蓋西堂之門西堂爲臨濟九世之嫡孫而黃龍南公之眞子也[redacted]家辯才叢林畏仰之汝能自勤自誦習此書玩味其旨蹤跡其行事繼之以不休則古人豈難到哉如寫而不讀讀而不味其意徒欲粉飾清興於道何有

題範上人僧寶傳

蚍蜉細字欲闌斑病眼臨窓看亦難八十一人閑鼻孔那盧穿在一毫端且道有鼻孔從範上座穿只如懷禪師無鼻孔作麽生下手若也道得西川漏籃子一錢買三個若道不得南臺門外是湘江

題端上人僧寶傳

臨川志端上人宣和四年夏於長沙之谷山谷山有衆而領袖者𦊰暗不通曉世事叢林以是凋落端律身益敬日誦經行道暇則寫僧寶傳同學勸經行他山要與之俱端辭以山水未暇觀正以白業未辦爲憂同學怒棄去端怡然勿恤也明年正月上澣日端袖此書來求題其後予告之曰一精想中十法界種子皆具隨其所熏發而起譬之田有稻種藉時雨以芽蘖之十法界者六凡四聖謂也今端屏絕諸緣日唯錄佛祖之語味佛祖之意則亦熏發佛乘之種與夫游談無根疲精神於莊孟爲陳言腐說以欺無知者異矣然能窮究其所自使所言所履如傳八十一人者則可謂出家知恩者予

視端精緊板而聲圓若可語此者聊及之端其勉之

題隆道人僧寶傳

古之學者非有大過人者惟能博觀約取知宗而用妙耳唐沙門道宣通兼三藏而精於持律持律小乘之學也而宣不許人呼以爲大乘師棗柏長者力弘佛乘而未嘗一語及單傳心要方是時曹溪之說信於天下非教乘之論所當雜宣公甘以小乘自居棗柏止以教乘自志竟能爲百世師者知宗用妙而已禪宗學者自元豐以來師法大壞諸方以撥去文字爲禪以口耳受授爲妙者年凋喪晚輩蝟毛而起服紈綺飯精妙施施然以處華屋爲榮高尻磬折王臣爲能以狙詐羈縻學者

之貌而腹非之上下交相欺誑視其設心雖儈牛履豨之徒所恥爲而其人以爲得計於是佛祖之微言宗師之規範掃地而盡也予未嘗不中夜而起喟然而流涕以謂列祖綱宗至於陵夷者非學者之罪乃師之罪也以苟認意識爲智證爲師者之門望見以輕慢之心萌矣非特然也又執已是而去取諸方賤目覩而尊信傳說故不見至道之大全古人之大體因編五宗之訓言諸老之行事爲之傳必書其悟法之由必載其臨終之異以譏口耳授受之徒謂之禪林僧寶傳書成而九嶷道人道隆閱之一月而吭吭上口兩月而娓娓成誦三月而能爲末學者舉紐領夏於雲蓋閉門寢飯之外口

誦而錄之非誠著於學志存於道何能臻是哉然其爲人不甘爲啞羊苾芻混處疾之甚至於詬罵喜與有識博聞者游意所合則不問道俗千里從之嗚呼叢林博聞者旣不可人求之而啞羊苾芻動成阡陌隆雖口受吾文抱吾所集以遊諸方亦安能忘詬罵之喙乎宣和二年秋得得自山中來出此編爲示予佳其好學爲書其本末以告未知隆也

題休上人僧寶傳

泰山之鳥巢於木末九淵之魚託於沙鯙嗚呼魚鳥之微亦知附託於高深安有毀髮學道之徒而自棄於淺陋乎季休福唐人也而得業於湘上之南臺其師太公

與予爲兄弟行其熏烝見聞有自來矣初太澧橫逆坐圜扉中百許日他法屬皆畏詶酢之而休服勤不敢失禮逮其釋余勸度之宣和四年正月也旣受具陪衆遂寫此傳除夕捧以來予佳其能自脫淺陋而趨高深爲題其末明年元日也明白庵題

題英大師僧寶傳

老子曰爲學日益爲道日損者理之序也博觀而約取厚積而薄施多識前言往行者日益之學也如春夏之水方增川浩然不可測其際思之又思之以至於無思如顚之在頂蓋造形之極不可以數量情識得孔子晚乃悟曰天下何思何慮如秋冬之水縮廓然見其涯涘

嗚呼！叢林法道之壞無如今日之甚，非特學者之罪，實爲師者之罪也。學者方蒙然無知，而反誡之曰：安用多知？但飽食默坐。雖若甚要，然亦去愚俗何遠？予所錄僧寶傳，先敘其悟道之緣，又書其死生之際，欲學者法前輩爲道之精。而惠英大師年二十餘，生海上，獨挺然有志，不肯碌碌，而啞羊者固已憎之如十世讎矣。手寫此書，攜以過予，予佳其勤，扶此心以自此趨無上佛果，如順風揚塵耳。宣和四年十一月題

題所錄詩

海南道人惠英，字穎孺，生十有二日而失母，年七齡而爲沙門，二十歲從予游。予所作語言徧叢林，未嘗收錄

而英編兩巨帙爲示既有媿於九祖欲焚去之又念英之好學爲一笑而置之然流俗寡聞見少年嗜筆硯者不背數必腹非之以謂禪者不當以翰墨爲急甯知龍勝詩流震旦　首論　動以億萬　多爲言哉英勉之老子言爲學日益爲道日損使其未嘗學也何所損哉如川之增者學也水落石出者損也然未易與粥飯僧論此也

題佛鑑蓄文字禪

余幼孤知讀書爲樂而不得其要落筆嘗如人掣其肘又如瘖者之欲語而意窒舌大而濃笑者數數然年十六七從洞山雲庵學出世法忽自信而不疑誦生書七

千下筆千言跬步可待也嗚呼學道之益人未論其死生之際益其文字語言如此益可自信也今三十八年矣而見雲庵平時親愛之人佛鑑大師淨因於湘中頽然相向俱老矣而故意特未老又出余少時詩句讀之想見山林之舊游處誦白公詩曰手把楊枝臨水坐閑思往事似前身

題弼上人所蓄詩

往時叢林老衲多以講宗爲心呵衲子從事筆硯子游方時省息衆中多習氣抉磨不去時時作未忘情之語隨作隨棄如人高笑幸其不聞過廬山見弼上人出一巨軸讀之茫然不可諱爲多言之戒昔殷浩喜作詩不

甚工嘗出示桓温温戲曰子勿犯吾儻見犯卽出子詩示人弼上人不見惡願勿傳乃幸

題言上人所蓄詩

予幻夢人間游戲筆硯登高臨遠時時爲未忘情之語旋踵羞悔汗下又自覺曰譬如候蟲時鳥自鳴自已誰復收録寶山言上人乃編而爲帙讀之大驚不復料理其訛正可爲多言之戒然佳言之好學雖鄙語如予者亦收之世有加予數十等之人其語言文字之妙能録藏以增益其智識又可知矣夫水發岷山其濫觴至楚國則萬物至滿則合之者衆也善學者其能外此乎言公其勉之

題自詩寄幻住庵

淵明作訓子詩可以想見其愷弟而杜子美乃曰有子賢與愚何其挂懷抱作閑情賦足以見其眞而昭明太子曰白璧微瑕正在此耳癡人面前不可說夢豈子美昭明亦眞癡耶予自居海上及南歸寄意於一戲故語不復料理其當否今録數首以寄幻住庵主杜子美梁昭明猶未脫癡病幻住其能不癡耶

題自詩

予始非有意於工詩文夙習洗濯不去臨高望遠未能忘情時時戲爲語言隨作隨毀不知好事者皆能録之南州琦上人處見巨編讀之面熱汗下然佳琦之好學

雖語言之陋如僕者亦不肯遺況工於詩者乎因出示輒題其末

題權巽中詩

世稱唐文物特盛雖山林之士輒能以詩自鳴以余觀之如雙井茶品格雖妙然終令人咽酸冷耳巽中下筆豪特之氣凌跨前輩有坡谷之淵源予見之未視名字輒能辯大率句法如徐季海之字字外出骨骨中藏稜讀者當置軸紬繹想見瘦行淸坐時也使巽中聞此語當以予爲知言

題自詩與隆上人

余少狂爲綺美不忘情之語年大來輒自鄙笑因不復

作自長沙來歸舍龍安山中無可作做學坐睡法飽飯靠椅口角流涎自喜以謂得其妙旁舍有道人隆公雅好予昔所病者時時過予終日而未嘗倦問予昔所作尚能尋繹乎予引紙爲録此數篇以遺之而戲之曰昔達觀禪師居京師士大夫相從者皆以能詩答話多之觀笑曰解答諸方話能言五字詩二般俱好藝只是見錢遲隆公曰果爾吾不復耳坐客皆笑之隆字默翁湘中清勝者也

題珠上人所蓄詩卷

予於文字未嘗有意遇事而作多適然耳譬如枯株無故蒸出菌芝兒稚喜爭攫取之而枯株無所損益[illegible]

珠上人湛堂公之高弟其爲人精敏能辦事於佛事欲營之蓋不知艱嶮爲何等物在叢林中爲衆推蓋其氣不受控勒日涉園夫李商老每於人物特愼許可而贈珠以詩曰歕玉渥洼種者佳湛堂之有子也

題華光鑑湖圖

予建中靖國游西湖航西與游淛東以病不果甚以爲恨讀東坡詩見山川之精神如兒稚對蜜知其甜今觀鑑湖圖如華光戲以蜜置舌書間耳涌師俄收之而去兒稚雖癡然亦知蜜不可如飯嘗食之也

題墨梅山水圖

華光老人眼中閣煙雨胷次有邨壑故戲筆和墨卽江

湖雲石之趣便足春色不可收畜也而此老人藏於耐寒凍枝頭一時高韻譁於士林而其所畜又其尤精選也以病舉以付其子湧湧如獲夜光照乘千里以書誇於予不有是父安得此子哉歐陽率更見索靖碑因留不去竟寢其下三昔文字畫刻是中安得美味而嗜好有如此者予初大怪之及視湧之好尚率更要不足怪也

題墨梅

華光作此梅如西湖籬落間煙重雨昏時見便覺趙昌寫生不足道也

題蘭

無人自芳之態此老何從見之豈㑹次有此風葉蕭散乎

題公翼畜華光所畫湘山樹石

予習湘山者也日與樹石爲伍華光畫樹石而不畫我何哉公翼仕宦三十年而貧在我上簏中唯墨梅樹石數軸其人品可以想見

題橘洲圖

公翼愛橘洲而使華光圖之予家於湘西開門則漁汀斷岸不呼而登几案間葢湘西皆吾畫笥書此以誇公翼云

題平沙遠水圖五首

公翼詩云蕭然野趣忽在手彷彿江南煙雨村此殆筆端能生煙雲非胷次有江山何能作此語

又題公翼所畜

歐公嘗語客曰坐而隱者不知巖石雲泉之妙王公貴人圖江山臥而披之蓋荆山之人以玉抵鵲而秦乃割其十五城以求璧豈世以希見爲貴初無定情耶予生長山林而目不自覩公翼賢士大夫也其希見而畫畜之宜矣

又宜上人所蓄

華光滴露寫寒枝幻出平遠士大夫厭飫富貴之餘見之收蓄可也道林清富宣師開軒瀟湘江山不呼而登

几案閑步林麓嗅梅尋柳嘗應接不暇乃袖而寶祕之也好事無乃太多乎哉

又惠子所蓄

好在華光眞子過于雲屋之間春色都隨談笑袖中仍有湖山宣和元年十二月初五日惠子出其師所作湖山平遠曰此蓋老人得意時筆也予平生無所嗜山水少年游戲錢塘眷湖山之勝欲老焉以詩寫之不能肖逮今衰暮雖與華光善得其戲筆必爲人持去惠子呵予不能善祕之予曰凡四海九州山川煙雲皆吾畫笥也奈何爲兒戲畜紙墨間乎惠子笑曰公𢡟恍大言蓋其天性然爲題此紙於是書六言付之

又稱上人所作

宣和元年十二月初吉日里道人稱公絕湘來過予時江寒欲雪小室諠譁亘久出畫一軸蓋橘洲斷岸平遠之圖華光墨梅別館之兒稚也稱妙思如此力之不已當不減華光口占曰袖裏兩枝煙雨門前一片瀟湘

題華光梅

華光紹聖初試手作梅便如迦陵鳥方雛聲已壓衆鳥東坡見之如黃梅視無姓兒便肯之無姓兒今將以衣鉢授嶺南獠子惜黃梅破頭老人不及見也圓禪者當還舉似乃翁問甘露滅法喻齊否政和五年十一月十二日夜石門精舍題

題石龜觀壁

余家筠溪之上去城餘百里兒時聞城中塔成欲往觀焉因先君行坐余於力謝三肩上至石龜觀謝三者紿余曰當先拜石龜乃能見塔不然終不可見余曰儻爾汝何不拜曰我已嘗拜之汝旣童子又後至法當拜於是再拜入城幸見塔而心喜謝三肯余先也後三十年過焉䙡石烏龜夏無恙摩挲以追繹前事爲大笑吾亡友胡汝霖民望生撫之金谿七八歲時隨兒入城忽不知所在使人尋巳在寶應寺前看泥力士矣余每以戲之而忘余亦有此患乃以炭書其壁曰須知泥力士不滅石烏龜忠子民望里人也書以示之

題廬山

余十五六時游北山謁準禪師殘僧三四輩草屋數椽殆不堪其愁準老而喜飲時酹一樽則擊磬禮觀音空階夜雨彌月不止後二十五年余還自海外過此而山川增勝樓閣如幻出大鐘横撞淨侶戢戢而眞隱方開石門法道于此余乃服其老且衰矣重九前三日秋陰皆當時清絶之象而有今日適悅之情遂書此

題天池石間

績茂功與德洪覺範道人自虎谿屏人乘入資聖庵少焉歷石門澗錦繡谷窮高涉險遂至天池致敬普見如來獲紫金光明之瑞越翼日齋罷作禮而退聞佛手

巖寶林峯之勝一一登覽其上望擲筆峯下瞰聖寺經巖神刻玉削不知幾千仞而江流吞天山接平野雲烟開合一目千里茲實匡廬第一境隱然爲天下奇觀也薄晚投宿化城回望杖屨所經蘿逕鳥道杳然在層崖絕壁之上殆非人間之游也此身儻未變滅要當結廬以終

題浮泥壁

空印禪師以宣和二年十二月偕余謁從禪師於芙蓉峯累石於玉淵之上以爲塔酌泉賦詩暮夜矣遂宿焉次日從公追余二人杖屨下危峯自關山谷中並澗行十餘里兩山爭倚天煙霏層疊自獻部曲斷續行九地

底水聲硔硐如千乘車挽而起仰望晴虛如展匹練旣出谷沃野夷曠遂飯于木陰空山暴寒雲意濃甚跣而渡澗者十八九入石門巳夕山中之人炬而來迎及寺巳二鼓矣秉燭夜話如夢寐中住山宣公云常有虎來月黑踰垣而去空印使余記之遂書

題清修院壁

昔余庵于湘西與希一爲隣相歡如价客宣和四年冬居一遷于兹山然每會面夜語達旦七年秋余將歸老玉峯之下來謁別爲留兩昔言意俱盡而情則有餘桑下三宿前聖丁甯者正箴余今日之病曉陰闇雨千掌在有無中出山有不勝言者中秋後二日題

題白鹿寺壁

希先昔游公卿間與鄒至完曾公袞蔡子因吳子野厚居自江左還南嶽庵方廣十年叢林高之湘南使者勸請開法此山希先持一鉢欣然而來既至屋老過者疑將壓焉殘僧纔十許輩大率如逃亡人家未五白殿閣宇室間見層出如化城如梵釋龍天之宫從空而墮人間此邦之檀信往來之士大夫太息以爲勤不知希先蓋遊戲也余自長沙來館余四昔時故人傳彦濟試手作邑鑱姦推滑民驚以神當暇日攜僚佐時時舟而至其登高臨遠烹茶賦詩則兹山之風月未至乾没也

題觀音院壁

祖師相授法者三世塔廟在淮山從之游得道者多庵於蒼巖大林之間路由蘄春眞身存者無慮八十餘處黄於蘄爲接壤太平興國初僧昭信始見琳公於大石之間大安龜頭相繼而出竹瓦之東石尉村有古松兩株參天合抱邦民歲禱雨暘於其下其應如懸響垂拱初耆舊相傳爲觀音院嗚呼豈非祖師之門得道出世於兹巳嘗建寺毁壞而不可考者乎有僧祖欽投牒疏其事於郡太守待制韓公駒欣然給據付之使中興其院欽敦厚坦夷道俗愛之翕然而成余建炎元年過焉到門却立縱望雲間萬峯來朝兹地也其與乎

石門文字禪卷二十六終

石門文字禪卷第二十七

宋釋德洪覺範著

跋

跋唐明皇傳

初明皇聞元魯山之歌歎曰賢人之言也聞左璫訴道迎宋璟不爲璟禮則益知其賢何其明也及聞祿山曰胡家不知有父但知有母便遂信之何其暗也孟子曰養心莫大於寡欲欲少縱之則反易如此然能割所甚愛以甯天下與漢高帝鑄印銷印遲速一間耳此其所以再造唐室也

跋狄梁公傳

秦攻魏破之殺魏王瑕誅諸公子而一公子不得乃令魏國曰得公子者賜金千鎰匿之者罪至夷公子之乳母節乳之俱逃而魏故臣有識乳母者曰乳母無恙乎乳母曰嗟乎吾奈公子何故臣曰今公子安在吾聞秦令曰有能得公子者賜千金匿之者夷乳母儻知其處盍不言乎乳母曰吁我不知公子處借吾知之終不可言故臣曰魏國正破亡族已滅矣尙誰爲乎乳母吁而言曰夫見利而反上逆也畏死而棄義亂也恃逆亂以求利吾不爲也遂抱公子藏大澤中故臣告秦軍秦軍追見射之乳母以身蔽矢著身者數十乃俱死秦王聞而貴之葬以卿禮東漢李善南陽李元奴也家疫死止

孤兒續始生數旬而貲以萬數奴婢共議謀殺續分其產善潛負續逃亡隱山陽瑕丘界中親自哺養乳爲生湩續雖在孩抱奉之不異長者有事輒跪請白然後行之續年十歲善與歸其邑修理舊業鍾離意時爲瑕丘令上書薦之光武詔善及續並爲太子舍人魏節乳母漢李善古之奴婢也而其所爲卓越如此予聞虎生三日其氣食牛駃騠七日而超其母蓋其種性殊特不幸而趣異類中耳若二人者殆功名富貴者事也又可以品類拘之乎唐則天皇后受夫顧託而欲奪以自有哥舒翰提兵三十萬而北面事賊此眞奴婢豈實能功名富貴者乎

跋北里誌

春秋傳書六鷁退飛石隕五微事也何足書乎先儒曰聖人之意以謂如鷁與石無預於道德性命之理且猶謹嚴詳亥如此況道德性命乎北里誌戲劇之文而達道校證藏之豈五石六鷁之意乎舒王曰司馬君實平生大過人者臨事不苟於達道亦云

跋達道所蓄伶子于文

風行水上渙然成文者非有意於爲文也余讀此傳蓋通德娓娓而語子于筆追而書之非有意也然通德所論惠男子殆天下名言吾以謂子于之室有此婢如維摩詰之有天女也達道手校諸書而此本最美非好古

博雅何以至是司馬君實無所嗜好獨畜墨數百爾或以爲言君實曰吾欲子孫知吾所用此物何爲也達道之畜書其亦司馬之墨癖也

跋邴根矩傳

孔北海年十六時能舍匿山陽張儉事泄兄弟及母三人爭死竟坐兄褒北海因是顯名遼東太守公孫度欲殺劉政政先依根矩矩匿之月餘以付太史子義旣而謂度曰政已去君之害豈不除哉度曰然根矩曰君之畏政者以其智也今政已免智將用矣尙奚拘政之家不若赦之無重悲也度乃出之棄又資送政家皆歸故郡嗚呼東漢號多氣節之士其天性哉方張儉劉政之

窘而遇北海兄弟太史子義根矩雖困於亨蓋其平生取友護助何所憾焉韓退之誌柳子厚愛其請代劉夢得播州曰嗚呼士窮乃見節義今夫平居里巷相慕悅酒食遊戲相徵逐栩栩强笑語以相取下握手出肺肝相示指天日涕泣言死生不相背負宜若可信一旦臨小利害僅如毛髮比反眼若不相識落陷穽不一引手救反擠之又下石焉者皆是也此宜禽獸所不忍爲而其人自視以爲得計使聞子厚之風亦可以少愧矣予聞退之之言太過及親嘗之乃知此曹今古一律也借能過之安能已之哉

跋魯公與郭僕射論位書

魯公作字多擘窠大書端勁而秀偉黄魯直云此所期無不欲高照千載者此帖草略匆匆前所未見開軸未暇熟視已覺粲然忠義之氣横逆而點畫所至處便自奇勁公嘗謂盧杞曰朝廷法度豈更堪公破壞也於此又曰朝廷綱紀須共存立凛然想見其爲人蓋公所遭之時如此而所守之道不得不然故倉卒未敢忘國之綱紀也余私有感於中者因記於此

跋杜子美祭房太尉文藁

房琯之賢盧杞之不肖讀其傳曉然易分也然睢陽之敗由琯魯公被害杞實使之校二者之設心則終不能優劣而甫稱琯之材雖困蹇以死益堅壯非忠義激烈

篤於自信其能爾耶疑史記賀蘭不予南霽雲兵事若不直雖然哥舒翰之臣祿山天子西奔天下怨之而高適乃表雪其事稱舒翰忠義有素而以病奪其明將軍三十萬而低首事賊非叛乎從而文其罪非欺乎而甫亦嘗以舒翰適爲賢豈史皆不足憑而甫之稱無不眞者耶

跋東坡山谷帖三首

東坡山谷之名非雷非霆而天下震驚者以忠義之効與天地相始終耳初不止於翰墨王羲之顏平原皆直道立朝剛而有禮故筆蹟至今天下寶之者此也予於雲巖訥室觀此帖皆其海上窮困時自適之語然高標

遠韻淩秋光磨月色令人手玩一飯不置若詠當藏之名山以增雲林之佳氣

前代尊宿火浴無燒香偈子山谷獨能偈之初見羅漢南公化作偈其略曰黑蟻旋磨千里錯巴蛇吞象三年覺天下衲子聽瑩十年晦堂曰魯直作此有據乎亦意造爾山谷曰吾聊爲叢林戲耳晦堂大笑曰豈可以般若爲戲論乎山谷始悔前所學未登本色鑪鞴乃卜居于庵之旁方知晦堂眞不請之友耳今讀此書乃是未見晦堂時語也不然安有吹劍語乎

跋東坡與佛印帖

東坡騎鯨上天去十九白矣平生文章流落世間者所

在神物護持然士大夫罕蓄之多見山人野士之室汝水旼禪者出此帖示予雖其一時酧酢之語而謙光燭人三復之想見幅巾杖屨翛然行僧石水溢間如淵明在柴桑斜川時某題

跋東坡平山堂詞

東坡登平山堂懷醉翁作此詞張嘉甫謂予曰時紅粧成輪名士堵立看其落筆置筆目送萬里殆欲仙去爾余衰退得觀此於祐上座處便覺煙雨孤鴻在目中矣

跋東坡與荆公帖

予嘗見東坡與荆公帖謂少游曰願公稱揚之使增重於世又舉魯直自代表曰魁壘之才足以冠絶天下孝

友之行足以追配古人是四老俱登鬼錄覽此翰墨尙足以增山川之勝氣也

跋東坡老木

東坡婆娑林丘如此老木而山谷以筆端之口爲形容之華光鉢囊中乃一時頓有此兩玉人耶

跋東坡仇池錄

歐陽文忠公以文章宗一世讀其書其病在理不通以理不通故心多不能平以是後世之卓絕穎脫而出者皆目笑之東坡蓋五祖戒禪師之後身以其理通故其文渙然如水之質漫衍浩蕩則其波亦自然而成文蓋非語言文字也皆理故也自非從般若中來其何以臻

此其文自孟軻左丘明太史公而來一人而已然予有悢悢其窺夢幻如霧見月雖老而死古今聖達所不免譬如晝則有夜而東坡喜學煉形蟬蛻之道期白日而骨飛竟以病而歿使其如魯仲連之不受萬鍾之位而肆志則甯復有遺恨哉佛鑑能珍敬其書則其趣味乃眞是山邊水邊之人與夫假高尚之名心悅孔方道人者異矣

跋東坡緘啓

東坡海外之文中朝士大夫編集已盡雖予之篤好者亦以爲無餘矣佛鑑輒出此帖爲示皆中朝士大夫集中所無者山林之人泯泯栟栟若無所用而其志好尚

亦清絕哉譬如無雲之月有目者皆愛仰之况斯文乎

跋東坡書簡

王逸少骨鯁顏平原剛正兩公皆有立朝大節而後世以字畫稱予嘗嗟惜之然名德之重故世珍其筆蹟蓋理之固然東坡之於王顏又其逸羣絕塵者其法帖極可寶秘宣和四年人日覺慈軸以來示予予忻然喜其嗜好若可教也

跋山谷所遺靈源書

熙甯元豐之間西安出二偉人徐德占一旦與草萊與人主論天下事若素宦於朝黃魯直氣摩雲霄與蘇東坡並馳而爭先二公皆名震天下聖世第一等人也而

詩詞所寓翰墨之妙拳拳服膺於靈源大士如此則知彼上人者必有大過人者耳一以達摩正諦不斷才一縷爲憂一以願得一雲門爲言豈非念其所負不可以蹤蹟者耶高安道人誼叟久從之游蓄此書出以示予予視之使藏之名山庶百千年之下知江南道德所在未全寂寥也

跋山谷雲峯悅老語錄序

山谷筆同三峽不露一言雲峯舌覆大千更無剩法昔日龍山父子雖被熱瞞今朝虎溪兒孫應增冷笑咄寒山子道底

跋山谷筆蹟

山谷爲予言自出峽見少年時書便自厭此帖在龍舒時作自然有一種勝氣未易與俗人言也當有賞音耳

跋山谷帖

山谷翰墨風流不減謝東山而書詞鄭重傾倒於華光如此予疑百世之下有讀之者知華光後身支道林哉

跋行草墨梅

山谷醉眼蓋九州而神於草聖華光道價重叢林而以筆墨作佛事兩翁並軸如夏口松下見婁師德永禪師像於邢和璞甕中耳

跋橘洲圖山谷題詩

予棲遲橘洲斷岸甚久別來無夕不在夢偶開軸見之

如倚法華臺引鏡也讀山谷語如幅巾相從道林路時

跋山谷五觀

舒王在鍾山多與禪者游王以宗乘關鍵問之莫不瞠若若以膚淺問之莫不聽瑩於是大訶其寡聞嘗問一僧五觀法使誦之往往不能句者嗚呼非施法之過學者亦罪焉以其不能從師授也山谷冠冕道德偉俊聳于縉紳宜其倚花叫飲高追晉宋風流之游方其窮約乃知跏趺而食又作觀法非直已好之且欲移於天下其信道爲法之勤可謂透脱情境者耳逢原畜此疾欲以示學者庶幾其有能動心者耳

跋黔安書

王家父子翰墨流落後世不少而所見皆弔喪問病之帖豈其得意之書已爲當時賢士大夫所藏世不得而見之耶弼上人處見黔安青石牛帖皆與村落故人語然其傲睨萬物之意不沒更百年後斯帖當亦貴耳

跋山谷字二首

山谷初自鄂渚舟至長沙時泰處度范元實皆在予自三井往從之道人儒士數輩日相隨穿聚落游叢林路人聚觀以爲異人今餘二十年予再游長沙山林間往往見其筆札此帖此簡前嘗見之宣和二年秋八月至法輪竦上人出以爲示玩之不忍置魯女有遺荆釵而泣者路人笑之曰以荆爲釵易辦女乃泣何也女以手

掠髮曰非以其難致也以其故舊耳予所以玩之者實鍾魯女泣荆之情

山谷初謫人以死弔笑曰四海皆昆弟凡有日月星宿處無不可寄此一夢者此帖蓋其喜得黔戎有過從之詞其喜氣可搏掬山谷得瘴鄉有遊從其情如此使其坐政事堂食箸下萬錢以天下之重則未必有此喜也

跋珠上人山谷醻池詩

予紹聖初留都下聞士大夫藉藉誦青石牛詩而此四絶尤著嘗恨不見此老閱三年遊石門林下識君實骨面善談笑相從最久時珠禪垢面不襪然已超卓後二十餘年予還自海外而君實化去久矣丁酉坐夏洞上

有鴨步而至者問之乃吾向所識不襪公也於是甘吾老矣夏休珠將經行湘山袖此卷來讀之龍蛇飛動淩跨韓柳之氣糠粃王侯之韻如其無恙時陰晚坐覺山川增勝爽然忘其孤廢也湘山多高人識青石牛甚衆珠可以示之使其韻摩摶衡霍固不佳哉

跋與法鏡帖

山谷作黃龍書時與予同在長沙碧湘門外舟中十餘年佛鑑出此以示予曇諦見前身麈尾山谷醉中仙去此帖墮空之垢袚也

跋石臺肱禪師所蓄草聖

少游此詩荆公自書於紈扇蓋其勝妙之極收拾春色

於語言中而已及東坡和之如語中出春色山谷草聖不數張長史素道人遂書兩詩於華光梅花樹下可謂四絶予不曉草字開卷但見其雷砰電射揭地祇而西七曜耳吁哉異也政當送與龍安照禪師使一讀之

跋山谷筆古德二偈

此兩詩唐智閑禪師所作也世口膾炙之久矣而莫知主名豈山谷未敢必誰所作耶覺思示山谷在華光時筆此翁以筆墨爲佛事處處稱贊般若於教門非無力者也今成千古爲之流涕書之

跋山谷雲庵贊

雲庵住廬山時山谷過焉相與游鸞溪坐大石上擘窠

留題其法喜之游如黃檗裴公乃作此贊後二十餘年得於衡陽毛氏之家持以還長沙開法長老覺慈實其的孫時年二十三歲即以付之臨濟正脉使流通不斷乃無所媿此贊其敬之哉宣和五年中秋前一日題

跋東坡山谷墨蹟

予自南來流落山水久不見偉人便覺胷次勃土可掃宣和二年冬涌師於湘西古寺中出以爲示如見蘇黃連璧下馬氣如吐霓也

跋山谷字

山谷翰墨妙天下蓋所謂本分鉗鎚至於說禪自到於三老之後則似攙奪行市奇傑之氣光風霽月如珥立

殿陛之下何其照曜哉漳州正道書記於東山雪朝出以相示便覺增清山川精神秀發道雖一枝一鉢求實於已者無有然骨董箱有此軸殆可與連城照乘爭價也

又詩

山谷論詩以寒山爲淵明之流亞世多未以爲然獨雲巖長老元悟以爲是此道人村氣而俎豆山谷靈源之間也巳可驚駭乃又能斷評詩之論殊出意外此寒山詩也以山谷嘗喜書之故多爲林下人所得顏平原方乞米而山谷巳謝得米要之非胡椒八百斛之家也

跋叔黨字

王子敬童稚時作字行草已超故方引紙著腕右軍從後掣其筆不獲乃歎曰是兒他日名當大成予觀叔黨行草皆蟬蛻墳塵之類筆法通亞乃翁矣惜其早世不然庸詎不以此郎媲子敬耶邵陽儉上人雨歇攜此帖見過脩然如見父子角巾竹杖行小港榕林之下不勝清絕建炎二年三月十八日

跋本上人所蓄小坡字後

雞蘇本草龍腦薄荷也東吳林下人夏月多以飲客而俗人便私議坡誤用雞蘇爲紫蘇可發吳儂一笑予將發鸞溪上人以此軸爲示筆勢飛動皆學坡而未臻坡嶮處者要之如馬巷中逢王謝家子弟步趨狀貌蘊藉

風流有自來矣覺範題

跋了翁詩

仁者難逢思有常平居愼勿恃何妨爭先世路機關惡近後語言滋味長爽口物多終作疾快心事過必爲傷與其病後求良藥不若病前能自防

右了翁送其姪剛勝柔詩勝柔過南昌出以爲示曰伯氏祝曰儻見覺範使爲汝說破予曰翁欲汝知口只好喫飯耳

跋了翁書

宣和二年夏得翁書前去無日矣能復一來相見乎翁平生剛方吐言如刀鋸而此書若悽冷私恠之明年四

月遣書走山陽八月人還云翁方發書日下世矣蓋四月九日也聞之酸鼻累日翁視死生一戲耳予重爲天下惜此人品翁知國如陸忠公臨大節不奪如顏魯公文章光明贍博如白樂天通達宗教如裴公美然四公者皆享富貴建功名死無遺恨而翁兼四公之長而以一斥不能復遂坐廢三十年予所以追悼而不去心也八月七日方飯僧薦冥福病臥刺然刀畫而南州珠上人攜此軸來讀之而長歎哲人逝矣予何所稅駕乎此去死生一決耳珠包腰一鉢苦硬有膽氣而能蓄此書今叢林禪和子以爲何種故紙然則珠殆亦有佳處因爲流涕而書之

跋瑩中帖

瑩中竄海上而名震天下不滅司馬丞相之在洛中時平生多與山林之人游處處見其翰墨雖戲語亦如雪中春色予觀堪公所蓄答仰山眞慧禪師簡重而謹嚴如其爲人味其立朝盡節無媿宋廣平陸宣公也

跋瑩中詩卷

了翁徉狂垢汙不擇香臭而至山水間便能賦山礬野梅乃爾纍清絕耶予政和春過衡陽道權出以相示如見抵掌談笑時

跋江表民願文

世尊論學道特言富貴爲難表民官爲左司風節凜然

天下畏仰貴顯矣而與其夫人俞氏一飯奉身清淨自活畢世眞如德生童子有德童女豈特求於今爲鮮雖從古人中求亦無有也予閱其願文廣大堅固深切著明眞黑暗崖之火炬生死海之舟楫爲之序者淨慈禪師退然才中人而以大法爲己任如雪竇爲之跋者延平了翁立朝正色剛而有禮愈斥而愈忠如魯公皆表民之友也而三友者聯翩欲刪去予而自游普賢願海又可乎

跋李商老詩

予至石門昊禪出商老詩偈巨軸讀之茫然知此道人蓋滑稽翰墨者也又欲入社作雲庵客試手說禪便吞

雲門臨濟如虎生三日氣已食牛衲子諱曰甘露滅非錯下注脚

跋徐洪李三士詩

陳瑩中嘗問予南州近時人物之冠予以師川駒父商老爲言瑩中首肯之駒父戲效孟浩然作語如王謝家子弟風神步趨不能優劣商老和之如劉安王見上帝大言不遜豪氣未除獨師川有句在暮山煙雨裏西洲落照中未暇寫也

跋蘇子由與順老帖

子由言多疾病則學道宜多憂患則學佛宜常坐黨人兩謫高安多與山林有道者語知其爲排遣憂患者也

順老予時拜之又吾雲庵賢之泫然流涕而書云

跋張七詩

玉不可種也而孝之至則種玉亦生泉不可呼也而忠之至則呼泉亦洌虎不可使令也而有德者役以槖經乙不可教誨也而有義者致其同室予觀爾張之詩引物連類折之以至理而秀傑之氣不没讀之使人一唱三歎豈筆端有口之徒歟

跋高臺仁禪師所蓄子宣詩

歷公以功業著詩律傳者少自廢放山林間與衲子遊其語便爾清熟此柳子厚所謂詩人以窮乃工殆非虛語

跋道鄉居士詩

道鄉以說禪口談醫國法門雷霆一世初非以詩鳴也而此詩句句有法蓋其胷次如春之盎盎著物成容今旣已矣萬人何贖哉儼師題于衡山之麓

跋鄒志完詩乃其子德久書

道鄉文章種性自然如五色鳳此詩乃浴天池時容光也其雛筆法已能追蹤山谷之氣韻之令人想見蹇驢風帽如宗武扶子美醉吟詩也

跋四君子帖

秦少游舌頭無骨王定國察見淵魚山谷口業猶在道鄉習氣不除華光不語如雷

跋呂鎭公詩

右惠照院見太師鎭國呂公留題一首深清雄麗有愛君報國之志時公方尉新昌實生太尉吉甫以道德爲神考所敬與舒王上下議論遂參大政文章翰墨雷霆一時福祿壽考逮事三朝天下學者宗之昔李邵以高才博學爲南鄭幕門候吏而其子固爲東漢名臣豈所謂隱德報應不身嘗之而及其子孫者乎予於太師鎭國公亦云

跋李豸弔東坡文

東坡以建中靖國元年七月二十七日歿於常州時錢濟明侍其傍白曰端明平生學佛此日如何坡曰此語

亦不受遂化李冢爲文以弔之曰道大難名才高衆忌皇天后土知平生忠義之心名山大川還千載英靈之氣士大夫稱其詞該而美今錄以示常道人亦可以舉似山中諸道友也

跋養直可師唱和眞隱詩

予久不見養直時時想見其隤幘醉時忽閱此詩如行野渡春色中雖盎盎醇釅然終有一種清絕氣味可上人語迅快如漱壑夜泉響掃窗春霧空不類茱肚阿師語仲伯連璧士也而皆友吾巽中傳曰觀其所與游因以知其爲人吾於巽中亦云

跋養直詩

宣和三年三月予遷居水西南臺寺初六日顛風攪林東軒小寢俄大雨起步脩廊復坐頹然昏睡南州道崇難者持此軸來隱几讀之如觀飛菟頓塵追風趂日也然其詩詞所及皆予故人而予亦嘗落憫憐中蓋方寘海外時帖也昔曾魯公問予曰蘇養直聞齒少而詩老恨未識之予見其詩否予曰李太白詩語帶煙霞肺腑纒錦繡以予觀養直之詩逮又過之魯公駭予此論今數詩惜公不見以驗前語耳

跋謝無逸詩

臨川謝無逸布衣而名重搢紳於書無所不讀於文無所不能而尤工於詩黃魯直閱其與老仲元詩曰老鳳

垂頭噤不語枯木查牙噪春鳥大驚曰張晁流也陳瑩中閱其贈普安禪師詩曰老師登堂撾大鼓是中那容齋夫嗟歎息曰計其魁傑不減張晁也二詩於無逸集中未爲絶唱而陳黄已絶倒無餘惜其未多見之耳然無逸又喜論列而氣長詩尚造語而工置於文潛補之集中東坡不能辯文章如良金美玉自有定價殆非虛語也予方以罪謫海外無逸適過廬山見吾弟超然熟視久之意折曰吾此生復能見覺範乎語不成聲乃背去後三年予幸蒙恩北還而無逸乃棄予而先焉因與超然對榻夜語及之不自覺淚殷枕也嗚呼無逸東隣有甯生者二十餘以鏤刻爲菩薩像每過無逸恬退趨

去俄游京師以其役得將仕郎而還華裾細馬閭里聚觀無逸出門值之爲避路門弟子爲不懌累月嗚呼無逸有出世之才年未五十一命不沾殞傾大命曾東鄰甯木工之不若嗟乎惜哉

跋無盡居士帖

無盡登庸百僚畏讋坐政事堂德長於兩府諸公自劉中書吳門下皆昆弟畜之觀其退歸山林與衲子游書詞諄諄不翅如骨肉然賢者莫不怪之安知此老人以法爲親乎龍安照公倚公之風遂托名不朽其亦老贊公盧玉川希上人之流亞也耶

跋蔡子因詩書三首

歐陽文忠公嘗非笑肥字而誇杜子美獨貴瘦硬東坡作詩曰杜陵論書貴瘦硬此論未工吾不觀豐姸瘦容各有態飛燕玉環誰敢憎予憑此帖可謂豐姸者也觀其俊氣橫逸不受富貴鞚勒之韻宜從古人中求宣和元年十月八日臨川瞻上人出以爲示便覺神魄飛越於鐵甕城之下瓜洲杳靄之間

文章天下第一數東坡子因蔡氏子弟而飲食夢寐以之其種性妙非習俗所能移使東坡而在見子因當不滅張曲江之與李泌也

予久不見夢蝶偶得此詩湘西山水間時松風盤空林月滉蕩如顧虎頭對劉琨展其畫像也

跋李商老大書雲庵偈二首

商老以大父事雲庵，以伯父事天甯，則予蓋其叔父也。仰山曰：「東院師叔若在，惠寂不到寂寞。」商老，寂子後身也。然甘露滅固未死，而商老與其弟未嘗不啼飢。其大言以詬罵魔佛，高自許可，蓋習氣也。近世要人達官，其氣焰摩層霄，而門可附而炙手者不翅百千，然其語言翰墨，人見之皆如拒頑百姓見催租文引，恚視之不棄擲幸矣。商老灌園脩水之上，而筆畫一出，人爭傳寶以相矜誇，吾是知道德無貧賤也。覺慈生二十年，去年從余而知有商老，偶出所畜一軸，見嬉喜而書其尾，且以雪道向無知之耻云。

跋韓子蒼帖後

蘇東坡伯仲文章之妙無媿相如子雲而其見道之大全則楊馬瞠若乎後子蒼文字師法蘇氏西蜀後來之駿也讀其問照公向上一路後照未見訓語予爲代之曰不辭向汝道只恐撞見劉幽求大帽壓耳手提油子蒼他日見之定是無語

跋太師試筆帖二首

此帖骨氣深穩姿媚横生其得意時筆也不然何其如行雲流水之閑暇也予臥痁逾月偶閱之覺痁不辭而去乃知檄愈頭風非虛語耳

予觀太師楚國公之書骨含富貴積學之至神氣盡人

然付其姪以寶公詩其外護欲傳之子孫爲無窮家法也

跋公衮帖

見蛇鬬而筆法進聞雞聲而遂能神東坡以謂甯有存法與神于胷中而能學書者乎予觀公衮行草既不用法亦不祈其神娓娓意盡則止耳

跋三學士帖

秦少游張文潛晁無咎元祐間俱在館中與黄魯直爲四學士而東坡方爲翰林一時文物之盛自漢唐已來未有也宣和四年七月太希先刔骨董箱得此三帖讀之爲流涕嗚呼世間甯復有此等人物耶

跋蘭亭記并詩

宣和四年夏彌月不雨稻田龜兆出予晨興垂頭坐西齋方與造物者游而厨丁聿來告米竭余作白眼久之希先送此軸來索跋欣然見王子敬諸君子忘其厨丁厨丁求與決予曰當以三筏用事正不必逼人也

跋荆公元長元度三帖

予兒時劇於隣家見壁間有詩曰是非不到釣魚處榮辱常隨騎馬人今日見此三帖偶憶前句

跋百牛圖

畫工能爲神鬼之狀使人動心駭目者以其無常形無常形可以欺世也然未始以爲貴唯犬馬牛虎有常形

有常形故畫者難工世之人見其似則莫不貴之畫牛之法徑寸者不刷毛予觀此圖非特入法凡百尾喜怒俯仰小大伏立趨並浮鼻荷痒盡其情狀意非畫師殆高人韻士以寓其逸想耳予老住江村而比道林嶽麓之富其牛每以谷量日夕蓋拾礫追逐叱叱於田畝之中厭飫矣而全美乃以此軸爲示何哉予以湘西之雲塢爲畫笥則全美必以此圖爲作

跋周廷秀訓唱詩

宣和二月初吉日予送客松下淺邨縱望廷秀一髯男子但是時湘西雪盡衆峯蒼然我與廷秀皆是畫圖廷秀袖出與張公訓唱之詞讀之便覺與衆峯爭秀豈其

媿從聚落中來故以此句彈壓清境耳

跋順濟王記

東坡昔自定武謫英州夜宿分風浦三鼓矣發運司知有後命遣五百人來奪舟東坡曰乞夜櫓及星江就聚落買舟可乎使者許諾即默禱順濟王曰軾往來江湖之上三十年王於軾爲故人故人之失所當哀憐之達旦至星江出陸至豫章則吾事濟矣不然復見使至則當露寢浦漵言未卒風掠耳篙師升颿颿飽炊未及熟已渡楊瀾泊豫章日亭午嗚呼順濟之威靈爲江湖之益者不可悉數獨分風送東坡南去此心日月不能老也其英特之風不減李逄吉禮陸宣公也

跋李成德宮詞

唐人工詩者多喜爲宮詞天階夜月涼於水卧看牽牛織女星玉容不及寒鴉色猶帶朝陽日影來世稱絶唱以予觀之此特記恩遇疎絶之意於凝遠不言之中非能模寫太平藻飾萬物讀成德所作一百篇知前人之未工也其收拾道山絳闕之春色刻畫玉樓金屋之情狀使海山瀕海之人讀之如近至尊非才蓋當世何以治此上元日題

石門文字禪卷二十七終

石門文字禪卷第二十八

宋釋德洪覺範著

疏

請悟老住惠林

瑞光表裏渾圓珠遺影迹淨慈縱橫無礙玉立精嚴兩翁皆化行京華一旦遂道徧天下每追惟其高韻邈難繼其後塵欲扶雲門已墜綱宗誰決先師未了公案恭惟某人淨慈眞子瑞光嫡孫言行信於叢林聲價重於吳越無生之句善嬰兒哆啝法門獨脫之機入師子奮迅三昧願膺睿旨來振祖風施大士法喜之珍洗小根禪誦之垢幸同法馭成就勝緣

又諸禪疏

常光現前廓周沙界大智成就不隔纖毫自然蟬蛻根塵之間安用龜藏語默之外當有達識共賞此音伏惟某人正眼甚明道根久固綽有遠韻爰自妙齡雲行鳥飛川流嶽峙觀其措置實宗門之爪牙見其施張蓋法窟之頭角以身狥道當無繫於去留爲法求人豈有拘於喧寂所期甚大幸毋固辭

請杲老住天甯

雲門之句裏呈機粲玲瓏之鉼莽洞山之正中妙叶走圓轉之盤珠持臨濟之門風行黃蘗之照用奪人境於棒下分賓主於喝中三宗盛集於帝京諸老大揚於佛

事伏惟某人道韻拔俗英姿逸羣拔沙得金剖石逢玉識黃龍窟中頭角振青鸞溪上風雷十年之幽蘭林香一旦之穎錐囊露主張法席厭飫名山每欲晦藏輒自昭著其自治雖無求於世然寓世當循緣而行奚必山林終勝朝市今者覺天梵侶上國寶坊佇法馭以重臨期宗風而大振遙知起定因緣助發慈心想見肯來龍象擁隨高步

山門疏

嵩山宏別傳之宗終依帝里天台修遠舉之行尙遊人間觀其迹若未棄世緣論其心則深尊法道蓋至人度生初不泥其出處菩薩護念亦將泯其靜喧仰前鑑之

昭然宜後昆之取法恭惟某人卓有實行號稱飽參冰霜居懷巖冷照物平生刻苦於道諸方信服其誠其閔世也如風行空去來無礙則循緣也如月印水成破因時昔懷雲泉終老之歸偶爾西去今念王臣外護之意翻然北來期擊電機鋒重施使正法眼藏不滅

請靈源外座

香象本狂依寶坊而馴伏怒虎方鬬遇禪者之解紛顧惟齒髮之所慙曾彼性靈之不若聞斯妙義皈命慈嚴恭惟某人如月在天非猒汙而匿照如雷振物豈擇地而發聲閙傳法馭之肯來故巳輿情之喜愜雲山在目何妨掉臂卽行龍象擁隨正好逢場作戲副我有求之

懇願開無礙之門

請一老外座

眞誠所置聖果證於履聲正信之深空義現於猊座況躋清淨之境親瞻知識之儀恭惟某人華藏親孫佛印嫡子晨鐘暮鼓揮雙劒之鋒鋩水鳥樹林露臥龍之頭角法不孤起此爲時節之因緣大衆必臨願聽緒餘之謦欬

請山老住雲巖

敷演佛乘資延睿筭僉求達識成就勝緣振列聖已墜之綱宗行初祖不傳之正令眞非掩僞旁徇道俗之言公則生明特用叢林之議伏惟某人隨機說法籍教悟

宗名爲東林横枝其實泐潭正脉少時横行海上老來古寺城隈惟以薪而續牀分裁田而博飯然唯雲巖勝刹實曰江國上游宗旨之淵源緇衲之都會鳳山歸去瓶盂是處爲家猊座重登竿木逢場作戲請提雅曲大衆欣聞

請藥石榜

耆年日已凋喪叢林今遂寂寥玉官玉石俱焚學者涇渭不辨謂之受道其實走名賴老成之典刑爲後昆之軌範恭以新命某人滴水滴凍知果知因唯顯晦水到渠成使魔外風行草偃一段勝事千目同觀龍蜃沙頭最初解開布袋鳳凰山下末後把定牢關道不虛行法

固如是特致谿蘋之具以表山門之儀欣然肯來豈勝幸甚

請崇甯茶榜

出則為人興化是何心行不如諸佛曹山空熱肺腸雖然二老英雄未免一場敗闕欲圓道眼別有妙門恭惟某人本色鉗鎚逸羣聲價現成活計更不覆藏肅道者白牯牛兒騎來露地南福頭赤斑蛇子拈出驚人大光西祖之機上視南山之壽清風江上孤舟不涉程途明月洲頭一句却分賓主寶坊在邇香飯具陳將開選佛之場願受最初之供現前法侶同賜證明

請逍遙宜老茶榜

寶几珍御特興同體之大悲白牯貍奴更入徧行之三昧要當語絶滲漏不令機昧始終如百花醴味絶中邊如三點伊勢分賓主惟靈源洞明此旨坐昭默獨提正宗雅聞宜公禪師久親此老法席長眉尊者爭傳親見佛來大耳沙彌自謂久辭祖矣浮塵滅盡化愛憎爲平等之光大用現前投同異入寂滅之海一言相契千里同風敢違十方蘭若之規敬薦一會伊蒲之饌衆所欽佇儼然肯臨幸甚

請準和尚住黃龍

磨甎庵畔言回智照之光選佛堂前喝下證心之第是續諸佛之壽命爲大法荷擔之叢林興自江西家世獨

聞天下老南設三關之問勃然中興關西藏一點之機窅然深遠恭惟某人關西眞子老南的孫貶剝諸方疏通正脉自石門而遷幕阜如別業而歸故園不離先祖道場旃檀林無別樹復唱舊時雅曲優鉢華已重開便請拈提不勞辭讓

請湘公住神鼎

道不可傳則釋迦不當饒舌法如可說則維摩豈得無言賴離微不犯之鋒機決祖宗未了底公案要須圓融之士密開方便之門恭惟某人少小偶家潙山寅緣親承空印譬如懶融道者坐致雙峯祖師熏烝見聞霜露成熟蘊醉顯舉足之辯有白雲越閫之機領神鼎之名

山適叢林中興之日行雪竇之正令酬王臣外護之恩

請寶覺臻公住天甯

佛之法道世所追崇雖外護付諸王臣然荷負必須龍象咨之於衆愛憎或出於人情公則生明眞僞難逃於智鑒來膺妙選果得耆年伏惟寶覺大士臻公以禪寂爲家鄉以翰墨爲遊戲閒房古寺甘畢生於折脚鐺中各夢同牀嘗失笑於破頭山下而判府待制妙於龐老識丹霞初不出門應歎仲尼知伯雪猶資擊目今日重新法席一時共贊天甯演暢宗乘聚三湘之雲衲祝延睿筭同萬國之山呼

請殊公住雲峯

有志於立事而事之竟成無心於求名而名之不捨似水滴石積之以日而石自穿如麝匿香覆之以缶而香愈著非形勢之激爾蓋物理之固然恭惟某人東林廣惠之曾孫南嶽慈覺之嫡子撝謙榮利嘉遁叢林王臣悅聞授以傳衣之職道俗勤請願聞飛錫之來龍象畢臨山川改觀昔時把定俗子涴我白氎巾今日放行眞珠撒出紫羅帳

請道林雲老住龍王諸山

諸方叢社盛莫甚於湘中五派家風傳莫密於洞上號稱法窟指曰道林蓋旃檀林鬱密不與荆棘並生則眞虎行藏豈容彪兒止住恭惟某人枯木嫡子芙蓉長孫

應緣東吳知名南楚金篦刮膜廓開空劫光明寶鑑當臺頓見今時影蹟似暗中之五色如句裏之三玄願布龍王之大身徧施法雨要知曹源之一滴不離覺場

雲老送南華茶榜

一衲生涯而名聞天子萬夫阡陌而位繼祖師是必於曹溪有大因緣不然乘般若昔所願力時節旣至毫髮弗差豈特增宗門之光抑亦爲法乳之慶未忘世禮少展輿情恭惟某人恩踰父母故言所不能形容道絕功勳故意所不能測度雲無限礙甯分嶺外湘中月有照臨豈擇曲江楚水暫駐隨軒之法侶願陳薦鉢之溪蘋想蒙哀憐特有肯諾

請東明疏

雲門之宗風昔中興於雪竇而雪竇之法派今特盛於臨平聲名振於諸方道德冠於列祖登其法席夫豈庸流恭惟某人久遊臨平之門飫聞雲門之曲薄遊南楚混迹東明鉢具笑移大類雲居之簡使符自至未慙潙水之詮朱紫堵觀道俗雲集升堂作象王回旋則是眞顧鑒酬機如師子返擲則不涉離微願赴王臣外護之勤爲揚針水不傳之妙

請方廣珂老住石霜

諸相本空眞緣相現有言雖幻法自言傳剎那間而徧十方彈指頃而說千偈妙解所寄印證其誰恭惟某人

頓悟上乘久臨清衆如月在水而不染似雲出岫而無心車轍峯前復起靈源之涙霜華澗畔重開枯木之華廼知龍象之擁隨定看山川之攺觀幸揖謙柄無事巽牀

請眞戒住開福

湖南報慈寺天下選佛場萬指犀顱千楹寶構宜得知見絶倫之士重提佛祖已墜之綱竊聞眞戒禪師徧領名山久臨清衆受敵八面蓋文關西之家風貶剝諸方有英邵武之膽氣袖丹霞劈佛之手藏黃檗陷虎之機流出自已無窮胷襟來決先師未了公案瑠璃缾含寶月紫羅帳撒眞珠大振南宗續千燈於將燼同瞻北闕

祝萬壽之無疆

請雲蓋㚟老茶榜

禪門分江西南嶽之五派後世盛雲門臨濟之兩家至於流末之餘馴成戲論之謗師承大壞法道寖微妄庸假我以偷安名實因玆而愈濫坐令洞上之宗風來振湘中之法席果逢神穎爲整頹綱恭惟某人芙蓉嫡孫枯木真子疏通莅衆故遇緣則應折節荷法故律身甚嚴名譽排縉紳齒牙威儀爲道俗指目諠譁沙步爭傳孤錫之重來狠藉封雲正賴清風之一掃敢薦蘋藻之饌用慶叢林之儀未離旃檀之林一句百味具足行據狻猊之座三玄五位縱横

又藥石榜

坐致王臣之勸請蔚爲緇白之榮觀脫煩籠如蟬蛻塵埃遂深隱如豹藏煙霧敢慶常規之苛禮特陳過午之伊蒲恭惟某人滿腹精神實頭聲價不住城隍聚落久藏禪板蒲團要成保社叢林敢負火刀直裰以雲作蓋故我宗得妙以海爲印故按指發光狹路通途則一日兩兼名剎回機轉位則四年三易道場重重錦縫解合枯木開花片片赤心果見泥牛入海特迂威重普共證明

又疏

觀名實無當而萬法本閑何必不物於物如天地不言

而四時自運是謂無功之功所以有言忌犯當頭自然臨機不留朕迹其妙見於此耳孰能神而明之恭惟某人徧領名藍久臨清衆芬芝蘭之聲譽皎冰雪之行藏衣裓謝聚落之氛談笑有山林之韻一音普證萬指齊瞻海印成章檄祖令於教外寶雲作蓋施法雨於人間

嶽麓爲溈山茶榜

全提祖令則無法無親略在世禮則有恩有義故證眞必依於俗諦如解空弗離於色塵故造雨花顯敘法乳自裂衣冠以參道剃除鬚髮而爲僧其長養成就之私乃提撕藻飾之意至於曲折皆出愛忘俯顧其微敢稱傳法之嗣仰惟至鑒又貞親教之師伏惟堂頭大和尚

道契天衣法傳智海廓沙界之量故能山收海藏示瞖王之心亦畜牛溲馬勃蠅附驥而氣吞千里鈴繫鳶而聲登九霄是之固然人則幸矣躬至針水之地特陳蘋藻之羞螻蟻微誠知慈嚴之易感叢林苛禮愧恩大以難酬重煩四海之勝流共慶一時之佳集

請圓悟住雲居

地號雲居非石梁隔分凡境世傳天上有山神常護法幢須求魁壘之者年來轄英靈之衲子恭惟某人具竪亞頂門之眼行全提祖令之權舌覆大千入語言之三昧身分刹海爲遊戲之神通豈暇奪人境於笑中何止分賓主於句內願垂巧便俯徇時機大震海潮之音用

祝後天之算

請璞老住東禪

寺近雙峯地連七澤觀今法席號古叢林師門挺多開已見之戸牖學者益衆橫臆斷之干戈紛然江淮遂成阡陌賴有人中師子來爲病者醫王伏惟某人父事僧龍孫承祖印重建東山法道特弘西祖宗風電馳三要之機霧合六和之衆慈雲先布增覺苑之光華法雨將傾發道苗之種性

請璞老開堂

曹溪宗於天下而黃梅爲得法之源達磨祖於神州而東禪蓋付衣之地歷觀先世勃興皆道大德全俯視今

時嗣續多名存實廢思得逸羣耆宿追還古格叢林果有老成來膺妙選伏惟某人行業無玷聲稱有聞爲佛印祖印之兒孫共東山西山之雲月旃檀林豈生杞彫虎穴不容彪玉聚縉紳雲屯緇衲佇一音之雷震特揚古佛之風同萬國之山呼仰祝後天之算

浴佛二首

巳届三時之月方議制僧緬惟四海之心皆欣浴佛顧兹堪忍之世復現優曇之花幸瞻貫日之光榮受九龍之雨百神讚歎萬衆歡呼異世今時祈勝緣之無盡人間天上願此會之常逢

世尊成道先浴香水天王跪歎首獻乳糜仰前哲之遺

塵修後來之故事

祈雨

秋夏之交豐凶其辨稻秔植而未粒天日融而益烝乞命眞乘肅祈景貺惟覆載之父母將呼吸其風雲願與無礙之慈副此有求之懇

謝雨

天道難知妄瀆凶豐之請聖慈易感下昭螻蟻之誠天澤不貲輿情甚慶唯確然在上者實民父母止忍感而遂通故如世著龜果從其願心知其幸詞不下闕

祈晴

淹旬積雨方深傷稼之憂歸命至人願遂有秋之樂仰蒙慈惠鑒此悃誠收廓野之層雲照麗天之杲日生民飽煖仰瞻天地之仁詔事簡稀實賴慈悲之力

抄華嚴經

四天下微塵偈句百河沙光明身雲聚而爲秘密之藏傳之於震旦之土二乘所不能了解衆生其安得見聞而棗柏示其悲增以翰墨而爲佛事造爲大論光贊佛乘方今紙墨之費不及百千而道路之遠纔登五驛集百安之道種共聞喜慧之福田當施積而能散之心成就卓然不朽之事儻蒙垂允幸注芳銜

化藏

五天祕軸三藏微言結集本藏於龍宮流傳幸出於人世唯雙峯之福地蟠萬礎之寶坊獨經藏之弗修如面目之有疾議將重建倚辦衆檀願歡喜以聽從庶莊嚴之成就菩提園內共輸一雨春回香積臺前果見十分月滿

抄藏經

無漏智所演之妙語實世福田有作心所發之志誠乃人道種耒之則善道已爲時雨耨之則勝緣蓋其良農致爵祿壽考之有年使子孫慶流之無極視其因果粲如日星儻三世如來爲不欺乃一切衆生爲有賴幸蒙垂允點筆疾書

重修雲庵塔

蛙朝遷而莫還弗忘其本烏羽成而反哺蓋知其恩何含齒戴髮之可觀曾哺烏田蛙之不若唯雲庵之居廡綦布名山而卵塔之巳頹陵夷蒼野室有朽貫廩有陳紅聞之而弗完巳喧餘論欲就而中輟要亦非人

重修舍利塔

佛書曰應靈牙舍利寶塔所在之地即是衆生植福之田每觀前人之措爲莫不皆有深意特建塔於五達之衢旁臨萬瓦豈非欲爲此邦植福之地乎而歲久頹毀鳥巢其頂傳曰野鳥入屋主人當去言其居衰寂也今乃巢於闤闠之間豈興盛之兆耶而邦人見之如越人

視秦人之肥瘠恬不以爲意甚可羞嘆時和歲豐力至施易欲募衆檀重增修之非唯佛事莊嚴之精勤亦爲遠人入郭之雅觀垂天之雲起於膚寸千人之帳成就衆毛唯兹勝事豈曰不然

天甯修造

湖湘巨鎮望最重於清瀟禪律精藍名特推於萬壽作重興之意不淺緣改挪之功未完欲鴛瓦之一新擬蜂房之盡撤非棟梁無以資乎大壯非丹雘無以麗乎重明則臣僚祝頌之誠叶衆庶歸投之地矧兹勝利須假多仁希趣善者聞風而翕然冀樂施者揮金而不斁

天甯節功德右語

寶運儲祥鷲星樞之夕還慶雲布瑞睹日轂之朝升仰欣有感之慈上祝無疆之壽伏願陛下睿齊舜禹德比堯湯履金輪之福以御天護玉眞之道以應世奏和氣爲太平之曲登斯民於大有之年率土同誠幸遇千齡之嘉會瞻天鼓舞願同萬國之稱觴

化三門

唯淮山萃僧之海實祖師選佛之場必由大總持門方踐普光明殿門屋今遂老矣過者疑將壓焉敢罄折干于淨檀祈鼎新爲之營建飛簷走棟行看掩映於雲煙間碧塗金想見照臨於巖壑

長沙甃街

持地聖師以身負土雪山童子布髮掩泥蓋世界平則心地平佛土淨則身土淨豈惟典刑之具在是亦因果之歷然竊見長沙之通衢正當聚落之要處街甃久已頹壞車馬艱於往來願與掩泥負土之勤庶致土淨心平之效然聞洪範八政而以殖貨爲先般若三檀而以資生爲首豈非財者人所甚愛施者行所甚難苟能易其所難則當施所甚愛妙莊嚴路請同放步而登大總持門要當彈指而入

爲雙林化六齋

寺憑幽谷門對雙峯日陳一味之禪歲仗千家之供金軀灌沐始興離垢之方軟草精持次結護生之禁主事

枉抛油醬寒山舉拂以生瞋匿王自恣修營慶喜持盂而敵教象骨輥毬之暇火焰上轉大法輪虎谿種藕之餘橘盤中深談實相六時嘉會百福具崇幸開樂施之心仰贊文明之化

化冬齋果子

古格叢林新開講席偶屆書雲之節特干指廩之豪營辦勝緣精嚴法供懶納北禪之皮角且戢玄機聊續東林之橘盤未忘世禮

化供八首

人有潔齋一日則可以祀上帝況終身潔齋者乎施惠於蛇虺尙致銜珠之報況賢於蛇虺者乎石門精舍始

以單丁住持盛至于傳器極矣乃者勝侶遽集至十九輩殆於遠公之社蓋皆所謂潔齋者也有能施而供之者乎恐不翅銜珠之報也

首楞嚴經曰昔有衆生施佛七錢轉身獲轉輪王位嗚呼博施之利其利溥哉審如佛言則施者取福如執左劵以取寓物多得之非受者之喜少與之受者由其所增損也唯不於佛語生清淨信而以富貴驕人則是待遊說鋤钁者事非所宜施於雲山高人也施以求福如種須刈雖不可必未能無意凡貴與賤與夫愚智皆能知之無所用說但幸有緣見聞生喜出其誠心則名淨施如其不然詬罵怒恚推擠閉關無所不至設或與之

出不得已則施與受皆無福利誠開金石德感天地豈有高明以怯自蔽耶

竊聞人莫不有忠孝之心而士君子獨能善用此心故願祝吾君之壽及營其親福祉者皆依佛僧眞世之福田也湘中爲僧之都會南臺又其要處耒陽禮義之鄉士君子甚衆遠投之必有欣然而施者也解劒指廩當無愧於古人幸甚幸甚

柔和不諍清淨自活以三界爲寄寓以一鉢爲生涯故世尊曰以飲食卧具園林樓觀施之者獲福無量僧蓋爲福田所從來舊矣今人欲植福而棄僧如種稻而棄田也

著靴人喫肉赤脚人趂兔理有固然非特古語今日若施一錢他生莊嚴自具譬如寓物於人而執左劵索取綫溜達石衆毛成毬豈可以小善爲無益而不積以多福爲難致而不求哉

南臺鉢飯是生涯近取邵陵檀施家不覺香積路迢遠更過四十二恒沙

化油炭二首

石霜枯木寒灰都忘世禮藥山草衣橡食略露家風南北隨緣任運尚求冬煖夏涼今歲鬱密堂深猶少炭鑪紅火有忠道者潛來獻誠要令坐對紅金實藉十方檀信醉餘一擲之戲化爲海衆冬温它日果證菩提頓超

暖忍頂地

當寺依山林有原隰以累年律居皆斫伐荒廢以是逐年油炭尚須千人今歲尤不熟麻油價騰湧樵薪已竭而寒凝日增雖欲安坐其可得乎約用三十千便成光明便化温煖

長生疏

九峯院名崇福百年供號長生適丁新年特爲吉兆果施桑門之惠如除氊上之毛然衆毛乃能成毬一夫不可勝敵敢干衆力同成大緣

化供三首

當寺依湘上瀕楚水基於隋朝盛於唐季有道俊禪師

者雲門之高弟聚徒於其間語句播於叢林號爲水西南臺皇祐間廢爲律然古格尚存薦經儉歲住持者棄去山林厄於斤斧屋宇化爲草棘至以田丁膺門今年春州郡易以禪者領之於是明白老自鹿苑移居此而衲子追逐而至遂成叢席然懼其有增而無損故分化於四方嗚呼損有餘而補不足天道固爾然以至易犯至難人情所疑苟非己身所私則鬼神且陰相之況賢者乎

信心一念諸佛皆知辦供一夫諸天降福此天下必然之理故至誠確意皈投願施積而能散之心成就遠劫無窮之利

明白庵在何許舊日水西南臺粥飯雖未飽足大言要接方來水盈科而必進箭在弦無返回不愁天厨香積但願施者心開

德士復僧求化二首

寺雖律名堂廼衲子續香燈於永夕紛禪誦以成羣坐使古風行於今日一昨教門小有更變加以冠巾揭來聖恩大爲發揚再除鬚髮懽聲震於夷夏喜氣動於龍天者舊僧衣雖限一歲換新度牒必輸五千而家在異鄉客於賢里清淨自活望之如登天之難檀信可干成之若反掌之易必有深憐之者願施不報之恩

去年春朝廷以鉢食膜拜爲西國之儀乃詔僧尼令衣

禍頂冠從中華之俗比奉聖恩許還舊觀人神交慶夷夏增懽仰惟聖主之心實通天下之志然每一名之度牒必輸五緡於有司如須必濟之舟如望及時之雨顧惟齒髮之外凡皆檀信可成敢領衆一登高門願因時以成勝事所施雖少其利甚豐

求度牒僧衣五首

竊念生於七閩長游三楚以檀施爲依仗以佛法爲家鄉十載事師共憫忠勤之効一心荷衆咸稱勞苦之先念國恩澤之未洽僧實數之難隨萬里之行起於初步千人之帳藉於衆毛願成出塵之姿將赴選佛之舉旣蒙開意而諾矣幸爲點筆而疾書

蓋聞相如以貲爲郎釋之輸粟入仕冠於終古赫赫爲名
卿欲我緇衣結髮佛教既買僧不許選佛則用財不得
守官念某生於東甌長於南楚倚妙典求登三聚值聖
王暫罷三年終營道儀依倣俗慮仰冀仁惠成就夙心
三塗升濟終賴佛慈六度莊嚴先依檀信仁人難值如
盲龜之木欣然易感如磁石之鍼獲披廣大福田之衣
而入清淨和合之衆酒酣樂極棄一擲呼盧之資願遂
志酬成三寶出塵之相報恩有在唯佛證知
出家報四重之恩爲一大事剃髮墮三寶之數豈是小
緣須干祇樹之檀披此福田之服千里之水本發於濫
觴六合之雲實起於膚寸

恩遺有四而檀信居其一福慧有二而富貴居其先但某生於寒鄉客於華里欲遂選僧之志敢忘擇富之求成就勝緣恩非同日經營妙善道不虛行三界火宅衆苦業城既無了期實堪驚歎返復以念無可依投親舊欲與謀婚心志乃願棄俗年將遲莫事恐滯留敢投淨信之檀圓滿六和之相成佛作祖始自今朝異世他生終期報德誓將焚誦之志用酬提挈之恩

雲蓋智和尚設粥

今晨香粥普告大衆圓明體上離見離情安立諦中有恩有義智和尚三月七日現全身於雲蓋甘露滅五月三日提綱要於石門佛法現前恩義俱報

又几大祥看經

姪苾芻某伏遇亡叔協律大祥之晨預誦金文宣持祕號所集殊因並申資薦往生淨國者謹具功德疏于後

右伏以恩愛別離同謂之苦死生壽夭已定於緣欲洗濯其苦因必依投於僧佛某人伏念俱緣利國致禍及身豈意一朝遂成千古脫瘴鄉其偶爾登堂室之閒然諦想音容疑遠遊之未返難居歲月俄大祥之已臨寡孀弱孤持骨函而若絕偏親幼弟拜奠酧而長號皇天唯予善人此理殆成虛語疾方增熾哭不成聲仰仗眞乘用資冥福伏念亡叔協律依如來無畏慈力生菩薩有緣悲心摧落業障之山倍增功德之海一念透脫六

根頓明已在人間聰明更益其念倘留惡道慧明卽觸
其身決結龍華之後期同副靈山之夙願

酬經願

近緣脫身海島犯難來歸所經歷州縣僅三十城出入
瘴鄕餘四千里無秋毫之恐有太山之安皆神之休成
已之幸唯所許願敢昧初心已延佛僧預開經法以八
月之朔對三寶之前敘事之因設齋以懺恭惟十身滿
覺萬德貞慈俯賜哀憐爲之作證

薦經

三藏祕詮一乘妙義眞寫法界之圖牒絶苦海之舟航
特延清淨之苾芻羣誦旁行之貝葉庶憑此利上迨我

先伏願妙具信心深依法力超登覺苑導從願王獲聞迦陵頻伽之音親瞻閻浮檀金之相脫有爲之塵垢證無量之聖身

生辰四首

大行所熏如春與物等慈無礙似谷應聲虔當誕慶之辰特集延祥之福誦持法藏增益壽祺伏願追迹喬松比功契稷和氣作生民温煖朴忠爲社稷垣牆永護佛僧不忘願力

瑞應草之迎春方開八葉優曇華之出水果秀一枝仰祝壽祺用延福祉伏願與民温飽爲國著龜天上風霜難老婆娑之桂人間歲月敢移道德之容永護佛乘早

謝相鼎

令節屆辰過中元之七日美名瑞世鍾爽氣於三秋仰
祝壽祺實依法力伏願吉祥叶相戬穀茂滋輔明主奠
太平之基與生民作溫飽之具自計臺而進拜追還大
范之遺風由館職以超遷恢復小蘇之故事八葉瑞蓂
冠三春之淑景一枝優鉢間千載之榮期歸命佛乘上
延台算伏願勤勞王室護衛法門詔自三湘卽受金甌
之拜便登二府果膺玉板之榮瞻偎風道骨以祝壽祺
比太山黄河而增福祉

追薦四首

精誠之極必感眞慈冥福所資實依法力唯賢明之秉

志享福壽而有終然夜壑山舟甯沒終天之痛而風枝淚眼難忘罔極之恩願乘淨供之因超薦往生之路大慈至悲實作生靈之祐禪心慧眼必昭螻蟻之誠仰賴眞乘用資冥福伏願一靈不昧六用潛通瞻眉際白玉明毫禮天中紫金光聚諸天證樂異趣頓超歲月易流永抱終天之痛音容如在難忘罔極之悲歸命眞乘式修冥福伏願頓脫三塗之苦長辭五障之軀清淨諸根瞻萬德紫金光聚熏烝衆善拜十身白玉明毫闡妙法以洗妄緣悟無生而登彼岸

舟移夜壑驚諱日之俯臨蟬蛻塵埃睇道山之已遠欲資冥福實賴眞乘伏願熏菩薩知見之香依如來功德

之力滌除千障清淨六根親瞻白玉之明毫敬禮紫金之光聚餘緣未盡他生願會龍華惑習旣空應念頓超覺路

次平赴省試設水陸代

清淨寶王永作人天之護圓明慧眼必昭螻蟻之誠某比下侍親望希薦舉果諧素志已叶庸情稽首眞慈虔誠歸命更願學增通力筆助神奇庶榮白首之雙親必取青衫之一第

石門文字禪卷二十八終

石門文字禪卷第二十九

宋釋德洪覺範著

書

上張無盡居士退崇甯書

某啟誦相公佳句願見二十年矣每念威德崇重辯才無礙未易爲對顧省鈍根無異能解非所堪任以是久不敢行詣耳不謂比來照禪師書中過辱緒言見及如佩黃金良藥之賜閣下昔與雲庵兜率神交道契爲內外護雖當時從游之人如某者亦嘗記錄愛人而及屋烏謂徒虛語今始信然又嘗辱以崇甯見召尙未識門屏而據授以師位衲子驚怪莫不改觀實以鄙陋恐臨

事失職有累閤下知言耳故不敢輒受謹課成拙頌六首繕寫呈上聊供閤下千里法喜之游干冒鈞重不勝愧悚

答張天覺退傳慶書

某啟某青山白雲之人其蹤跡不願上王公貴人之齒牙縱浪大化飽飯足矣不虞閤下過顧千里惠書以崇甯見要挽至人天之上使授佛之職責以重振西祖已墜之風其以閤下所責甚重某之材力甚薄不敢輒冒寵命作偈辭免意閤下必憐其誠從其所欲棄置之久矣而禮意益勤三返其使欲一相見而已某翻然改曰無盡居士道大德博名聲徧華夏獨立四顧爲我家門

墻又先雲庵之執今區區於一愚比邪其可終不往也故間關而來閤下一見過有稱賞嘗謂天下之英物聖宋之異人撥置形骸傾瀉意氣奇章下闕

代雲蓋賀北禪方老書

清淨燕居雖聖師之明誨流通法藏乃釋子之本心于其可爲之時蓋亦何膠於迹遠公老矣竟不過於虎谿南陽翻然乃肯來於鳳闕觀其以道自重則或異惟其以身狥法則皆然伏惟某人清明在躬涵化接物以淵才雅思之三昧賁淹通博識之兼能比自雲山徙居城郭蓋叢林之故老傳聲名於此邪金斗城中舊挹浮山

之九帶汨羅江上重揚臨濟之三玄光壯吾宗提攜後學凡於聞見無不懽譁屬叨疾衰尙稽展對謹奉啟陳賀春色向暄尤冀珍重

代答潙山評老書

竊承已辭惠日咸爭瑞鳥之先瞻欻然道風遽與珍緘而並至悃誠特厚文彩甚華俯思衰殘交增喜愧顧茲潙水實甲熊湘前豪峻大雄之風近世茂霜華之嗣欽承禪師游戲法窟熟爛叢林飄然而來故將有意於先覺發其所蘊行看施益於後昆豈惟拙者之與榮抑亦輿情之所望謹奉啟上謝

代法嗣書

某聞惟師弟子系時因緣雖遷流於人天或契闊於生死不謀而合妙於磁石之鍼適然而逢特類盲龜之木方相覗而一笑歎再來之尙存披掌發異世之珠後身附前生之植載之傳記炳若丹青然望道固有淺深受材不無大小沿從中世非復古風名存實亡力微習重寂無奮起幾至陵夷如某者志節願追古先識慮皆居人下契無悟花之敏迷有摘葉之愚自離七閩謾游三楚夤緣養育則恩均親教提攜收拾則人固尸知非止見聞之熏烝蓋亦琢磨之猒飫誓同小朗斷節不下三生敢料大溈踢缾遂辭百丈恭惟某人道傳熊嶽派出虎溪聲華久著於叢林誠實可開於金石游戲翰墨爛

孰教乘屢讓名山倦臨清衆而宗門道廣學者日親機比疎山敢犯腹中之鱗甲辯如慧日甯逃口內之雌黃蓋其要妙淵深高明廣大而某應量而休蚊蚋亦名飲海登高未已女蘿適幸依松敢不永棄世緣長依淨社激昂志節報効恩私然力甚纖埃敢助培於佛種光猶爝火徒借續於祖燈瞻望門闌馳心師範過此已往未知所裁

代答書

伏審光膺顯命榮遂素心輿情欣闘士論增氣竊謂仕宦無大小當各行其志窮達有義命則不必言時較今竹帛所傳如漢文武之盛觀其至鑒大不可誣相如之

賦甚工止於爲令李廣之藝絶類竟不得侯蓋功名出於偶然故用舍置諸度外然有是語未見若人恭惟某官深於文詞綽有標韻言行信於閭里聲稱著於搢紳袖手來歸餞華顛於詩酒挂冠閒暇登清嘯於雲泉方慚賛賀之未緣遽辱函封之先及獲窺筆力槪見平生習俗移人鄙後來居上之論天資近道有急流勇退之風陳誼甚高把卷增慨驚文彩之奪目挹謙光之照人永爲巾笥之珍愧乏瓊瑤之報其於欽佩莫究須言

代上太師啟

君子立邦家之光固難親炙忠臣在社稷之衞豈易皈依幸逢濟濟辟王之朝共遇赫赫師尹之貴豈無巨筆

用贇元勳故巨鼇縱魚王褒著漢武得賢之頌在坰牡馬史克陳僖公有道之詩敢當搢紳先生作者之前願聽狂簡小子斐然之語雖牖中窺日未盡光輝然爨下焦桐亦堪聽采恭惟某官文章宗伯道德眞儒會逢千載一遇之時協贊一日萬機之政股肱周室首居尚父之尊左右商王自任阿衡之重一持政柄大振朝綱李逢吉十六子之奸回悉歸竄逐崔祐甫八百員之英傑盡入搜揚恢雝泮以興賢莫幾千人經明行修之士設庠序而化邑復數百年鄉舉里選之科鑄鐵錫子母以利便公私弛山河茶鹽而通行商旅與水利則倣載南畝得施十千維耦之勤勸農田則平秩西成俱獲三百

其困之望恤貧置院凶年無溝洫之憂漏澤開園枯骨免狐狸之噉天甯建寺祈明明天子壽考萬年敦宗立官使振振公子本支百世以至乎九鼎鑄而百神受職八寶獻而萬福攸同大晟作而足以動天地感鬼神四輔建而足以利國家與社稷王道平而百川理黃河於是乎清元氣回而萬物春靈芝於是乎秀遂致一人有慶四海無虞三階平而風雨時五穀熟而人民育天垂甘露地產嘉禾山川草木之裕如鳥獸魚鼈之咸若民躋壽域俗樂春臺一方無鼠偷狗竊之驚四境有犬吠雞鳴之喜遠人率化荒服來王萬邦共惟帝臣天地莫非王土開關受吏梯航遠走於蠻中獻地稱蕃璵璇幾

半於天下皆是八柱擎天之力益知四時成歲之功昭昭簡在帝心籍籍頌諸人口前房杜而後姚宋何以加諸左稷契而右皐夔不能過也此皆公議豈但私言自從往古來今無不光前絕後雖禿千毫之兔難紀宏規縱捽萬楮之皮莫形魯頌棐備員官業托質洪鈞望南山之維石嵒嵒幾年注目仰北斗之台星兩兩每夜勞魂歎無路以掃門徒有心於投刺鳳衰已甚敢興楚接之歌牛喘非時終冀邴吉之問特書悃愊上瀆高明造化鑪中敢希陶鑄爕調手內全藉提攜果蒙自卵及翼之恩不忘摩頂至踵之報

代上少師啟

伏審光膺大號榮貳三公凡屬生成舉同抃蹈竊以大臣謀國元帥行師深惟用兵之難近請以唐爲喻裴度之誅元濟名蓋淮西子儀之備吐蕃威宣關內然而軍旅屢失歲月薦更或碎韓愈勒銘之碑或置朝恩疾功之沮紛然異議沸於外庭未有纛祭朝陳散犬戎於沙幕捷書夜奏復禹貢之山河服功於談笑之間紀績於鼎彝之上雖曰天之時數豈非人之力爲恭惟藥宮先生蘊德方剛受材宏大以山甫補衮之手應高宗協夢之祥惟都惟俞可曰千載之遇知文知武是謂萬人之英當巍巍乎有道之朝建岌岌乎無前之業父子俱登三事君臣慶同一時四世五公何足道也一門萬石竊

且陋之已收玉版之榮行遂金甌之拜某猥緣望履獲預執鞭永懷剪拂之私未効涓埃之報終當爲之殞首且將依以揚聲身處江湖遐想平津之館職拘飛挽遥稱北海之觴

代東林謝知府啟

右某啟准使符授前件職事已祗受者竊以冠世名山道德所在出塵淨社緇白同歸近偶厄於妄庸坐幾見其傾覆宜得神穎以整頹綱上以副王臣外護之勤下以副叢林中興之漸如某者涖衆猶晚涉道未深五逢楚國之秋三涉湘山之刹特以宗風之盛悞爲學者所推偶預總提叵出徼倖恭惟某官斯民先覺當世偉人

世殿侯藩名獨簡於睿想入聯清禁道每格於君心期必代於天工蓋久從於人望某巳次治境行瞻履商獲聞謦咳之餘倍切欽崇之素謹具啟陳謝伏惟台慈炤察

代上湖南使者書

某聞趙清獻公奉使西州以一琴一龜自隨坐則撫琴玩龜蜀人莫測寓止成都以書抵中朝故人曰成都全蜀之地沃野千里而多江山登臨之樂齋閤事簡時有山僧野人投詩而去諸公顧此吾事豈不流哉嗚呼山僧野人固無用於世然一造大人君子之庭飾鄙陋之詞敘棲遲之蹟則遂爲公卿美談恭惟某官文章之卓

越風節之高特冠於搢紳雖功名事業之效未收而人主倚眷天下之屬望販夫乳兒莫不知頌詠盛德其遺風餘烈初不減清獻公而好賢樂善出於至誠則又過之方持使者節來涖三湘以萬壑之松聲爲琴以自養之靈智爲軀當其酒酣客散頹然隤幘聽江風之度曲觀湛然之發光若傲睨萬物之表而與造物者游其高韻脫落當十倍西蜀但山僧野人之詩文未至庭下猶以爲缺典某頃在丹陽獲陪今儀府相公符寶舍人父子遊自南還頗獲翰墨切聞公蔡氏臥內客也敢自山中攜至持以呈獻無所干求惟閤下憐其誠而進之爾

代上宣守書

某聞癡蠅附驥氣淩千里兔絲依松勢登九霄兩物至微陋也而其氣勢特能榮耀於昆蟲草木者蓋其所遭之時所託之地適幸而已矣某寒鄉賤微人不比數賦命數奇臨事金注困窮極矣所幸少游上庠識閣下一人耳時閣下蔚然自持如喬松之稚蒿萊養精蓄駿如騏驥之困車軛某因得時交足以緣僕絡根以蔓衍也嗚呼閣下以冠冕道德鼓吹六經聲名橫翔搢紳之右富貴昂霄聳壑青雲之上方掇天子近侍出鎮大邦道顯著矣某塵埃寒乞面目可憎輒敢冒重湖涉大江千里至前引物連類敘平生游從之好欲以駭動視聽聞者多竊笑坐睡然區區之心終欲一望履舄者其

情有眞可哀者耳某旣爲功名悞罪大不孝二親之喪四弟之柩皆在淺土家貧族隨黙計之不一泣訴於門下是舉世不能舉矣杜甫寒餓流離至食橡栗嚴武鎭兩川甫依之得不死郭元振爲太學生家送貲四十萬會有縗服者叩門自言五世未葬元振舉以與之嗚呼嚴武之忠厚元振之節義葢如此每讀其傳竊欣慕之恭惟閣下忠厚不棄故舊有嚴劒南之風度節義喜施有郭代公之奇豪而某無杜甫之才有不貿名縗服者之喪某之辭家里巷聚送或疑或信疑者多而信者少此不足怪葢節義未嘗有故也願閣下哀憐之使信者增氣而疑者沮氣矣

代求濟書

某聞金以自獻致不祥之名鴈以不鳴蹈必死之禍者莊生寓意於兩物蓋所以酟士之自獻亦又以罪士而不可不言也夫士臨死禍而不言世必以爲誇若困蹇之辱飢寒之憂已劫諸身不翅如臥積薪之上而下焚之猶不以爲意鉗黙不言使莊子不呵之三尺童子且聞以爲笑也某幸以諸生得侍師範瞻承顏色熏蒸見聞一年于兹日月不爲不久而質疑受訓義在徑造面稟而已然特飾鄙陋之詞爲之書遂及私門之猥以上累聽覽者其情有可哀者耳儻蒙霽嚴有和則請畢其說于前某讀漢傳見司馬長卿之還成都家四壁立又

讀唐帖見顏魯公從李倿乞米嗚呼漢唐人物如長卿魯公者可謂碩大而秀傑者且屋廬不完饘粥不給況下者乎然兩人者風流餘烈可以想見以某之不肖駑鈍聲遺沉下蓋其智愚之不移貴賤之相遠無可企羨然猶有羨於長卿魯公者羨其當耳長卿固倦遊而歸所累者文君耳而猶有四壁可誇如某干祿而祿未及親今親皆老無以爲養弟妹職職及婚嫁二十餘口伏臘叢於一身而家無置錐之地魯公雖曰舉家彌月食粥而有祿可仰有畜米者容其乞如某者族寒里陋無强盛可依之親誰當告者聞古有魯肅指廩借周瑜則以爲癡郭元振推錢四十萬與不言姓男子以爲狂則

有羨於司馬魯公未足爲過也某前此賃屋而居今有屋者取以自用一家幼稚將至露地臥起矣恭惟先生識妙如蓍龜納汚如山澤剛而有禮人不得而疎親明而無私士實樂於求懇昔劉政往役邴原原窮鳥入懷原曰安知此懷之可入耶原之言蓋喜之也某恃先生之恩竟敢與劉政之謀干犯妄意先生必有原之喜而憐之

塔銘

夾山第十五代本禪師塔銘并序

師諱智本筠高安郭氏子生五歲大飢有貴客過門見其氣骨留萬錢與其父母欲攜去祖母劉適從旁舍歸

顧見怒曰兒生之夕吾夢天雨華吾家吉兆也甯飢死不以與人推錢還之旣長大遊報慈寺聞僧說出家因緣願爲門弟子劉氏喜曰此吾志也年十九試經爲僧明年受具足戒卽往遊方時雲居舜老夫開先暹道者法席冠於廬山師往來二老之間久之聞法華端禪師者深爲法窟氣壓叢林蓋臨際九世之孫子而楊岐會公之的嗣也師往謁之遂留十年名聲遠聞舒州太守李公端臣請說法於龍門辭去之日端領衆送之師馬遜而先顧端曰當仁不讓端笑謂大衆曰國清才子貴家富小兒驕其父子法喜遊戲多類此未幾屏院事乃還廬山時曾丞相由翰林學士出領長沙以禮迎居南

嶽之法輪學者爭宗向之遷居南臺自南臺遷居道林
自道林遷居雲蓋自雲蓋遷居石霜凡十三年道大顯
著勸請皆一時名公卿師既老矣而湖北運使陳公舉
必欲以夾山致師師亦不辭欣然曳杖而去人登問之
答曰係情去畱豈道人事湖南湖北眞一夢境爾何優
劣避就之耶以大觀元年上元夕沐浴更衣端坐終於
夾山之正寢閱世七十有三僧臘五十有二闍維齒骨
數珠不壞葬於樂普庵之西師性眞率不事事膽氣蓋
於流輩作爲偈語肆筆而成亦一時禪林之秀者余未
識師聞清涼洪禪師言其爲人甚詳後二年門人處曉
出開福英禪師所撰行狀來乞銘銘曰

定慧圓明力無所畏顯於湘南遂起臨濟學者如雲異人輩出唯會與南絕羣超逸號末法中二甘露門唯夾山本實會的孫七移法席籍其聲華迅機雄辯能世其家放懷清眞亦足風味睥睨死生蓋其一戲白塔林間矯如飛鶴不涉春緣碧巖花落

鹿門燈禪師塔銘并序

西蜀世多名僧而魁奇秀傑者尤見於近代有如寶梵大師昭符者弘經解義足以增光佛日太史黃公稱之曰知文知武染衣將相者也嗣承其學有如圓明大師敏行者家聲辯才足以舟航苦海內翰蘇公稱之曰能讀內外教博通其義以如幻之三昧爲一方首者也兩

公今朝第一等人意所與奪天下從之而寶梵圓明特被賞識兩川講徒增氣四海縉紳想見風裁也鹿門禪師蓋嘗以父事圓明以大父事寶梵觀其規模弘大教觀淹博熏烝見聞有自來矣師諱法燈字傳照成都華陽王氏子也自幼時則能論氣節工翰墨逸羣不受世緣控勒年二十三剃落於承天院受具足戒即當首楞嚴講者年皆卑下之時黃太史公謫黔南與圓明遊相好每對楊横麈師必侍立看其談笑公撫師背謂圓明曰骨相君家汗血駒也他日佩毗盧印據選佛場者必此子也常夜語及南方宗師公曰今黃龍有心泐潭有文西湖有本皆亞聖大人曹谿法道所在或欲見之不

宜後於是圓明棄講出蜀師侍其行至恭州而歿師扶護歸葬成都辭塔而去下荆江歷淮山北抵漢沔徧謁諸老所至少留機語不契振策即行登大洪謁道楷禪師楷問如何是空劫自已對曰靈然一句超羣象迥脫三乘不假修不落有無更道取一句曰待某甲無舌即與和尚道楷駭之師乃伏膺屏止承顏接辭商略古今應機妙密當仁不讓師資相懽不減溈山之與寂子趙州之與文遠也大觀之初楷公應詔而西三年坐不受師名敕牒縫掖其衣謫緇州師跣足隨之緇之道俗高其義太守大中大夫李公擴虚太平興國禪院以居之於是洞上宗風盛於京東政和元年楷公得釋則亦遁

海瀕千餘里太湖中而止草衣澗飲若將終焉豈非猒名迹之爲累也歟師猶往從之楷以手揶揄曰雲巖路絕責在汝躬行矣師識其意再拜而還七年解院事西歸京師名聞天子俄詔住襄陽鹿門政和禪寺師謝恩罷退飯丞相第堂吏抱牘至白曰江州東林寺當改爲觀從道士所請師避席曰廬山冠世絕境東林又其勝處世爲僧居如春湖白鷗自然相宜今黃冠其中絕境其厄會乎丞相大以爲然東林之獲存師之力也既至漢上郡將諷諸山辦金帛詣京師作千道齋師笑曰童牙事佛有死無二苟非風狂失心輒以十方檀施之物千里媚道士耶郡將愧其言而止然天下叢林聞而壯

之鹿門瀕漢江斷岸千尺寺嘗艱於水師坐巖石下念曰吾欲叢林此地爲皇朝植福而泉不能贍衆山靈其亦知之乎師以杖擿草根俄衆泉膺發一衆大驚山中之人目之曰燈公泉師初依夾山齡禪師齡道孤化而無嗣之者僧惟顯得其旨隱於南嶽師以書抵長沙使者迎出以居龍安禪寺聞者伏其公貴其行初惠定禪師自覺革律爲禪開剏未半而逝蛻藏蜂聚故棄遺垤十猶七師爲一新之長廡廣厦萬礎蟠崖冬温夏清崇堂傑閣十楹照壑吞風而吐月椎拂之下五千指十年之間宗風大振人徒見其婆娑勃窣若遊戲然不知其中至剛峭激也篤信所學雖威武貴勢不敢干以非義

性喜施不計有無傾囷倒廩以走人之急靖康二年春金人復入寇兩宮圍閉驚悸不言謝遣學徒杜門面壁而已門弟子明顯白曰朝廷軍旅之事何預林下人而師獨憂念之深乎師熟視徐曰河潤九里漸洳者三百步木仆千仞蹂踐者一寸草豈有中原失守而林下之人得甯逸耶五月十三日中夜安坐戒門弟子皆宗門大事不及其私泊然而逝檢其所蓄道具之外書畫數軸而已閱世五十有三坐三十夏度門弟子明顯等七十餘人受心法棠記荊潛通密證匿迹韜光者甚衆二十二日全身塔于山口別墅惠定塔之東明顯狀其平生來乞銘銘曰

空劫日用易知難分汝欲分之如聲與聞何嘗有間月徧谿谷何嘗有斷風偃松竹於一毫端揑聚古今粲然明了而不可尋無功之功無位之位爲物作則無容觸諱唯此正傳洞上所宗當有神穎振其頹風堂堂燈公龍象回顧負戴之重徐行安步漢南盤本兩坐道場榜然一室名聞諸方孝於事師忠於事佛俯仰無愧雖化不沒聞名在世決不可除則於心外法有遺餘竟欲除之出以示我笑而不言如冰在火蘇嶺萬仞蕩摩雲煙曰塔其下望之巋然緬懷高風叢林殞涕我作銘詩以笵來世

蘄州資福院逢禪師碑銘并序

自達磨入中國授二祖心要而以衣爲信故六世爲之單傳至曹谿藏其衣故諸方得者輩出其魁壘絶類碩大光明有若衡山觀音廬陵清原者特爲學者之所宗仰天下號二甘露門令逄禪師者清原九世之嫡孫黃龍機公之高弟也其先蓋福州閩縣人生於陳氏自其少時英特開爽不愛處俗耆年敬愛之唐乾元初落髮於隱眞寺明年受具足戒卽策杖遊方聞黃龍參出巖頭門風孤峻自荆楚舟漢江抵鄂渚而機公杜門却掃棧絶世路學者皆望崖而退師獨扣其戶俄聞疾呼曰擊門者爲誰答曰令逄曰未來此問亦不失答曰若失爭辭與麽來曰來底事作麽生答曰昨日親自渡江黃

龍於是開屏笑而器許之師從容遊詠日聞智證雖不
事接納而戶外之屨常滿痛自韜晦而人間之譽益著
以順義癸未之秋辭黃龍北遊戾止祁陽月峯之下剏
爲茅茨一飯奉身跏趺終日學者追隨而至川輸雲委
前刺史奇章公拜謁受法要而請升座道俗懽呼謂一
佛出世遂成叢林號南禪男子張宏甫施宅爲寺莊嚴
之妙疑絳闕清都從空而墮也歲在戊子夏淨髮更衣
而坐謂門弟子曰吾委息後衣麻餼客號踊哭泣皆不
可爲苟違吾言則非吾法侶於是以書徧辭檀信六月
八日示微疾泊然而化閱世五十有一坐三十四夏塔
于郡城之北太和中忽見夢於父老曰吾欲出塔大作

爭於是啓塔而顏貌如生萬衆作禮龕而供事之自
是則能指揮造化縱奪禍福使雨暘時若百穀茂遂民
建寺其旁世以父子傳器夜燈午梵自唐迨今不替政
和之間禪林易之更兩代荒殘如逃亡人家宣和太守
林公以嘉祐寺彌勒院僧擇文主之從檀之請也文疎
通解事材智有餘道行信於邦人初至之夕適大雨九
徙其牀一年而施者塡門冠蓋無虛日二年而修廡密
室緣疎青鎖三年而崇殿傑閣間見層出遊僧過客摩
肩仍袂已至者忘去方來者如歸余嘗與林敏功子仁
過焉仁曰寺以律名而禪規不滅諸方廩無餘粟食堂
日集千指非有以大過人何以臻此余曰昔臨濟北歸

仰山歎曰此人它日道行吳越但遇風則止潙山問有續之者乎對曰將此深心奉塵剎是則名爲報佛恩故世稱念法華爲仰山後身庸詎知文非逢公邪子仁曰彼以荷擔大法此方從事有爲仰山逢公若是班乎余曰昔普淨禪師不務說法庵於王城之東日浴萬衆曰時機淺昧難提正令姑使善法流行足矣又安知逢公之意不出於此乎明年冬遣其徒來乞文又系之以辭

曰

我懷巖頭僧中之龍本無實法但識綱宗乾笑德山怒呵雲峯如師子吼香象失蹤又如麒麟不可縶羈羅山控勒明招追隨逢則晚出天骨權奇振鬣長鳴萬馬不

嘶清俟之上駐我巾瓶笑示死生洞開戶庭意行出入不施鏁扃至今城北白塔亭亭寶鈴和鳴上干層霄下有全身百神來朝劫火洞然大千焚燒而此堅固無有動搖沓爾邪民當加敬虔蓋此大士是汝福田如黃琳公如和褒禪刻此銘詩以壽山川

三角劼禪師壽塔銘 并序

禪師道劼生謝氏邵武人也得法於洪州石門乾禪師初住臨川之景德寺後住長沙之角山道望著三湘學者至如歸十餘年遂爲終焉之所門弟子爲建壽塔于白雲衝之陽甘露滅某宣和五年十月初二日過焉劼導余至塔所乃爲銘之銘曰

東林法道盛於石門在元祐間歸者如雲後三十年三角有聞石門嫡子東林諸孫道如平地世不舉步陟危值谷自爲險阻有來求者弗答弗顧但以此心一酬佛祖白雲之衝卯塔已成如魚千里時遶之行千巖月色萬壑松聲欣然而笑誰爲死生

嶽麓海禪師塔銘 并序 代

師名智海姓萬氏吉州太和人也幼靜專無適俗韻去事普覺道人楚金爲弟子年二十一剃髮受具辭金遊方金出鄧峯永公門父子道價逼亞東林總玉澗祐故師依玉澗東林最久然無所契悟晚抵仰山陸沉於衆佛印元公獨異之師方銳於學喜翰墨元呵曰子本行

道反從事語言筆畫語言筆畫借工於道何益剝未工乎師於是棄去經行湘南諸山依止大溈十年眞如門風號稱壁立學者皆望崖而退師獨受印可輩流下之眞如赴詔住上都相國寺師雅志不欲西首衆衲於衡陽花藥山分座說法元符已卯開法於城東之東明崇甯乙酉遷居於湘西之嶽麓勸請皆一時名公卿明年正月八日麓火一夕而燼道俗驚嗟以死弔師笑曰夢幻成壞蓋皆戲劇然吾恃願力宮室未終廢也於是就林縛屋單丁而住雜蒼頭厮養運瓦礫收燼餘之材造牀榻板隔凡叢林器用所宜有者皆備曰棟宇即成器用未具是吾憂故先辦之聞者竊笑而去師自若也未

幾月富者以金帛施貧者以力施匠者以巧施十年之間厦屋崇成盤崖萬礎飛楹層閣塗金間碧如化成梵釋龍天之宮人徒見其經營之功日新而不知其出於閒暇談笑宣和己亥七月九日以平生道具付侍者使集衆估唱黎明漱盥罷坐丈室聞粥鼓命門弟子因敘出世本末祝以行道勿懈說偈爲別有智暹者進曰師獨不能少留乎師以手搖去復周眴左右良久右脇而逝閱世六十有二坐四十有二夏又七日闍維收骨石塔於西崦舜塘之陰余官長沙始欵師雖其道眼無分別相而州里情親若出自然故知其爲人惠敏有智略恤孤老赴急難常器人於覉賤中屢折不困其尊禮賢

者樂於人爲善則其天性嘗叩其論於宗門號飽參於
教觀甚博而知要不見十日而以訃聞嗚呼余聞論事
易成事難捨生易處死難師皆反是豈無德而然耶南
牧齊公狀其平生乞銘於余因爲之銘曰
臨濟綱宗遇風則止昭憂其識得念而喜湘南有圓汾
陽之嗣遂與其宗克肖前懿衲子方來歸之如雲南眞
兩俊絶塵逸羣海公於眞蓋其的孫獨敢祖肩荷擔宗
門天資慈祥一日貴賤幻出寶坊實依淨願究親贊毀
初莫能辨及其將化則有明驗入死之難如登焚輪師
獨易之如臂屈伸塔曰無縫豈有新陳我作銘詩昭示
學人

石塔銘并序

潙山空印禪師軾公與余登芙蓉謁長老從公于潮音堂同遊東澗道人師粲法欽文顯預焉空印度同遊者以石築塔于澗之曲從笑曰連日羣鵲翔鳴豈此勝緣之祥耶空印請甘露滅某銘曰

萬峯之顛乃有流泉迸兩石間雪渦回旋嶮于三峽下臨玉淵上有危石其大如屋可坐百夫蘚封蒼亙同來六僧五七童僕妍鄙俱笑響答山谷唯大士軾約東長幼疊石爲塔團圞層秀於一食頃談笑而就其願伊何天子萬壽山禽何知羣飛和鳴物不虛應勝事克成咨爾東阿地祇山靈護持此塔使長聽經

馮氏墓銘并序

洪州布衣高天倪弟冲賜紫沙門善機傳法沙門善權以政和五年十月某日葬其母馮氏於幽谷山之陽附于皇考隱君之塋冲茹哀具書曰禍釁蠱罰不自殞滅上延慈侍冲尚忍言之先妣於正月三日棄諸孤於正寢享年七十有三願請文以昭後世三反而不得辭乃敘曰夫人靖安馮氏年十六歸同邑隱君子高廣仲容入門和敬動履規矩懿淑而敏出於天姿媪御喜之與奪從之時皇舅春秋高癯而盲夫人行立必掖食必嘗姑有風痺疾夫人視臥起進劑餌皆畢世不懈里閈稱其孝仲容三弟稚幼夫人皆自櫛沐縫紉之以至成立

擇師使授學典婚使納婦有勞有恩夫人幼孤未嘗學隱君好與禪衲游屏聽其論而悅之遂能誦經曉字義隱君無經世意多往林墅屏處五子皆夫人教之訓嚴色莊衣冠取法焉初幼子善權俊發夫人曰此兒非仕林可致也施以從石門道人應乾游以文學之美致高名於世第三子善機亦授筆與之俱叢林期以起東林之道長子天倪粹溫而厚誠欵而文里巷往來稀識其面第四子冲久遊太學以能文舉于禮部所與交皆一時偉人次子怛廓落有奇節不幸早世而孫楷學成而鄉貢之夫人喜燕賞酒酣冲必鬔髻爲童子戲婆娑起舞皆中部節弟姪以次上壽觀者歡譁夫人爲笑而罷

卒以爲常邑人慕之女一人適貢士劉杭孫九人皆嶷
嶷爭秀曾孫兩人尚幼銘曰
俊發矯士母數責孟軻廢學母斷織凜然夫人嗣遺則
子孫繩繩詩與書名聞縉紳榮里閭何以訓之孚威如
膝下時聞裂縫掖領之而笑無恪色衣冠三彥僧連璧
死生亦大能了然誦經而化如蛻蟬我作銘詩騁其賢

石門文字禪卷二十九終

石門文字禪卷第三十

宋釋德洪覺範著

行狀

雲庵眞淨和尚行狀

師諱克文黃龍南禪師之的嗣陝府閺鄉鄭氏子生而頴異在齠齔中氣宇如神人與羣兒戲輒相問答語言奇怪聞者駭愕不能曉則復軒渠笑悅而去奕世縉紳旣長喜觀書不由師訓自然通曉事後母至孝母嚚數困辱之親舊不忍視其苦使游學四方旅次復州北塔寺長老歸秀道價方重於時詞辯無礙因側聆坐下感悟流涕願毁衣冠爲門弟子秀笑曰君妙年書生政當

唾手取高第榮親乃欲委迹寂寞豈亦計之未熟耶對曰心空及第豈止榮親又將濟之委迹寂寞非所同也秀奇其志而納之服勤五年如一日年二十五歲試所習爲僧明年受具足戒即游京洛翺翔講肆賢首慈恩性相二宗凡大經論咸造其微解帙捉麈詞音朗潤談辯如雲學者依以揚聲燕居龍門山偶經行殿廡間見塑比丘像蒙首瞑目若在定者忽自失謂同學者曰我所負者如道子畫人物雖曰妙盡終非活者既焚其疏義包腰而南平易艱險安樂勞苦諸方大道場多所經歷自重其才以求師爲難嘗至雲居謁舜老夫機語不契不宿而去又至德山應禪師方夜參雌黃先達有六

祖不及雲門之語失笑黎明發去聞雲峯悅禪師之風
兼程而往至湘鄉悅已化去歎曰既無其人吾何適而
不可山川雖佳未暇游也因此行寓居大潙夜聞僧誦
雲門語曰佛法如水中月是否云清波無透路豁然心
開時南禪師已居積翠徑造其廬南曰從什麼處來曰
潙山南曰恰值老僧不在曰未審向什麼處去也南曰
天台普請南嶽雲游曰若然者亦得自在去也南曰脚
下鞋是甚處得來曰廬山七百錢唱得南曰何曾得自
在師指曰何曾不自在耶南公大駭參依久之辭去至
西山翠巖長老順公與之夜語自失曰起臨濟者子也
厚自愛而師亦神思豁然德其賞音及南公居黃龍復

往省覲南公嘗謂師曰適令侍者卷簾問渠卷起簾時如何曰照見天下放下簾時如何曰水泄不通不卷不放時如何侍者無語汝作麽生師曰和尚替侍者下涅槃堂始得南厲語曰關西人眞無頭腦乃顧旁僧師指之曰只這僧也未夢見在南公笑而已隆慶問禪師與師友善方掌客問曰文首座何如在黃檗時南公曰渠在黃檗時用錢如糞土今如數世富人一錢不虛用自是爲同時飽參者所服南公入滅學者歸之如雲所至成叢林熙甯五年住筠州大愚太守錢公弋來游怪禪者驟多衆以師有道行奔隨而至錢公卽其室未有以奇之翌日命齋師方趨就席有犬逸出屏帷間師少

避之錢公嘲之曰禪者固能伏虎反畏犬耶師應聲曰易伏隈巖虎難降護宅龍錢公大喜願日聞道乃虛聖壽寺命師居之師方飯於州民陳氏家使符至遁去錢公繫同席數十人將僧吏求必得之而後已有見於新豐山寺者卽奔往陳氏因叩首泣下曰師不往吾黨受苦矣師曰以我故累君輩如此因受之遂闡法焉未幾移居洞山普和禪院元豐之末思爲東吳山水之游捨其居扁舟東下至鍾山謁丞相舒王王素知其名閱謁喜甚留宿定林庵時公方病起樂聞空宗恨識師之晚謂師曰諸經皆首標時處圓覺經獨不然何也師曰頓乘所談直示衆生日用現前不屬今古只今老僧與相

公同入大光明藏游戲三昧互爲賓主非關時處又曰經云一切衆生皆證圓覺而圭峯易證爲具謂譯者之訛其義如何師曰圓覺如可改則維摩亦可改也維摩豈不曰亦不滅受而取證夫不滅受蘊而取證與皆證圓覺之義同蓋衆生現行無明卽是如來根本大智圭峯之言非是公大悅因捨第爲寺以延師爲開山第一祖又以神宗皇帝問安湯藥之賜崇成之是謂報甯歲度僧買莊土以供學者而自撰請疏有獨受正傳力排戲論之句者敘師語也又以其名請於朝賜紫方袍號眞淨大師金陵江淮大會學者至如稻麻粟葦寺以新革室宇不能容士大夫經游無虛日師未及歗盥而戶

外之屐滿矣殆不堪勞於是浩然思還高安即日渡江丞相留之不可遂卜老於九峯之下作投老庵紹聖之初御史黃公慶基出守南康虛歸宗之席以迎師師曰今老病如此豈宜復剌首迎送爲我謝黃公乞死於此其徒哀告曰山窮食寡學者益衆師德臘雖高而精神康強廬山自總祐二大士之後叢林如死灰願不忘祖宗赴輿情之望不得已乃行先是黃公嘗望見師於丞相廣坐中師既去丞相語公曰吾閱僧多矣未有如此老者故公盡禮力致之廬山諸刹素以奢侈相矜居者安輭暖師率以枯淡學者困於語言醉於平實師縱以無礙辯才呵其偏見未朞年翕然成風三年今丞相張

公商英出鎮洪府道由歸宗見師於淨名庵明年迎居石門崇甯元年十月示疾十六日中夜沐浴更衣趺坐衆請說法師笑曰今年七十八四大相離別火風旣分散臨行休更說遺戒弟子皆宗門大事不及其私言卒而殁壽七十八臘五十二茶毗之日五色成欲白光上騰煙所及處舍利分布道俗千餘人皆得之餘者尙不可勝數塔於獨秀峯之下師純誠慈愛出於天性氣韻邁往超然奇逸見人無親疏貴賤溫顏軟語禮敬如一主持叢林法度甚嚴有犯令者必罰無赦以故五坐道場爲諸方所法得游戲三昧有樂說之辯詞鋒智刃斫伐邪林如墮雲崩石開發正見光明顯露如靑天白日

人人自以謂臻奥至於入室投機則如銅崖鐵壁不可攀緣性喜施隨有隨與杖笠之外不置一錢行道說法五十餘年布衣壞衲翛然自守於江西有大緣民信其化家家繪其像飲食必祠嗣法弟子自黃檗道全兜率從悅而下十餘人此其平生大槪也至其道之精微皆非筆墨可能形容竊嘗論之其棄儒冠而入道類丹霞奔經論之學而頓悟類南泉尋師之艱苦凜然不衰類雪峯說法縱横融通宗教類大珠至於光明偉傑荷擔宗教類百丈此非某之言叢林學者之言也嗚呼兼古宗師之美而全有之可謂集厥大成光於佛祖者歟崇甯二年十月十五日門人某謹狀

泐潭準禪師行狀

公諱文準興元府唐固梁氏子生始幼見佛像輒笑張牙不喜聞酒胾金仙寺沙門盧普乞食至其家師應門酬酢如老成時年八歲即辭父母願從普歸授以法華經伊吾即上口元豐僧檢童子較所習以籍名先後度師藝精坐年少不得奏名陝西經略范公過普廬普臘高應對領略師侍其旁申辯詳明進止可喜范公欲攜與俱西師辭曰登山求玉入海求珠人各有志本行學道世好非素心范公陰奇其語度以爲僧剃髮旣往依梁山乘禪師呵曰驅烏未受戒敢學佛乘乎師捧手曰壇場是戒耶三疊結磨梵行行阿闍梨是戒耶乘大驚

師笑曰雖然敢不受教遂受具足戒於唐安律師徧游成都講肆倡諸部綱目即棄去曰吾不求甚解大法師曇演佳其英特撫之曰汝法船也南方有亞聖大士有若潙山眞如九峯眞淨者知之乎宜往求之師拜受教與同學志恭出詣潙山久之不契乃造九峯見眞淨於投老庵問曰什麼處來對曰興元府曰近離何處曰大仰曰夏在什麼處曰潙山眞淨展手曰我手何似佛手師罔然左右視眞淨呵曰適來句句無絲毫差錯靈明天眞才說箇佛手便成隔礙病在甚處師曰不會眞淨曰一切現成更教誰會師服膺就弟子之列餘十年所至必隨紹聖三年眞淨移居石門衲子益盛凡入室叩

問必瞑目危坐無所示見來者必起從園丁壅菜率以爲常師每謂公曰老漢無意於法道乎莫能測也一日舉杖決渠水濺衣因大悟方見老人平日用處走敘其事眞淨罵曰此中乃敢用磊苴耶自是迹愈晦而名聲愈著自其東游淮淛所至衲子成叢林顯謨閣待制李景直守洪州仰其風請開法於雲巖未幾殿中監范公帥南昌移居泐潭方是時禪林以飲食爲宗以輭暖爲嗜好以機緣爲戲論師悲歎之師槌拂之下常三百人而宿戶外者又百餘許求入室就學師難之乃謂之曰十方無壁落四面亦無門闍梨從什麽處入對皆不契每曰我只畜一條柱杖佛來也打祖來也打不將无字

脚涴汝枯腸如此臨濟一宗不到冷落學者莫窺其奧然升堂說法辯如建瓴不留影迹一時公卿大夫宗向之以政和五年夏臥病侍者進藥餌師泛然如無意識須忌食毒物師亦未嘗從有問其故曰病有自性乎病無自性則毒物甯有心乎以空納空吾未嘗顛倒而汝輩欲吾昏迷耶七月二十二日更衣說偈而化閱世五十有五坐三十五夏闍維得舍利晶圓淨光不壞道俗千餘人皆得之門弟子等收塔于南山之陽嗚呼雲庵之神悟於南公之門超軼絕塵者也予每疑嗣之者難及觀師之風格殆所謂家名辯才氣宇逸羣者耶謹狀

花藥英禪師行狀 代

臨濟九世之孫雲庵眞淨之嗣師諱進英字拙叟出於羅氏其先吉州太和人幼孤母憐之性慧敏齠齔中日誦千餘言通詩禮大義與羣兒嬉游侮玩之氣出其上親舊愛敬之使著縫掖爲書生輒病至與死鄰母泣曰吾始娠夢有乘空而語曰而出家則疾有瘳矣於是擊鐘梵放誓於佛前乞以爲僧洞隆童子而籍名於善集才年十八試所習得度受具戒卽欲經行諸方以觀道報劬勞之德其母有難色於是庵於母室之外名曰精進士大夫喜其爲人賦詩爲贈多佳句螺川父老迨今道之母歿心喪三年修白業爲冥福卽游淮海所至少留當時號明眼尊宿徧謁已雖未契而嘗識多賢者晚

謁雲庵夜參聞貶剝諸方以黃檗接臨濟雲門接洞山機緣爲入道之要擿其疑處以啟問師恍然大悟如桶底脫佛印禪師叢林號大宗師有盛名愼許可獨以師爲俊彥師有爽氣喜暴所長以激後學三十年一節不移故佛印呼爲鐵喙初開法住長沙之開福十年之間殿閣崇成又五年棄之翩然北游五臺徧覽聖蹟乃南還庵梁山天下衲子益追崇之政和甲午衡陽道俗迎住花藥之天甯勸請皆一時名公卿師以教外別傳之宗授上根以漚和般若化道俗老益康强精進不替嘗中夜禮佛作息飲食不肯與衆背叢林信其誠民人化其教得法而爲一方領袖者不可勝數槌拂之下嘗二

干指龍象雜遝方進而未艾也其激揚大事游泳語言備存三錄曰報慈曰鴈峯游臺盛行於世宣和三年冬謝事復庵梁山越明年臘月示疾蟬蛻嗚呼若人已矣予竊爲桑門惜之參學禀湻一日泣訴於予以予知其師之深者欲干其狀而求銘故爲書云耳長沙孫存之謹狀

傳

十世觀音應身傳并贊

唐大菩薩僧寬公出於益州孝水楊氏方其娠也母失常性卻酒胾有慧辯及其生也無痛苦聞異香忽然在前即能言我名慧寬有女兄信相亦神異年相聯於

齠齓中終日論說聽者一不能曉其父瑋以符咒爲兩川道俗所歸而不知有佛經人錄其所論百許紙時懷龍山會禪師聞其異至瑋舍瑋出示之會驚曰與佛經合不測人也俄有異比丘入火光三昧於淨慧寺特召信相信相至曰此室皆火聚其可入哉曰以水滅之可入信相卽作水觀而入於是異比丘化其父母使出家父母曰許娉矣奈何鄉里爭出財贖之公因信相亦俱依慧空寺愼公避太祖御諱遂就剃落焉公時年十三從會公授經律會畏之如神反從質疑天姿謙敬未嘗怒懷龍衆三千指皆躬力作公獨閑適人以爲言會曰此吾先師也昔周滅吾法吾從曇相禪師隱于終南山及隋

教復與吾辭而歸蜀曇相囑曰汝當領徒大作佛事有童子名慧寬者善視之此其後身衆因不敢復言公年三十乃還綿竹廬于無爲山以神異化而全蜀爭師事之如淮泗之僧伽七閩之定光公嘗赴江陵大會朝發夕返荆州府前有拳石含五音天下聞之公取以歸今置定身龕中什邡陳氏施園爲寺公以竹標其中曰以此爲基拔去竹泉泫然而出掘之得巨石石下有寶瓶舍利公作禮乃放光永徽四年夏六月二十有五日歿於淨慧寺閱世七十坐五十五夏

贊曰予讀無爲山廣錄公始發心日誦觀世音名十萬徧生五天十世爲居士生震旦十世爲比丘皆出楊氏

又瞻其畫像天骨秀特和敬之威望之肅然是所謂眞比邱也

鍾山道林眞覺大師傳

梁大菩薩僧寶公以宋元嘉中生於金陵之東陽民朱氏之婦上巳日聞兒啼鷹巢中梯樹得之舉以爲子面方瑩徹如鏡手足皆鳥爪七歲去依鍾山大沙門僧儉爲童子儉名之曰寶誌長而落髮專修禪觀坐必越旬久之忽無定居多往來皖山劒嶺之下髮而徒跣著錦袍飲啖同於凡俗恒以鏡銅剪刀鑷屬挂杖負之而趨經聚落兒童譁逐之或徵索酒殽或累日不食嘗從食鱠者求鱠食者與而心笑之卽起吐水中皆成魚相傳

始驚異時時題詩初不可曉後皆有驗建元間異迹甚著丞相高嵩爲武帝言之以禮自皖山迎至都舍於陳征虜之家輒自剺其面分披之出十二首觀世音慈嚴妙麗傾都聚觀欲爭尊事之武帝忿其惑衆收付建康獄旦夕咸見游行市里既而檢校猶在獄中其夜又語吏門外有兩輿金鉢盛飯汝可取之果文惠太子竟陵王送供至建康令呂文顯以事啟帝帝迎至禁中俄有旨屏除後宮爲家人宴公例常與衆出已而猶見行道於景陽山比丘七輩從其後帝怒遣使至閤吏曰公久出在省中吏就視之身如塗墨然武帝聞之大驚陳顯達鎮江州大司馬段齊之從行往辭公公無他語但引

紙畫鴉畫畢授之曰緩急可用此顯達叛齊之遁去顯達大怒遣騎追之將及齊之窘甚見鴉喧暮林即匿其下鴉翔集自如騎既失其蹤但見鴉林必非人所寄遂去齊之方悟公意也鄱陽忠烈王飯公於私第顧左右覓荆杖有折以獻者則以安門上而去俄有旨以王領荆州衞尉胡諧臥病以書哀訴幸以屈臨庶幾疾有瘳公題其書尾曰明屈翌日果卒僧法平欲以衣獻公不知所寓遣使徧求之龍光罽賓兩寺皆曰夜宿此黎明去矣又嘗所厚善厲侯伯家侯伯曰公夜行道於此今睡未興使人視之笑去公在華林園忽重著三布帽亦不知自何得之俄而武帝崩文惠太子豫章文獻王相

繼崩齊亦於此年亡矣靈味寺沙門寶亮欲以衲帔遺之未及有言公忽來牽帔而去蔡仲熊嘗問仕何所至公不自答直解杖頭左索繩擲與之莫之解仲熊果至尚書左丞永明中住東宮後堂平旦門中出入末年忽云門上血汚衣褰裳走過至鬱林見害果以犢車載屍自此門舍故閹人徐龍駒宅而帝頭血流於門限焉建武中明帝害諸王高士江泌憂念南康王子琳以訪公問其禍福公覆香爐示之曰都盡無餘後皆如其語徐陵兒時其父攜詣公公拊之曰天上石麒麟也陵果名譽顯於世又文惠太子迎釋僧惠至京師惠過公公拊其背曰亦龍子也慧終以辯才顯聞其徒屯騎桑偃有

不臣之心公見之戟手詬曰若乃欲反耶奈斫頭穴胸何偃汗下不敢仰視遁去梁武帝受禪尤深敬事前朝以超放動輒禁錮至是下詔釋之嘗問曰弟子煩惑未除何以治之答曰十二又問十二之旨在何答曰書字時節刻漏中又問何時得淨心修習答曰安樂禁之又問年祚遠近答曰元嘉元嘉帝欣然以爲享祚倍宋文之年天監五年冬旱雩祭備至而雨不降公謂左右曰吾病不差就官乞活儻不奏白官應得禍即上啟願於華光殿講聖鬘經請雨帝即命沙門講之終夕雨公又以刀橫水盂良久又雨帝初繁刑公假以神力令見高祖受極苦於地下自是省刑詔畫工張僧繇寫公像藏

禁中僧繇下筆輙不自定叩頭哀懇公笑曰毗婆尸佛早留心直至而今不得妙帝偶與公臨流縱望有物泝流而上公舉杖引之隨杖而至蓋紫栴檀也詔供奉官俞紹雕公像頂刻而肖神情如生帝大悅命置內庭爲子孫世世福田法雲寺雲光師講經天爲之雨華帝意其證聖夜於含光殿焚疏命公雲光僧儉傳大士齊翼日獨雲光不至公嘗聽法雲講妙法蓮華經至假使黑風問風果有否答曰世故有第一義諦故無公曰若體是假有此亦可解耶法雲黙然公則自爲主客辯難鋒生一坐盡傾然莫有解者帝嘗從容問國祚有留難否公但指喉示之俟景之亂尤追繹公言也有僧浮杯來

謁帝帝方與客棊吟曰殺之棊罷命僧侍衛奏曰適蒙旨已殺之矣帝嗟悼不已以問公公曰陛下前身蚯蚓也僧嘗爲薙草者悞殺之今償夙債耳天監十三年公移華林園金像置所居房帝聞之曰師將去我耶是歲十二月忽命奏絲竹徹晝夜至六日終於與皇寺臨亡然一燭以付後閤舍人吳慶以聞帝歎曰大師不復留矣燭者將以後事囑我乎帝昔與公登鍾山之定林指前岡獨龍阜曰此爲陰宅則永其後帝曰誰當得之公曰先行者至是念公以此言以金二十萬易其地以葬焉皇女永康公主薨盡施其粧奩建浮圖五層于其上置以無價寶珠仍建開善精舍勑陸倕製銘于塚內王

筠勒碑於寺門處處傳其遺像焉畢工駕御寺公忽現於雲間萬衆歡呼聲振山谷勑謚廣濟大師公顯迹之著數可五六十許及終亦不老莫測其年有徐犍道者年九十三自言是公外舅弟小公四歲計其時九十七矣李氏有國日謚曰妙覺公作四柱記五公符十二時偈壁記心鏡圖數千言傳于世本朝太平興國七年舒州民柯蕚者遇異僧於歲山下以杖指松根令蕚钁之得瑞石一篆文皆讖聖宋國祚無疆蕚進其石于京師太宗皇帝遣中使置齋於鍾山詔自今不可以名斥以顯尊異賜號道林眞覺大師

祭文

祭雲庵和尚文

我生九歲則知有師瘖痳悅慕想見形儀識師新豐等父母慈欣然摩頂使執軍持長游大梁薙髮而歸省於九峯凜然德威霜雪雨露物以茂滋師成就我妙如四時紫霄之下泐水之湄前後七年龍起雲隨今古一律妬毀陷擠愛憐收拾終不棄遺我昔出山師則有辭予幼英發終必有爲顧吾老矣見子無期指其二子藉汝教之譴呵皆可不可相離德音在耳星霜八移師成新塔我亦陳衰昔師既化品坐對啼僉遺本明遠乞銘詩事濟而還僵仆於地山川隔阻久絕音題獨攜希祖千里來辭一酬夙心死無憾悲師之平生累德巍巍必與

其後在我無疑敢不激厲上荅恩私

祭昭默禪師文

政和八年二月初六日甘露滅致以香羞之奠祭于佛壽靈源眞歸無生之塔寶覺以拳授法宗綱區別背觸天非蒼蒼如履虎穽非愚則狂公少奇逸發硎劍鋩横機試之切玉無傷體露情盡凡聖兩忘潙仰機辯如珠走盤父喜自匿槩子所長追還此風名聞諸方臨濟法道始於南昌大於汝潁盛於衡湘黃龍三關建無勝幢奕世護持不離覺場天魔愁怖走仆且僵剪拂流輩高師門牆庸有匪人賣公自揚騏驎種性自異犬羊狠觸怒疾夫豈知量儼臨清泉精嚴澂昂如萬星月如百谷

王高明廣大洞徹汪洋成就法器堅趫飛翔下視毒龍
命將滅衮劃海爲兩搏而取將老則移疾古寺閑房聽
萬象說以黙自藏猿鳥厭見天下想望我初見公駿氣
騰驤溟涬弟之但加敬莊人以謗掩公慰愈光置辭溺
器更增其香取而有之簏于藥囊坐交時埋瘞于南荒
零落苦李人棄路旁公犯世忌愈益稱賞萬人浮議冰
消其湯既幸生還陸沉故鄉豈不願見恃公康强訃至
失聲事出倉皇中流欲濟俄衮楫航夜淚殷枕起喟失
牀我憂禪學終背教綱造論導之排斥否臧公聞乃曰
彼自無瘡以書教誡欲傾數行至言吐鳳自然文章馬
鳴龍勝論著精詳文字於道疑不相妨索珠層淵探玉

崇岡人各有志鹹酸異嘗但餘此意拜未敢當嗟吁惜哉巍巍堂堂遂成千古叢林荒涼然觀斗柄陰晴晦彰示有出沒夫豈真亡

祭妙高仁禪師文

孤鳳兩雛名著諸方我初識譽未識華光政和甲午還自南荒夜宿衡嶽草屋路旁僕奴傳呼妙高大方連壁而來驚喜失牀高誼照人笑語抵掌瀟湘平遠煙雨孤芳舉以贈我不祕篋箱追繹陳迹云更幾霜去年中秋宿師雲房爲留十日夜語琅琅曰我出吳游淮涉湘今三十年倦鳥忘翔偶如慧曉懷思故鄉想見明越雲泉蒼茫已遣阿湧先渡錢塘不見半年嶺谷想望訃至驚

定淚落沾裳思歸之念夫豈其祥嗚呼師乎忠義激昂
高風逸韻仁肝義膽縉紳相志遠公支郎此生遊旅已
熟黃粱夢中吳楚甯能取將唯方廣譽躬至影堂如我
致辭而炷此香清淨法身敗橐膿囊光透毛孔不可掩
藏昔日非在今未嘗忘如水中乳莫逃鷲王則我與譽
何用歎傷

祭覺林山主文

惟靈簡易似放閒靜似懶以法爲林滴水爲限夜歸村
落投枕再鼾竈黔無煙童僕啼飯而兄直視爲一笑莞
然三十年事事成辦我愚且鄙少去故鄉豈不懷歸路
脩且長遂成永隔死生相忘念俱事師落髮遊方如宿

逆旅各夢同牀聞訃一年乃奠靈几觸目悽慟語訖酸鼻嗟乎人生有恩有義薦此鉢飯淚墮如洗

祭幻住庵明師弟文

予少棄家從我游嬉三十一年如夢頃時於此夢境憂患半之我竄萬里白骨重肉子臥一庵亦失雙目心知餘年再見不復敢料來歸先館子廬即視模索認聲驚呼我亦念子形神已枯百不如人謂當壽考心期惻然正爾難保如臨崖樹先自枯倒不見兩月果以訃聞旣通世契久同師門臨終之語骨須我焚攜法見祖疾馳三日瓦燈晝昏寂然空室相視以慟薦此鉢食

祭鹿門燈禪師文

維皇宋建炎元年歲次丁未五月庚寅朔二十日特敘復僧某謹以茗果之奠敢昭告于燈公禪師之靈明安宗風續佛壽命幾絶而存至師大振芙蓉東去隨至磻陽如道吾智而有石霜定惠既化遷住鹿門如青林虔而繼新豐雖收萬僧如數三四覩其規模寶覺是似重和改元髮僧宮寺褦襶之師包羞惜死諂諛之極遂拜黃冠師笑視之泚其面顏蘇嶺之下寶坊幻出何以致之蓋其願力既孝其師又悌其兄有光叢林不負佛恩凜然風神今成萬古薄奠在盤淚落無所

祭五祖自老文

古人尚友不短千載苟曰氣合何必面對崎嶇遠來僥

倖爲會坐未歡禪師不少待如人噬臍不及何悔掩淚莫陳意折心碎十方現前去來無礙師豈眞亡覿露妙在

祭郭太尉文

公起徒步絲絇入侍遂斷國論危言讜議在妬忌中剛而有禮天子敬之愛等昆弟雖無知名民陰受賜如漢子房如唐陸贄人衆勝天覺中妬忌公笑徑去道固如是一斥不復而又早世姦邪色矜天下隕涕我初聞訃中夜而喟公之精神與天終始宜終功名宜身富貴乃歿瘴鄉又寓旅邸人之奇禍至此極矣唯德是輔殆虛語耳天定勝人果不容僞妬忌伎窮反自相噬邪正日

分曉如涇渭今餘十年歸骨萬里我昔覩光混迹都市游公卿間如梁寶誌公每延禮忘其勢位我亦徑造必至臥內兵衛如雲不敢呵止愛憎相奪有萬贊毀坐嘗厚善四我棘寺幾失頭顱終禦魑魅敢期白髮莫于湘水世相新奇習爲巧士教訓諂諛鉤取祿利貌雖光澤行可愧恥聞公之風面熱額泚吾聞陰德榮亨必至不身嘗之當在其子格言不欺果見偉器沐浴道德冠冕仁義定世其家行矣是似則公之生亦何嘗死

祭朱承議文

吾聞明珠白璧石韞水藏山川草木被其容光臨川之民共此盱上如湘老龐道德光華照映兩邦吾儕微蹤

雲浮四方眷此不去是亦故鄉歎公杖履人羣軒昂忠信豈弟易親難忘忽厭夢境高蹈八荒公有賢子如麟鳳凰王室柱石吾法垣墻終大公後公豈眞亡想聞此語抵掌脫冠未忘世禮聊薦積香

祭許先之文

維公於國盡忠於家盡孝豈特天資亦學之效德富才高川增嶽秀薦登清華出縉紳右用舍進退有命有義一斥而終料豈及此聖恩不貲五日而至公獨不沾陽城陸贄嗟余惷鄙於物多迕幸不終窮有公知遇屋歸山邱舟逃夜壑寓詞一觴心折涕落

祭趙君文

惟靈忠信恭敬耀於西州不爲無聞年餘七十笑傲林邱不爲無壽生有令子派佛祖流不爲無慶有一於此足以忘憂而況三者兼有之耶兹山弗嗣麋鹿所遊十年之間百廢具修凡以令子德義之優故也余聞之鳥巢南枝狐死首邱彼亦何知能思厥由矧輕勢急道超然特立者乃肯爲之羞乎嗚呼訃來萬里物故越秋等視閻浮譬如一漚公之云亡非去非留薄奠告焉世禮則由雖神魂竟無不知也尚能爲之歆不

瑫上人祭母文

我生頑鈍雀息鳩視不歸庸人亦幸而已矧墮三寶高出塵累儼臨人天福田于世坐推其因何以至是皆吾

母慈念極心碎我昔東游志亦勇銳訪道名山酬此恩爾身雖四方心挂漳水豈不懷歸料豈及此三月甲寅訃來千里棄杖南犇露行草止天降荼毒乃不及已呼天泣血奪我母氏今何能爲中扃亂矣昔每歸省迎門笑喜堂今闃然瓦燈塵几慈和粹温竟作川逝撫柩長號淚迸如洗杯露鑪香區區世禮天地有終此恨無旣

祭通判夫人文 代

竊聞漢王霸之室有智識而柔懿然子孝而不學夫雖賢而弗仕又聞唐王珪之母闚房杜而知子及珪身登三事則其母又已即世唯夫人之高風特有異於是二者矣夫有霸之賢而爲熙豐之名臣子有珪之材而名

冠縉紳壽閥諸孫而視聽敏捷孫能酌古而心醉六經蓋功名之念如雲之必雨富貴之盛如川之方增實清規之所訓祭景慕之遐想懿德必光於史牒計夫人雖死其何憾乎

祭文七首 代

我聞如來世尊將入涅槃自披其胷紫磨黃金卍字之相而告大衆曰汝等各各瞻仰令足無生後悔及巳掩棺迦葉後至又出雙趺以示眷憐嗚呼如來世尊正傳法嗣覆蔭此邦三十餘年凡在道俗上與清衆下與奴隸若親若疎若小若大皆受餘庇今以入塔攀戀無巳精明之蘊豈弟之容不可復見柔軟之音慈誨之語不

可復聞宗乘微論差別之義不可復解言念至此意折心摧嗚呼禪師葬靈骨於九原想音容於萬古雪雲冱慘兮悲風飄飄松聲蕭瑟兮哀聲連朝陳微誠兮以薦薄奠望慈雲兮其不可招嗚呼哀哉

我來淮山寒暑九遷傾誠於師遂爾忘年比隣追隨合并周旋每一會語莫不歡然法屬之故無時造膝師嘗顧我笑指坐席曰終當主我此丈室謂師爲戲不敢怒嗔今日何日果繼後塵血指汗顏不善斧斤而師旁觀教之諄諄今既逝矣夫復何云先德遺訓何敢不遵法侶現前聊薦溪蘋禮雖不腆情無鮮陳因法相逢以法爲親非子則姪繩繩詵詵傾囷倒廩不祕珠珍煖其孤

寒賞其賤貧自師退居其德日新諸方奇衲川輸雲屯
大法將頹謂必中興不見一夕遂以訃聞如方欲渡遂
迷要津中夜起喟棄牀失聲慈和粹温永失依怙香羞
在筵淚落無所
東山眞子白雲的孫迅機妙辯褎然逸羣黃河流天太
山吐雲無有窮極莫知津垠師罷住持其道益尊酣歌
自樂晝常掩門世不得見言豈得聞檻撰積香罏焚室
熏今既非去昔亦豈存此意昭然即曰全眞道大德高
名聞諸方禪林耆艾覺苑鳳凰三十餘年化行此邦我
輩晚生幸登覺場聞金石誨熏知見香譬如珠玉山韜
水藏而其草木亦被餘光今既云逝撫心悼傷嗚呼師

乎巍巍堂堂遂成千古天豈眞亡念昔侍坐恭聞誨言辭親出家是大因緣本出生死期離蓋纏求師之難自古則然如芥子針如鸞膠絃我等何輩萃此法筵如海之大而會百川教誨成就長養撫憐如物發生雨露無偏又霜雪之使其氣全恩有四種報効當先百未一施師我棄捐師之道德如月在天譽月之明何以加焉恭陳薄奠儼如在前情斷志訖淚落九泉

天姿曠達純素任眞妙年出蜀汎愛親仁淹通宗教廣見精聞我亦何幸早獲相親義爲朋友法爲弟昆於師父子兩爲比隣周旋之久三十餘年懷我宗伯宗門鳳麟不幸早逝殞此偉人謂師英氣可續芳塵今又已矣

撫淚沾巾嗚呼禪師夢幻視身而視生死如夜與晨十方現前孰亡孰存我獨何爲淚自酸辛無忘世禮薄奠聊陳

祭老黄龍謚號文 代

崇甯四年四月某日住山某敢昭告于南禪師之塔竊聞巢由穡者夷齊餓夫初若無求於一時終必有稱於百世觀其措慮深遠蓋亦維持化風故知德澤之在民是乃聲名之不捨又況荷擔大法提攜四生者乎恭惟禪師家于此山名落天下起臨濟於將仆傳少室於無窮厥集大成有光先覺乃者明天子沛流殊恩大昭懿德特旌普覺之號用勵後學之徒仰惟覺靈祇此榮福

嗚呼春葩華於萬物而不自以爲功日昭明於四方而不知以爲德凡所以歌詠和氣褒贊高明者皆天下之至情然則禪師於此豈曰不然耶

崇仁知縣赦後祭神文

唯三代之訓夏至日恭祭地祇斯古先哲王之懿德禮也而歷世堙沒不嗣今天子力舉而行之致禮旣畢奇祥薦興歡聲和氣充塞天地猶以名山大川廟貌所在有功血食於民者未克躬至則以守令使告行吏其敢不肅虔哉謹用某日特具牲醪以奠于祠下神之聽之祇此榮福

祈雨文

仍歲饉凶民之艱食亦以衆矣而菜色喘沫者猶並首以望有秋如痿者之不忘起也春夏之交風雨時若方將奮躍似有生意而比月毒暑益熾四無雲陰車鵶夜鳴田龜晝坼饉凶之憂恐在朝夕傳曰烹牛而不鹹敗所底矣又曰行百里者半九十爲不克終豈神之賜昌其始而終奪之邪吏以不職上天降罰吏躬任之民其何辜而神亦坐視其病哉謹率丞佐羣趨並走致恭于祠下雀息以俟休答神其哀憐之

謝雨文

比日以來民以不時賈雨望天焦勞蓋飢饉之餘情易驚擾如禽傷弦念痛於曲木如稚驚雷失聲於破釜是

用卒丞佐上瀆神聽香火未收雲氣已布連日繼夕霖雨霑足嗚呼雖父兄之所哀憐其必從何以逌此舞翠浪於山原兆黃雲於囷廩歲登訟簡民樂吏閒荷神之賜孰大於此式奠昭告豈不休哉

石門文字禪卷三十終